立人天地

守望星星的孩子

来自中国孤独症群体的报告

聂昱冰 著

黑龙江出版集团　黑龙江教育出版社

图书在版编目（CIP）数据

守望星星的孩子：来自中国孤独症群体的报告 / 聂昱冰著；
-- 哈尔滨：黑龙江教育出版社，2016.11
ISBN 978-7-5316-8471-8

Ⅰ.①守… Ⅱ.①聂… Ⅲ.①报告文学—中国—当代
Ⅳ.①I25

中国版本图书馆CIP数据核字(2015)第260562号

守望星星的孩子：来自中国孤独症群体的报告
SHOUWANG XINGXING DE HAIZI：LAIZI ZHONGGUO GUDUZHENG QUNTI DE BAOGAO

出 品 人	李久军
选题策划	丁一平
作　　者	聂昱冰
责任编辑	赵　力　宋舒白
封面设计	吴光前
责任校对	张　明

出版发行	黑龙江教育出版社（哈尔滨市道里区群力第六大道1305号）
印　　刷	山东临沂新华印刷物流集团有限责任公司
新浪微博	http://weibo.com/longjiaoshe
公众微信	heilongjiangjiaoyu
天 猫 店	https://hljjycbsts.tmall.com
E－mail	heilongjiangjiaoyu@126.com
电　　话	010—64187564

开　　本	700×1000　1/16
印　　张	17.25
字　　数	200千
版　　次	2016年12月第1版
印　　次	2018年4月第2次印刷
书　　号	ISBN 978-7-5316-8471-8
定　　价	36.00元

前 言

我是一位母亲，我永远不会忘记，儿子第一次向我绽放的笑容、喊出的第一声"妈妈"、用充满稚气的声音背诵出的第一首唐诗。

我也不会忘记，我的母亲，在听到外孙第一次呼喊"姥姥"、第一次看到他在幼儿园表演节目时，盈满脸庞的自豪和欣喜。

这可能也是每一位母亲、每一位外祖母，甚至每一个家庭最珍贵、最幸福的记忆。

可是，很多人都不知道，在这个世界上，在我们身旁，有一群先天患有孤独症的孩子。

"孤独症（又称自闭症）是一种先天性神经系统疾病，患者会缺乏正常的语言和社会交往能力。公开的数据显示，我国孤独症患者或已超过1 000万人，其中0至14岁儿童达200万人，很多孤独症儿童，如果没有经过专业的康复治疗，就会完全没有独立生存能力。"

这是一个庞大的且特别令人绝望的群体，因为200万个孩子，背后牵连着的就是200万个母亲、200万个奶奶、姥姥……

200万个家庭每一天都在为他们哭泣！

这些孩子，他们不聋，却对声响充耳不闻；他们不盲，却对周围的人与物视而不见；他们不哑，却不知该如何开口说话。他们即便学会叫"妈妈"，那也只是简单的模仿，并不明白这两个字究竟意味和代表着什么，过一段时间就会忘记——孩子无法理解"妈妈"这两个字的含义，对一位母亲来说，这世上不会有比这更残酷的事了。

他们是弱势群体中的弱势群体，因为他们从一出生，就被彻底剥夺了享受爱和快乐的权力，也永远都没有保护自己和保护妈妈的力量。

李连杰主演的电影《海洋天堂》，讲述的就是一个单身父亲带着生活不能自理的孤独症儿子的辛酸经历。孤独症儿子成年后，一直照料他的父亲却患了癌症，为了让儿子有个归宿，父亲只好带着儿子一起划着一只小船，在大海的深处自沉……

每一位观众看到这里，都会泪流满面，期盼着，这只是艺术的虚构。

但是很可惜，观众们善良的愿望只能破灭，因为在现实世界中，真正的孤独症儿童的家庭，正在经受着的悲剧，远比电影中还要残酷一千倍、一万倍。

大量的孤独症儿童散落在乡村、城镇的角落里。他们的妈妈面对着病魔，只能无助地哭泣。

这些孩子，或者是因为家长缺乏相关知识，或者是因为家庭贫困，而错失了最佳的治疗时期，最后只能像电影中的那个孩子一样，一辈子生活不能自理、无法融入正常社会、要靠父母的照顾才能生存。一旦父母要先他一步离开人世，必将会和电影中的父亲一样，面对那个痛彻心扉的选择——或者亲手葬掉自己的骨肉，或者把一个完全没有生存能力的孩子孤零零地抛在这个世界上。

万幸的是，大量研究证明，孤独症孩子如果能够在早期得到妥善、专业的治疗，就有非常大的概率减弱病情，还有很多孩子能够被挖掘出一直深深埋藏着的潜力。这些潜力也许会让他们成为中国的爱因斯坦、牛顿。没错，这两位大科学家在幼年时期也都有过孤独症的典型症状，而恰恰是他们，创造出了奇迹。

在写这本书的过程中，我走访了大量孤独症儿童的家庭、父母、专门的康复学校，各种为孤独症儿童和孤独症人士专门成立的互助、自助组织，还有多年艰难跋涉于这一领域的教师、志愿者、义工、医学专家，获得了很多宝贵而翔实的资料。这些康复机构和家庭，分布在黑龙江、辽宁、北京、河北、陕西、湖南、山东等地。

随着采访的一步步深入，透过人们流淌下的几乎能够聚成一条长河的泪水，我真的看到了，在每一个孤独症儿童的心中，都有一个瑰丽的世界。在那个世界中深藏着的，也许是最美的画，也许是最动听的音乐，也许是最惊人的聪慧……只是，相比起其他人，这些孩子的天分埋藏得更深、冰封得更久，所以也就更需要我们付出耐心和爱心，去发掘，去唤醒那一颗颗沉睡着的心灵。

我也看到了，就在我们身边，在那些不为人知的角落里，有无数的孤独症康复教师在默默地奉献，把自己一生的时光，都倾注在这些孩子身上，只盼着，能给他们的生活和家庭带来一线阳光。

在本书中，我力求还原发生在孤独症儿童身上和围绕在他们周围的真实的人与事，让大家和我一起走进"孤独症"这个残酷却又充满温情的世界。了解他们、感知他们，尽我们所能，帮助他们。

当大家也同我一样，熟悉了孤独症儿童的世界、熟悉了这些来自星星的孩子时，一定也会忍不住想要陪伴他们，会忍不住伸出双手拥抱他们……

希望，通过我们共同的努力，让我们的社会对孤独症孩子更理解、更包容，齐心合力为他们打通一条回归正常社会的路，这些孩子在等待着我们，他们需要我们。

目 录

第一卷 天上落下一颗星

女人，你的名字叫"坚韧"　　　　　3

1. 黑夜，在那天突然降临　　　　　3
2. 最艰难的四世同堂　　　　　6
3. 一声呼喊　　　　　9

走出"黑屋子"　　　　　14

1. 突变，绝望　　　　　14
2. "他降生在了一间黑屋子里"　　　　　19
3. "我们离婚吧"　　　　　22
4. 家中的舞台　　　　　24
5. 进步就是惊喜，不退步就算是胜利　　　　　27

"孩子，我要带你走到阳光之下"　　　　　30

1. 刚满二十八岁的年轻母亲　　　　　30
2. "他不认识我"母亲艰涩地说出这句话　　　　　35

3. 这一生，究竟会有多悲凉　　　　　　　　　　39
4. 走到聚光灯之下　　　　　　　　　　　　　42

第二卷　点燃满天星光

此生伴你前行
——哈尔滨市启迪学校　　　　　　　　　　51

上篇
因为女儿，她选择了去帮助更多的孤独症孩子　　52

1. 给女儿唱歌　　　　　　　　　　　　　　52
2. 一个康复训练班的诞生　　　　　　　　　54
3. "身兼四职"　　　　　　　　　　　　　　59

中篇
孤独症康复事业，就仿佛是执着行进在群山
峻岭之中的一群人，如果想往前走，就要坚
定信念：逢山开路，遇水搭桥　　　　　　　63

4. 惊人的数字　　　　　　　　　　　　　　63

下篇
未来，她希望能够开一个农场，让长大后的
孤独症孩子们，在农场里一起生活，互相帮
助，相依为命，过上有价值的人生　　　　　67

5. 开农场的梦想 67
6. 爸爸的眼泪 69
7. "请你接受我" 71
8. 未来，继续风雨同舟 73

一所学校，六位老师，十五位学生
——石家庄瑞智儿童康复中心 77

1. 身兼数职的校长 78
2. "什么样的社会才是最好的社会？" 79
3. 当孤独症孩子长大之后 81
4. 他终于学会了"拍手" 84
5. 从幼教到特教 88
6. 他们不是特殊儿童，他们是有特殊需要的孩子 92
7. 我们是一个团队 95
8. 做"用心的老师" 99
9. 目标，仍旧是"融合教育" 103

让每个人都能有尊严地生活
——燕京阳光社区之家 106

1. 我们是一个"家" 107
2. 是家长们让他留在了北京 110
3. 把"洗碗"分成八个步骤，"洗衣服"分成十九步 113
4. 以人为本 114
5. 困境 116

我听到了"花开的声音"
——西安市莲湖区孤独症儿童康复训练中心
（蓝海豚特殊教育） 118

1. 理想之花，永不凋谢 119
2. 既然选择远方，就勇往直前 122
3. 善良人行善良事 127
4. 让星星的孩子不再孤独 129
5. 后记 131

第三卷 始信人间，真有天使

温柔的坚持 135

1. 一个真实的故事 135
2. 行过万里路，仍不改初衷 137
3. 装在笼子里的孩子 142
4. 星星的孩子，未来在何方 148
5. 后记 155

一个年轻女孩的绚丽梦想 159

1. 一次又一次抉择 159
2. 我选择"留下" 162
3. 带着学生一起回家 164

她们，是希望，是未来　　　　　　　　　　　169

1. 手语很美，孩子的友谊很简单　　　　　169
2. 这条路，很难　　　　　　　　　　　　170
3. 一起成长　　　　　　　　　　　　　　173

第四卷　我们在行动

中国从未放弃，所以明天会更好　　　　176

1. 彭丽媛女士看望孤独症儿童，慰问孤独症家庭　　176
2. 2014年1月8日国务院下发通知　　　　177
3. 2015年国务院7号文件　　　　　　　　177
4. 第二十五次全国助残日活动的主题：
   "关注孤独症儿童，走向美好未来"　　　178
5. 来自医学专家的声音　　　　　　　　　182
6. 来自主流媒体的关注　　　　　　　　　187
7. 来自创业者的消息　　　　　　　　　　190
8. 中国孤独症大事记　　　　　　　　　　190
9. 自闭症调研报告摘录　　　　　　　　　192

关于孤独症，我们需要做的还有很多很多
　　——专家访谈录　　　　　　　　　　197

1. "如果你真的想知道，我就给你说说吧"　　197
2. 这些孩子需要我们，可我们无能为力　　198
3. 被铁门和铁窗关住的孩子　　　　　　　200

4. 中国的孤独症研究者们是"一边开路，一边朝前走"　　202
5. 孤独症孩子的家庭，至关重要　　203
6. 目前，这是一个无解的难题　　205
7. 我们的行为，能够改写他们的命运　　206

一位父亲的悲剧　　209

1. 新闻回放　　209
2. 爸爸、妈妈、女儿，无一不悲伤　　211
3. "你，也有过这样的想法吗？"　　213
4. 能坚持下去的父母都是英雄　　218

星星义卖——央视中最美的身影　　222

1. 我们必须要履行作为媒体人的社会责任　　222
2. "星星义卖"引发了网友对孤独症群体的争议与关注　　224
3. "他们需要的不是同情，我们也不会贩卖痛苦"　　230
4. 只有真正"了解"了，才能避免伤害　　233
5. 你愿意让你的孩子和孤独症孩子在同一个课堂里学习吗？　　235
6. 冰山之巅　　237
7. 孤独症孩子的未来，路漫漫，且求索　　239

我们，从这里出发（代后记）　　245

《向阳而生》，孙泽宇 作， 3岁，西安市莲湖区孤独症儿童康复训练中心（蓝海豚）

《可爱的小蝌蚪》，伏玮 作，4岁，西安市莲湖区孤独症儿童康复训练中心（蓝海豚）

《快乐自由的小鱼》，杨梓玥 作，5岁，西安市莲湖区孤独症儿童康复训练中心（蓝海豚）

《远航》，程群 作，5岁，西安市莲湖区孤独症儿童康复训练中心（蓝海豚）

第一卷 天上落下一颗星

"中国自闭症发病率呈上升趋势。2014年10月17日，中国教育学会自闭症研究指导中心主任孙梦麟发布《中国自闭症儿童发展状况报告》显示，全国自闭症患者可能超过1 000万，其中0到14岁的患儿数量可能超过200万。"

走访了很多孤独症家庭，见到了很多孤独症儿童和他们的父母。这些孩子和爸爸妈妈之间，仿佛隔着一扇门，这扇门紧紧关闭着，孩子出不来，妈妈进不去，门那边的孩子大声哭喊，门这边的妈妈心如刀割……

这是一次让人心痛的寻访，我遇到的每一个家庭，都因为孩子患上了孤独症，陷入了苦难之中。而最让人心痛的，还是这些孩子的家人都能完整地讲述出苦难是如何开始的，但却不知道，这场苦难该如何结束。

这些父亲和母亲最大的忧虑，是当他们百年之后，孩子独自一人如何在世上存活。

最大的愿望和祈求，就是等到了他们不得不离开世界的那一天，孩子能够康复并自己活下去。

为了这个对普通人来说最正常不过，但对他们来说却难如登天的愿望，这些爸爸妈妈带着常人难以想象的坚强与勇敢，陪伴着孩子在人生路上艰难前行。

有人说，孤独症儿童和他们的家庭这一群体是弱势中的弱势，但这些孩子的父母、亲人，又是强者中的强者，他们已经做好了准备，用一生的时间，和命运相抗争……

女人，你的名字叫"坚韧"

【采访手记之一】

这一个章节，是要写一位孤独症儿童家庭的故事。和其他采访不同，这一次，我和这位母亲交谈完之后，迟迟没有动笔，因为我需要积攒起很多很多勇气，才能再一次去面对那个悲伤的家庭。

当采访结束后，我问她，在文章中是使用他们的真实姓名，还是采用化名的形式。她毫不犹豫地发给了我一个短信："我在本溪市博物馆工作。孩子父亲的工作单位是辽宁冶金职业技术学院，他叫周晓刚。孩子1994年出生，叫周源明。写吧，为孤独症这个群体呼吁。"

我又一次被这个女人的坚韧所撼动了，回复了她一句话："多谢。我一定尽力而为。"

1. 黑夜，在那天突然降临

她叫崔玮，1969年生人，是出版社的一位老师把她介绍给我的。老师说的第一句话就是："她是本溪市博物馆的馆长，非常优秀，高高的个子，人也很漂亮。"声音中充满惋惜。

崔玮本来应该有一个非常圆满的人生。她和丈夫是大学同学，两家都是本溪当地人，毕业后，两个人也都找到了自己喜欢的工作。一个在博物馆，一个在大学。无疑，这是很多喜欢读书的人所渴望的人生方式和婚姻组合。

用崔玮自己的话说："如果孩子没得这病，我们的日子真是挺好的，本溪是个小城市，消费不高，两个人工作都不错，我们也不是那种非要大富大贵的人，过这种平常的小日子，就挺知足的。"

可命运偏偏不肯放过这两个乐天安命的人。

1994年，他们的儿子出生了，一出生就是个8斤多的大胖小子。孩子刚一落地，婆婆就兴高采烈地承担起了所有照顾孙子的任务，而且乐在其中。

从他们给孩子起的名字"源明"，也不难看出，这一家人当时的快乐。这个孩子，是希望、是光明，他的到来把这个家庭通向遥远未来的路，照得亮亮堂堂。

后来，崔玮总是回忆，儿子究竟在哪个环节第一次显现出了病症，可是真的想不出来。她只记得，婴儿时的小源明不仅没有让人觉得有问题，反倒很多地方都显露出过人的天赋。

比如说，他才两三个月的时候，就能分辨出左右、上下，这些抽象的概念。他从来没有把鞋子的左右脚穿反过。有时候小源明自己拿起一张报纸、一本图画书，像模像样地看看，也从来没拿倒过，书籍报纸，所有印着字的东西，在他手里，永远都是正着的。

家人们窃喜，觉得这个孩子还真是挺聪明的。

可是后来，随着小源明一点点长大，问题慢慢显露出来。他不会讲话，眼神也从来不和人交流，而且每天到了固定的时间，例如下午三四点钟，就拼命哭闹，完全没有办法制止他。

到了小源明两岁半的时候，这些症状仍旧没有改善。年轻的父母开始带着他四处求医。可惜，在当时，1995、1996年的时候，别说本溪，就连沈阳第一医院、第二医院这些大医院里的医生，都没有"孤独症"这个概念。

医生只能围绕"听力"、"神经"这些方面进行诊断，所以一直也没能查出小源明的真正病因。这种情况让医生也很困惑，以至于有一次，甚至给小源明做出了一个"抑郁症"的诊断——一个还不懂事的孩子，哪来的抑郁症？！这个结果，让崔玮恼怒不已，但又无可奈何。

一边是病急乱投医的年轻父母，一边是束手无策的医生，两边都渴望能够找到一个正确的诊断，可没有人能够帮助他们。而就在这个过程中，在他们身旁，小源明不可阻挡地一天天长大了。

对于孤独症儿童来说，时间是最宝贵的，也是最无情的，因为越早开始康复治疗，孩子就能够越早摆脱病魔的阴影。这就仿佛是夏天的天气，这一块是阴云密布，另一块则是蓝天白云、艳阳高照，虽然"康复训练"不能做到一步就把孩子彻底带到蓝天之下，但是能让他们一点点朝着晴朗的方向走，渐渐靠近阳光。可小源明却因为当时的医疗条件所限，在很多年里，都只能待在乌云下最黑暗的那个角落，眼睁睁错过了六岁之前的黄金康复期。

幸好在这期间，奶奶从来没有放弃教导孙子，老人就靠每天不停地跟他说话、反反复复地说、来来回回地说，总算教会了小源明说一些简单的词，还认识了一些颜色。

但同时，家人也发现，源明的一些当时看来很古怪的行为（后来知道了，这是孤独症儿童的一种典型表现：行为刻板）更严重了。比如说，因为周六去姥姥家，所以每周六的同一时间，就必须去姥姥家，而且要使用同样的交通工具，走同样的路线。如果不能满足他的这些要求，他就会没完没了地闹。

家人们因为完全不明白这种行为的起因，所以只能对源明做着消极却无力的纠正。

这幅画面让人感叹也让人伤感：在漆黑的暗夜中，渐渐年迈的奶奶带着孙子踯躅向前，想向命运争取一线希望。

小源明四岁半的时候，崔玮把他送进了幼儿园。当时，全家人都对这次入园求学抱着极高的期望。因为直到那个时候，小源明的病仍旧没有得到一个准确的说法。有时候，没有说法，也是一种希望。所以，人们都在暗自期盼着，也许这孩子只是开窍晚，当他进入到一个适合的环境之后，可能属于他的那盏生命之灯，就会被点亮。

可是，希望之火又一次被彻底扑灭了。在进入集体环境之后，小源明的刻板行为更加凸显出来。因为在家里的时候，家人还能做到尽量顺应他的心意，可在幼儿园里，这一点就很难做到了。而小源明仍旧要求，每位老师和小朋友在什么时间段做什么事，都必须符合他的认知，如果他觉得老师或者小朋友的行为发生了改变，就极度不适应，必须让他们变回来，否则他就不停哭闹。班级里根本没法维持正常的秩序。

一周后，小源明被幼儿园退了回来。上学的路，就此被彻底阻断了。

又过了一段时间，沈阳一家医院中的一位医生，从书中看到了"孤独症"这个名称，开始对小源明的行为一一对应，最后得出结论：他很可能是患有孤独症。

但小源明的病究竟是否真的就是孤独症？如果真是孤独症又该如何治疗？这些问题，书中都没有答案。

崔玮一家人眼前的世界仍旧是迷茫的。

直到源明六岁的时候，北京的一位专家到大连做关于孤独症的巡诊和讲座，崔玮带着小源明到了大连。这一次，她终于拿到了一份迟来了四年的诊断结果：孤独症，狂躁型，重度。

有结果和没有结果，究竟哪一个更残酷？

没有人知道，也没有人能说清。

2. 最艰难的四世同堂

拿到诊断结果之后，家中又发生了一件事情，一直带源明的奶奶遇到了难题——奶奶的婆婆，也就是源明爸爸的奶奶患脑溢血了，生活需要人照顾。源明奶奶分身乏术，只得跟崔玮商量：

"孩子，现在咱家又遇上事儿了，这也是没办法。要不就请个人带源明，如果请不到，我就得带着你们奶奶一起搬到你家来，我带源明，你们和我一块儿照顾奶奶。"

就这样，一家人开始了艰难的"四世同堂"。

而崔玮夫妇也不得不面临一场决定命运的选择：两个人中必须有一个人放弃事业。

其实在这些年里，这个选择已经像一把无形的利剑，悬在夫妻俩的头顶上，只是不到万不得已的时候，他们谁也不想去面对这个残酷的现实。

多年寒窗，自己喜爱的工作，正值风华正茂的年华。真的就这样决定放弃，谁能舍得？

多少不眠之夜，几回挣扎取舍。最终孩子的父亲周晓刚做出了让所有人动容的决定，他选择了自己停薪留职，让妻子继续发展事业。

停薪留职后，周晓刚去报社应聘做了夜班编辑，这样，他就可以白天待在家里，同母亲一起照顾儿子和奶奶。晚上，崔玮下班回来，夫妻俩交接，由妻子继续照顾这一家人，他去上班。这一干，就是十年。

当写到这里的时候，我忍不住去想：能应聘到报社工作的人，肯定才华文笔都不会差，能做编辑的人，也一定是心思细腻敏锐的。而恰恰就是这样一个才华和洞察力兼备的男人，为了儿子和家庭，选择了收起所有的锋芒，故意磨钝了自己的生命之刃，扛起了生活的重负。在这漫长的岁月里，他的内心中，究竟是怎样挺过了一场又一场波澜？也许，崔玮的一句话，最能说明问题。她说，从源明的病确诊、丈夫停薪留职开始，直到现在她都没有真正笑过。

妻子再无笑颜，丈夫舍弃了一切。如果这是来自命运的惩罚，那惩罚要到何时才是尽头？

从那个时候起，在这个家庭中，不管是牺牲了事业的，还是暂时没有牺牲的，都已经清晰地感受到了命运的风雨飘摇。

当时医院中，有一种"听统训练"，让孩子听音乐，以求达到刺激神经的目的。每天听一个小时，三年为一周期。崔玮他们每天带着孩子去接受治疗，可惜，三年之后得到的结果却是：治疗失败，没有任何效果。

这时的源明已经十岁了，沈阳也终于出现了孤独症康复机构。可对于这些专门针对低幼自闭症儿童的康复课程来说，他的年龄已经偏大了。尤其是他现在的身高已经超过了一米七〇，那些专门为低幼患儿设计的小滑梯之类的康复设备，他都没办法使用。无奈，源明和康复的机会又一次错过了。

好在他们终于找到了一所肯接收源明的特教学校。在这所学校里，虽然没有专门针对孤独症儿童的课程，但是可以让源明和其他智障、聋哑的孩子们一起接受一些适合他们的教育。

源明在特教学校中，仍旧存在行为刻板等问题，比如说，他每天早上到了学校之后，都必须先去五楼的一间休息室待一会儿，才肯去一楼教室上课。还有，他特别喜欢一个年轻漂亮的女老师，每天都必须拍那位老师一下。但毕竟特教学校的老师懂得这方面的知识，所以能够最大限度地接受和包容他这种行为。源明在特教学校里总算能待下去了。每天可以去学校上半天课，早上家人把他送去，中午再接回来。但即使每天这短短两段路程，也让崔玮心惊肉跳，因为总是担心路上会发生什么状况。

源明就这样磕磕绊绊地到了十七岁，特教学校也不能再继续待下去了，只好再度把他接回了家。现在，就只能靠夫妻俩交替着照顾他了，因为源明根本不能离开他人的监护。所以崔玮和周晓刚，只能一个白天一个晚上，全天守护着这个儿子。

这期间，崔玮也想过再生一个孩子，但是专家告诉她，如果第一个孩子是孤独症，那么第二个孩子出现孤独症的概率是25%。她下不了这个决心进行尝试。后来，又因为需要照顾奶奶，绝对没有多余的精力再多照顾一个婴儿。等到后来，终于有点空闲时间了，却已经力不从心。所以注定了，这一生，他们夫妇只能有源明这一个儿子。

未来在哪儿？未来究竟会是什么样子的？没有人知道。但有一点，崔玮心中已经很清楚了，那就是：未来，肯定不会出现奇迹。

3. 一声呼喊

虽然一直都在警醒着自己，要正视命运的残酷，不要多存幻想，因为幻想破灭的打击更为沉重，但崔玮还是没想到，源明和他们这个家的苦难远远没有到尽头。

就在前两年，源明突然爆发了癫痫（孤独症人士伴发癫痫的病例很常见）。而且他的情况更差了，以前学会的很多语言和正确行为，现在都不再使用了，狂躁和刻板也越发的明显。

周晓刚因为学校的政策原因，不能再继续停薪留职，所以他只好回到学校，幸好学校领导通情达理，知道他家中的情况，给予了他一些照顾，让他晚上看图书馆。这样，至少夫妻俩能够继续保持两班倒着看护儿子。

和十几年前不同的是，他们夫妻已经不再年轻了，可源明却长大了，一米八十多的大个子，如果他执拗地想要做什么，父母根本制止不住他。

崔玮说，源明年纪小的那会儿，他们夫妻把问题想简单了，总想着，他俩能照顾的时候就这么带着他，等有一天带不动了，就带他一起离开这个世界。可随着时间一天天流逝，崔玮才明白，原来，在"力不从心"和"离开这个世界"之间，还有那么长的一段距离，长到让人完全看不见前方的风景，只能看到眼前的迷雾。

本来，有一段时间，每天上午，可以送源明到一个爱心之家去，那是一个公益机构，专门供那些智力有障碍的人在里面做些手工之类的活动，让他们也能有机会过一过群体生活。可是因为源明有一个习惯，他从来都不让房子开窗，他待的房间，必须门窗紧闭。现在是夏天，爱心之家没有空调，他又不让开窗，无奈之下，只好让他暂时回家，过完夏天再说。这样一来，源明又只能每天待在家里了。

崔玮举了源明日常生活中的一个事例。

他爱吃烤串，想吃了，就必须出门去吃，还要把这一条街一家挨一家地吃遍，然后才肯回家。可现在，他吃一遍已经不行了，从头到尾吃一遍之后，又要再吃一遍，根本不听劝阻。

吃完了还要挨着每家商店买东西，每一家都要买，不买就不走。

现在，源明已经没有"饿""饱"这种概念，所以经常会吃吐了，吃病了。

有一天，丈夫忽然说了一句让崔玮深感恐惧的话：

"我真想带着他去自杀。"

堂堂七尺男儿，说出这样绝望的话，足以让天地都黯然了。崔玮毕竟是一个坚强到了少见的女人，她说："你不能有这个念头，如果咱们实在挺不住了，就把他送到精神病院里去。不管怎么样，你也不能动心思把自己搭进去。"

周晓刚说：

"如果送进医院，这孩子就彻底完了，一点希望都没有了。"

崔玮说：

"你要真带着他走了，咱们这个家不是更一点希望都没有了吗？"

这是一场注定没有结果的谈话，不到万不得已，他们谁也下不了决心把孩子送进医院。可是，他们也同样没有能力，解开眼前的困局。

就在崔玮劝解过丈夫之后不久，有一天晚上，她想尝试阻止源明出门，结果源明发怒了，咬伤了崔玮的手指。

那一刻，崔玮心中的绝望肯定难以言说。只是，作为一个母亲，她连像丈夫那样，说一句"我想带着他一起自杀"的权利都没有。上天造就了母亲，就是让她们去承担养育儿女这个重责，不管多重，也不管路多长，都要走下去，无处可逃。

源明没有"打人"这个概念，发怒就是咬人。也正因为这种情况，夫妻俩一分钟也不敢让儿子离开自己的视线。

医院给过他们两个方案，第一个方案是，把孩子送进医院里，医生用药物让他保持镇定和安静。可是他们夫妻不忍心让源明以后就在药物的干预下浑浑噩噩地生活。

第二个方案是，做一次微创手术，把源明的神经烫坏，这样他就不会再有那种强烈的刻板行为，但是他曾经掌握的东西，比方说语言、认知，也会被损毁。手术后，源明有可能变成了一个什么都不知道的人。

手术做还是不做？崔玮夫妇作不了决定。

恐怕也没有哪对父母能够作出这个决定。

生活已经如此艰难，可生活给予人的重压仍旧远远没有尽头。崔玮在博物馆一直是馆长兼书记，但是现在，因为源明让她太累了，她已经主动请辞，辞去馆长的职务。

"算了吧，不干了。"崔玮说这句话的时候，任何人都能听出来，平淡至极的语调背后那一声深深的叹息。舍得吗？肯定舍不得，那是一辈子的心血与奋斗。

尤其现在儿子已经不能给她带来一丝一毫的慰藉，能够安慰她的，也就只有工作了，她却又不得不亲手斩断生命之舟上，这唯一饱满的一面风帆。可是如果没有了它，生命之舟又该依靠什么前行？在人生这无情的风浪中，又能坚持多久？

崔玮说，自从知道了孩子的病，她就没有真正笑过，也没有真正开心过。这是一个足够优秀的女人，她的自尊和骄傲，足以让她深深隐藏起命运给她的创伤。因为她的智慧和坚韧，让她选择了另一种方式去对抗命运：不向创伤低头，尽自己所能，与命运抗争。即使不能完全治愈自己的创伤，也要通过自己的努力，让有同样创伤的人获得一线希望。

最后，她说出了自己的愿望："一、希望国家成立专门的自闭症儿童托养机构。二、对孤独症患者按轻重程度给予不同等级的政策补贴。三、社会对孤独症患者及父母给予理解和照顾。"

她不仅是在替自己和源明呼喊，也是在替所有孤独症的孩子和他们的父母呼喊，这一声呼喊已经浸透了血泪。唯愿，能找到帮助他们的力量，让自闭症儿童和他们的父母在艰难前行的时候，稍微有一点点依靠。

感谢崔玮！

【采访手记之二】

这是我写的最吃力的一个章节，不到六千字，整整写了四天，因为这位母亲太真实、太坦白。真实到了让我心存敬畏，唯恐文字中会有地方辜负了她这份真实到了极致的付出。

有些话，我在采访中，没有勇气向这位母亲提及：通过她讲述源明从小到大的成长经历，我不得不承认，这个孩子的病是被耽搁了。如果当初能及早确诊，及早开始康复训练，那么他的病情会比现在好很多，如果真能够这样，也许，这一家所有人的命运都会和现在不同。

但这话太残酷，我没有勇气说，甚至我作为一个采访者、记录者，都没有勇气去履行自己的职责：去听、去深究。

真心祈愿，在未来，我国关于孤独症方面的早期筛查能更健全、康复训练机构能更普遍,不让源明的悲剧重演。祈愿,崔玮的期望能够成为现实,给这个已经饱受创伤的家庭一缕阳光、一抹色彩。

唯有如此,才算没有辜负这位母亲的真实与坦诚。

(在后来的采访中,我获知,我国即将出台自己的孤独症评估体系。因为以前我们都是使用英、美等国家的评估体系,里面有很多内容并不适合我们的孩子,所以评估过程会很漫长。如果我们有了自己的评估体系,孤独症儿童的筛查和康复会更准确、更迅捷,会让他们再多获得一点点希望。)

走出"黑屋子"

【采访手记之三】

　　这位孤独症孩子的妈妈要求我隐去他们全家人的名字和故乡。"因为我还没有做好面对的准备,也许未来有一天,我也可以像别的妈妈那样,把关于我们家的一切都坦露在阳光之下,但现在,我还没那么坚强。"她这样对我说。因为已经听完了她的故事,所以我知道,她其实已经非常坚强了。

　　就叫她白云吧。我见到她的时候,她已经四十四岁了,能看出来,年轻的时候,她一定长得很漂亮,只是现在历经多年的奔波忧虑,皱纹过早地爬上她的脸庞。头发的根部也能看到隐约的白色,从这些白色中能看出,她的白发已经多过了黑发。虽然我只看了她的头发一眼,她还是非常敏锐地发现了,用手轻轻拨了一下刘海儿,矜持地告诉我,她每半年会染一次头发,最近又该染了。

　　我意识到了她超出常人的敏感,所以在接下来的时间里,少提问,尽量由她一个人讲述,也尽可能不对她的话做出任何反应。对于这样一个骄傲、自尊的女人,淡然相对,才是最好的方式。

1. 突变,绝望

　　白云从小就多才多艺,大学还没毕业的时候,就开始在市电视台客串节目主持人，当时就非常引人瞩目，大学毕业后，理所当然地进入了市电视台。后来又考入了省电视台，那时正是电视台发展最红火的几年，所以她也就成了当红主播。

奔了很多年事业之后，白云才在父母和公婆的反复催促下要了孩子，是个男孩儿，她给孩子取名阳阳。阳阳出生的时候，她已经三十多岁了。还没等休完产假，她就把阳阳交给了妈妈，迫不及待地投入到工作中。虽然妈妈家和她工作的城市距离不远，但她仍是经常一两个月也顾不上回趟家。

阳阳一岁的时候，妈妈打电话说，孩子还不会说话，她记得女儿不到十个月，就已经有特别强烈的说话欲望了。

白云跟同事说起这件事，同事说："男孩子本来就不像女孩子那么爱说话，再说了，你是天生的主持人，口才这么好，肯定从小就跟只小鸟似的，没完没了地说。你不能要求哪个孩子都这样啊。"

同事的话，让白云放了心。直到过了很多年，白云为了儿子专门去上心理辅导课的时候，才知道，自己这是一种隐含着的逃避心理，当问题已经出现了之后，会选择相信那些自己愿意相信的论断。

这种剖析，让白云愧疚不已。因为老师在课堂上说，很多家长在最初阶段出现这种逃避心理，是因为心存侥幸，不想相信孩子有病。而她，却是因为不想耽误了自己的工作。

又过了一年，阳阳的姥姥不干了。外孙不会说话、不会吃饭、不认识人。这已经超出了一般的发育迟缓的范畴。实在等不到女儿女婿的空闲时间，姥姥干脆自己带着孩子去医院检查了。结果清晰明了——孤独症，中重度。

白云这下懵了，她当时冒出的第一个念头，竟然不是怎么给孩子治病，或者以后怎么办，而是把自己和丈夫的所有家人亲属在心里筛查了一遍，想看看，究竟是从哪里来的基因。然后她又开始拼命回忆在自己备孕、怀孕期间，他们夫妻有没有过什么不良行为，例如醉酒、吃药。

白云说，那段日子，她就像疯了一样去查找、去回忆，因为她需要找到某一个人或者某一件事为这个结果负责。她太要强了，所以绝对无法承受，阳阳会得孤独症的责任在于她。

其实，那时没有任何人责怪她，也没有人说这是她的责任。可生性就是要对任何事物都追求完美的白云，完全无法容忍生命中会出现这样一块巨大的伤疤。

"伤疤"，这是她的原话，在后来的很长一段时间里，她就是把阳阳的病，当成了她生命中的一块致命的伤疤。

既然是伤疤，那就是决不能让别人看到的。所以对于阳阳有病这件事，白云要求父母不许告诉任何亲戚、邻居。她自己也向所有的朋友、同事隐瞒了阳阳的病情。只向单位提出，她最近太累了，需要充电，所以辞职，休息一段时间之后，出国进修。

撒下这个弥天大谎之后，白云回到了家乡，另买了一处房子，把阳阳接到了自己的家里，开始亲自对他进行训练。

她给了阳阳一年时间，并且制订了严格的计划，让阳阳每天学什么，都写得清清楚楚。如果学不会，就不让吃饭，再学不会，就挨打。

父母试图阻止她这种疯狂的行为，可白云却认为，既然找不到遗传原因，怀孕的时候，他们夫妻也没有任何不当行为会影响到胎儿发育，那就说明，阳阳的器官和精神都没有问题。就是因为以前太娇惯了，所以让他产生了惰性，只有从现在起严格管理，才能扭转他这种状态。

这段时间，阳阳各方面的状况不仅没有丝毫进步，情况反倒更糟了。这一年，他仍旧不认识人，不会说话，没有自己大小便的意识，而且脾气变得格外暴躁，以前跟着姥姥姥爷的时候，他虽然不说话，可是挺乖的，每天就是自己安安静静地玩儿。可现在，他的脾气变得格外暴躁，几乎每天都是在大哭中度过的。而且还学会了破坏东西，不管抓住什么，不是乱扔，就是乱撕，随时都处在一种歇斯底里的状态。

一年时间很快过去了，白云的情绪也到了崩溃的边缘。一天晚上，她又教阳阳学东西，让阳阳叫"妈妈"。她把阳阳抱到饭桌前的椅子上，让他坐好，叫"妈妈"，不叫就不让吃饭。

母子两个就这样僵持着，阳阳可能是饿了，伸手去抓盘子，白云摁住他的手，不让他乱动，要求他必须说出"妈妈"这两个字。

这时，意想不到的一幕发生了，阳阳突然低下头，狠狠咬住了她的手背。开始白云还没当回事，她的犟劲儿也犯了："你咬我我也不松手，看咱们两个谁厉害。"

可阳阳在这个时候，也显露出了和妈妈一样的倔强，也不肯松口，就这样一个劲儿地咬。白云终于吃不住痛了，松开了手，看到自己手背上，已经印下了几个带血的小牙印。那一瞬间，白云只觉得眼前一黑，然后，脑子中就是长久的空白。

她不再管阳阳了，自己一个人离开了餐桌，坐在了沙发上，呆呆地望着儿子。而阳阳却好像什么都没发生过一样，现在没人摁住他的手了，他终于可以吃饭了，所以高高兴兴地抓着包子吃了起来。

白云痴痴地望着兴高采烈吃包子的儿子，心中充满了悲凉。不知道是不是心理作用，她手背上的伤痕越来越痛，像刀割一样，渐渐地，连心都开始疼。

自己究竟做错了什么？不就是想让儿子叫一声"妈妈"吗？这不是每一个母亲最起码的权利吗？而且，教他、管他、打他，不都是为他好吗？如果现在不纠正了他这些问题，那他以后怎么生活呢？可为什么他就要这么对待自己？

是因为她做错了什么，所以上天才专门安排给她一个这样的儿子，来惩罚她吗？

可能是因为这一整晚，都没有再受到妈妈的训教，所以阳阳反倒过得轻松快乐，吃饱了之后，他又自己玩儿了一会儿在白云看来莫名其妙的游戏，然后就趴在地板上睡着了。

而白云始终就这么看着他，眼前渐渐出现了幻觉。她好像看到了那些从小到大一直都围在她身边的羡慕的目光，都变成了嘲讽的眼神；看到了那些曾经对她的赞美都变成了不屑；看到了阳阳长大一些后，一个人走到外面，被所有的人欺负……

这一年，白云几乎每天都在对阳阳发火，可这个晚上，她却发现，自己已经一点火气都没有了，因为她已经做出了决定——带着阳阳一起走。

"是我给了他生命，所以，这是我一个人的错。我会解决这个问题。"这是刚决定自己教阳阳学东西的时候，白云对丈夫说的话。今天，她又一次把这句话写在了短信上，只是在后面又加了一句："是我给了他生命，所以，这是我一个人的错。我会解决这个问题。我不会让他自己走，我陪他一起走。"

丈夫接到短信后，连夜开车从工作的城市里赶了回来，还好，他还来得及把白云母子送进了医院——白云给阳阳喂了安眠药，自己也服了药。她要带孩子一起自杀。

"你既然有勇气陪他死，为什么没有勇气陪他活下去？"丈夫王晨这样问她。

"活在别人的嘲讽或者怜悯里，还不如死。"白云仍旧心灰意冷。

"这一年，你都没有带阳阳下过楼，你怎么就知道人们都会嘲讽，或是会怜悯？也许人们根本就不关心这些事。"

看妻子仍旧不为所动，王晨又换了一个角度：

"阳阳他爷爷奶奶说了，让咱们把阳阳给他们送过去，他们带着阳阳去治病，让咱们两个继续工作。"

"不行！"白云忽然尖锐地叫了一声，把王晨吓了一跳。

"为什么不行？"

"我不能让你们家人嘲笑我们。"

"他们怎么会嘲笑？"王晨觉得妻子简直是走火入魔了。

"我给他们生了这样的孙子，他们心里肯定会怪我，你们家其他人也会看不起我和阳阳。"白云异样的固执。

王晨头疼地发现，现在好像最需要治疗的不是儿子，而是妻子。

"你看这样行吗？我们带阳阳去北京治病，那里医院多，疑难杂症见得也多，没准儿能把阳阳治好。"想了想，王晨又依着白云的心思继续说服她："北京那么远，谁也不认识我们，也遇不到熟人。"

最后这句话终于打动了白云，也有可能，是她确实感到走投无路了。

王晨也请了假，两个人带着孩子来了北京。没想到，医院给出的结果特别简单明了："去康复机构，接受专业的康复训练。"

白云又崩溃了：

"不去！"

"为什么？"王晨不解。

白云突然爆发了：

"你还问为什么？你知道什么叫康复机构吗！那是残疾孩子才会去的地方！我儿子不是残疾！"

原来这才是白云真正的心结，一年来，她不让阳阳下楼，不送他去康复机构，不让人知道他的病情，就是要抗拒这个事实。

可事实真的抗拒得了吗？

2."他降生在了一间黑屋子里"

"孤独症儿童就好像降生在了一间黑屋子里，我们应该带着他们走出这间黑屋子,而不是和他一起坠入到黑暗中。"

王晨实在没办法了,独自去了一家康复机构,找到了机构的负责人,向他说明了妻子的情况。让王晨没有想到的是,负责人听完他的讲述之后,竟然告诉他,这没什么,很多孤独症儿童的家长都会出现这样的阶段。他可以派一名老师去和白云聊一聊。

那位老师见到白云之后,就说出了这样一句话。这个"黑屋子"的比喻把白云惊呆了,从来没有人把她这一年的状态描述得这么准确过。她确实就像坠入了最黑暗的地狱里,完全看不见希望,所以才会选择和儿子一起走上绝路。

"到学校来接受康复治疗吧。"最后,老师终于说出了这句话。

"他被治好的希望有多少?"白云仍旧心存幻想。

"治,就有希望。不治,就一点希望都没有。给孩子一个机会,也给你们夫妻一个机会。"老师继续劝说。

白云终于同意到康复机构去尝试一下了。

这时王晨又提出来,让爷爷奶奶来北京陪阳阳治疗,因为治疗是一个漫长的过程,让妻子就这样放弃了事业,他也不忍心,而且他也担心妻子的心态和状态,都不适合陪阳阳康复。

可白云断然拒绝,还是那个理由:我生的孩子,我负责到底。

两个月之后,改变这一家人命运的那一天终于到来了。白云亲眼看到,老师在阳阳面前摆出了一排图片,问他,哪个是妈妈?阳阳伸出手指,指了指白云的照片。

老师抬起头兴高采烈地望着白云夫妇,可白云却只感到一阵阵虚脱,整个人都摇摇欲坠,心中已说不清是什么滋味,也没有看到,此时王晨的眼睛中,已经有了一层淡淡的泪光。

"现在需要我做什么,告诉我,我都能做到!"这是白云清醒过来之后,说的第一句话。她好像又找到了最初想要凭一己之力训练阳阳恢复正常的那种勇气，而且她已经迫不及待地想要重新开始了。

可没想到，面对她的激越，老师却表现得格外平静，只是淡淡告诉她：

"什么都不要做。"

"什么都不做！"白云无法理解，因为她也从网上看了很多相关资料，上面都说，家长的作用非常重大，现在眼看着阳阳好不容易有点起色了，家长就更应该发挥出作用才对，怎么能什么都不做呢？

老师努力安抚住急躁的白云，委婉地告诉她，因为她这一年多以来的教育方式不得当，已经在阳阳心中留下了很难消除的阴影，老师花了很大力气，才逐渐让阳阳稳定下来。如果现在白云再介入进来，恐怕阳阳又会像过去那样，出现各种情绪问题。

"那我现在该怎么办？"白云突然感到特别无助，因为老师的话又让她回忆起了，阳阳咬她的那天晚上。

"我们也专门开会讨论过了，想为阳阳再制订一个三个月的训练方案，在这三个月里，巩固现有的教学成果，争取……"

"用三个月巩固现有的成果！"白云惊呼了出来，"现在阳阳就已经三岁半了，如果不抓紧时间，那他上幼儿园就彻底耽误了，现在他不是已经开窍了吗？我们应该抓住这个机会啊……"白云努力地解释着，想让老师明白她的心意，可老师始终都是非常平静地望着她。

直到她彻底停下来，老师才说：

"你的心情我完全能理解，所以这也是我要同你谈的第二个问题：你不能再着急，如果想要阳阳的康复训练有效果，你就要沉下心来，做好长期康复的准备。"

"要多久？"白云在问这句话的时候，脑子里已经开始飞快地旋转着猜测老师的答案了：一年？三年？等到七岁，可以上小学的时候总可以了吧？如果再不能按时升入小学，那绝对是不行的。

老师看透了白云的心思，神情中的忧虑更重了，对于她们来说，家长的急躁，在康复过程中破坏力非常强大，尤其白云是一个非常强势、非常有主见的女人。

终于，老师还是说出了白云还有其他很多家长都最难以接受的那句话：

"一辈子。"看着白云惊愕的神情，老师继续解释，"孤独症本来就是一种需要终生康复的疾病。如果训练方法得当，孩子的能力会有显著进步，但肯定不会一蹴而就。"

"可他现在已经认识我的照片了。"白云仍旧抓住这根救命稻草不放，她记得很多朋友说过，小孩子学说话的时候，就是开始几个字特别难，一旦最初那几个字学会了，不知不觉中，就什么都会说了。

老师长叹了一口气，在康复中心里，像白云这样的家长并不少见，她们无论如何也接受不了孩子是孤独症这个现实。甚至还有很多，由于心急，而带着孩子离开了康复中心，去寻求另外的治疗方法。希望白云不会走上这样的路。思索了一下，老师说道：

"这样吧。我们制订一个单月康复计划，执行一个月，在这一个月里，希望你能每天在上课的时候陪着阳阳，你也可以看看别的孩子，多和其他家长做些交流。但你一定要保证一点，就是在家里的时候，绝不要再对阳阳采取极端方式。你哪怕放任他一个月，完全不管他，也不要再像过去那样心急地逼迫他。"

白云只得同意了，因为这是阳阳的康复训练继续下去的先决条件。

3."我们离婚吧"

白云没想到，就在这短短一个月里，她的人生彻底被改变了。因为在这一个月里，她不仅看到了阳阳上课时的情景，还看到了很多孩子上课时的情景，也同很多家长聊天、交谈，二十多天过去之后，白云自己写下了这样一段话：

"我现在真正明白了，把阳阳关起来的那间黑屋子，究竟是什么样了。以前我一直不肯面对这间屋子，现在我知道了，它的确很黑，但也不是一点光亮都没有，只要静下心来，让自己的眼睛适应了黑暗，就能找到光亮，然后才能沿着光亮走出去。"

白云不愧是个才女，她的这种形容，让很多老师都佩服不已，经常拿这段话去讲给其他家长听。

白云终于下定决心，要做一个"让眼睛适应了黑屋子"的妈妈。可没想到，却遭到了丈夫的反对。王晨不想让白云就这样彻底放弃了自己，他又一次提出，孩子的奶奶可以来北京，陪他康复。并且很委婉地说出了自己父母的一个心思——他们可以再生一个孩子。

"我们肯定会一直带阳阳治病，管他一辈子。"看白云脸色一变，王晨赶紧解释，"而且，不管有个弟弟还是妹妹，以后等我们不在了，他还能照顾阳阳。"

白云伸出手轻轻摁在了丈夫的胳膊上：

"你的意思我都明白，可我不想再生了，我真怕了，而且我也不能把阳阳交给别人，自己再去生一个孩子。这段时间，我学了很多，也想了很多，阳阳的康复，必须由我来做，爷爷奶奶顶多是照顾他生活，不可能给他创造出最好的康复环境。而我能创造出来。我得对他负责。"

"那你的工作呢？你就什么都不干了？我们就一直这么两地分着？"丈夫的语气愈加艰难了。

白云阻止住了他：

"你不用再说了，你想说什么，我也明白，就这样吧，有什么结果，我都认了。我这辈子就为阳阳活着了。你该怎么着就怎么着吧。"

"你别误会我，我不是那个意思。"王晨还想解释。

但白云又一次阻止住了他，她的确是一个敏感的女人，所以她已经看到了，刚才丈夫眼中那一丝闪烁，她就真的什么都明白了。她知道，丈夫的安排是周详的，如果按他说的去做，她的事业、他们的婚姻都能保住。爷爷奶奶也会照顾好阳阳的生活，再生一个孩子，也许会是健康的。那样，她的生活可能会比现在幸福很多。但是，如果真那样选择，阳阳就会彻底失去幸福，而她也一辈子都不会真正快乐。

白云就这样亲手割断了事业和婚姻这两道命运的缆绳，一心一意投入到了阳阳的康复训练中。

4. 家中的舞台

白云真的做到了抛掉旧日的一切，一心一意去做老师身边最勤勉的助手。她白天用心观察老师的每一个行为，甚至包括她们的眼神和表情，揣摩她们说话的语气和速度。阳阳出现每一点细微的进步，她都认真记录下来，并且在旁边标注上，出现这个进步，老师是采用了哪些方法。

又过了一段时间之后，老师给白云提出了新的要求：

"你在家里一直没有进行教学吧？"

"没有，"白云特别肯定地回答，"除了按照老师的要求完成作业，别的我什么都没干。"

"如果让你多做一点事情，你觉得能做到吗？"

"什么事？"

"你在家里陪阳阳玩儿？给他唱歌、跳舞，配合上各种夸张的动作和夸张的表情。简单说，就是表演，你在家里陪他做游戏，像表演节目一样，做出各种样子，吸引他的注意力和兴趣，让他渐渐有兴趣模仿你。我会经常告诉你，在表演中要加入哪些教学内容。"

白云愣住了，老师误解了她的沉默，进一步解释道：

"你不用一想到表演就觉得特别复杂，其实就是活泼一点，像小孩子那样，读儿歌的时候蹦蹦跳跳的，模仿儿歌里面小动物的样子。因为孤独症儿童本身注意力就不容易集中，如果再像我们平时那样，安安静静地跟他说话，他根本不会看你，也不会对你有兴趣，没准儿一会儿自己就睡着了。所以如果想对他开展教学，你首先得能引起他的关注和兴趣……"

老师的话，白云并没有认真听完，但这一次她不再是因为无法接受老师的观点。在康复中心里陪读了这么久，她很清楚，老师说的都是对的。她更不是不明白该怎样去表演，恰恰相反，她是一个接受过多年舞蹈、声乐训练，曾经以表演为职业的人——主持人也是一种表演。

可她已经很久不去想这些了，故意不去想，她是下决心要和过去的生活相断绝，再不去想舞台、灯光、掌声那些事情。只一心一意地做好一个孤独症孩子的妈妈。可是没想到，现在又需要她重操旧业。

对于一个人来说，把生命中非常宝贵的一样东西封存起来，还容易一点，如果让她把那样东西经常拿出来，看一看，再放回箱子里，那真就是折磨了。

就在这个晚上，吃完晚饭之后，白云在她和阳阳租住的屋里，开始了一场只有一个观众的"表演"。

按照老师教授的步骤，她先让阳阳坐好，给了他一个玩具，然后自己站在他面前的空地上，展开双手做出一个动作，同时开始朗诵一首儿歌。

可一开口，白云就被自己吓到了，因为她刚吐出一个词，那种浓浓的播音腔就显露了出来。白云的嗓子仿佛被什么东西堵住了似的，有点哽咽。

她平静了一会儿，又开始从头朗诵，这一次，声音自然多了。她就这么又唱又跳又说又蹦了一个小时，阳阳都没看她一眼。

夜里，等阳阳睡了之后，白云自己大哭了一场，她自己也说不清，究竟是为什么哭，是在哭阳阳今晚对她的漠视，还是在哭自己所有的辛苦付出，还是因为这种表演，确实让她太痛苦了。

但这一次白云没有半途而废，她用心琢磨各种能够吸引阳阳的声音、语气和动作。每天晚上，都在家里的这个"小舞台"上用心表演，只求能换回这唯一的观众一个注视的目光。

功夫不负苦心人，阳阳终于开始在她表演的时候和她互动了。而且一发不可收，很快他竟然就能模仿一些动作了，尽管心中一再提醒自己要放弃所有侥幸心理，可这一次，白云还是忍不住偷偷想，会不会阳阳的身体里也沉睡着属于她的那一部分表演天赋。

做出这次努力之后，白云又做了一件以前连想都不敢想的事，她自己带着阳阳去了一趟动物园。那时阳阳的康复还没有太明显的起色，他的眼睛有点斜视，眼神不聚焦，还不时流口水。白云找了一辆便携式的婴儿车推着他，可阳阳的身高体重都已经很明显地超出了使用婴儿车的年龄范畴。他简直是被卡在婴儿车里面的。

那天是"六一"儿童节，白云下决心要让儿子过一次自己的节日——其实也是要求自己朝前跨出最艰难的一步。

动物园里人山人海，从人群中走过的时候，总会有一些异样的目光投到阳阳的脸上。

对于陌生人的目光，白云并不陌生，因为长得漂亮，她从小就是引人关注的对象。可现在人们关注到她们母子，再也不是因为她长得漂亮了。

有很多次，白云都想转身回家，可她还是坚持住了，吃了这么多苦，不就是为了有一天能让阳阳适应外面的世界吗？如果连她都适应不了，阳阳又怎么适应？

这样一想，白云索性狠下心来，摘掉了墨镜，开始坦然面对人们的目光。

结果，当她做好准备，面对所有人的惊异和好奇的时候，反倒发现，其实也没有那么多人关注她和阳阳，而且还有很多人，在对阳阳微笑。

又是一次类似于对黑屋子中的光明的感叹。对于阳阳来说，陌生的世界，就是一个更大的黑屋子，如果真正走进去，就会发现，这间屋子也没有那么黑，而且，好像比以前那间小屋子还要亮一些。

5. 进步就是惊喜，不退步就算是胜利

在阳阳进入康复中心一年半之后，也就是快五岁那年，白云受到了又一次打击。阳阳的康复陷入了瓶颈期，不管她和老师如何努力，阳阳的心都像再次沉睡了一样，不肯再有一点儿变化。

事业，家庭，晚上一场场独自表演带给内心的痛楚，勇敢地走到人群中的勇气，难道所有这些加在一起，换来的，只是今天这样一个结果吗？

白云变得特别消极了，可没过多久她就发现，随着她的情绪变化，阳阳竟然也变得消沉低落了，整天没精打采，以前只是没有进步，还是该玩儿了玩儿、该上课了上课。可现在，不管让他干什么，他都提不起兴趣。白云明白了，原来，自己已经连消极的权利都没有了。

她想起了一个小故事，说是女人一旦做了妈妈，就没有权利生病、喊累等等，只能变成超人。现在，她要给这个故事再加上一项内容：如果女人做了一个孤独症孩子的妈妈，就连受到打击暂时低沉的权利都没有。因为在孩子还没有找到自己的世界之前，你就是他的全部世界。你撑不住了，他的世界就塌了。在一个坍塌的世界里，孩子没

有希望康复。

白云又一次振作了起来，现在她甚至给自己提出了一个新的要求——不再做过去那种敏感细腻的女人了，要做个开朗到几乎没心没肺的女人，神经粗粝到不去关注世界上的任何风吹草动，就带着儿子这么百无禁忌地活着、朝前走着。

凭借着这个信念，白云又撑过了阳阳几次康复的瓶颈期，到后来，她真的做到了，对阳阳的瓶颈期也没什么特殊的感觉。她给阳阳制定的目标已经变成了：进步就是惊喜，不退步就算是胜利。

【采访手记之四】

现在，阳阳已经十一岁了，白云也过早地白了头发。她现在最大的烦恼，是给阳阳找不到适合的学校，虽然她觉得阳阳已经可以在小学读书了，如果学校允许，她可以每天去陪读。但没有学校肯接纳他们。因为阳阳的身体发育和正常的十一岁的孩子没有区别，如果现在让他进入小学一二年级读书，其他家长都不能接受。进入高年级，他又完全跟不上。

白云说，最近她又看到了一线希望，因为有几个和阳阳程度、年龄都差不多的孩子，在尝试着联合起来，租一处地方，专门请老师给他们授课。

"这是个好办法，因为孤独症孩子也和其他孩子一样，需要玩伴儿，把他们和朋友们放在一起，他们的情绪和状态都会更好，进步也会更快。"白云这样说，但她又说，"只是这个办法也不一定能成功，自从我们来了北京之后，经常会听到很多办法，都非常好，但都没能成为现实。孤独症孩子的持续康复训练，仍旧是一个很大的难题，谁也解决不了。"

我直到同她告别、目送她离去很久之后，脸上才敢显露出疲惫和哀伤。她的故事令人唏嘘、她的倔强让人无可奈何,尤其是最后,她说的这句话,像一串用通红烙铁烙下的印记一样留在了我的心上——痛楚、灼热,让人无法遗忘。这些孤独症孩子和他们的家庭,就像一棵棵小草,散落在大地的各个角落,迎风沐雨,艰难生长。他(她)们的需求真的没有太多,只是渴望,能够给他(她)们一片"草场",能让他(她)们不再有那么多与病魔无关的忧虑,也可以彼此相顾、依存、守望,获得力量。

"孩子,我要带你走到阳光之下"

【采访手记之五】

在和张秋月联系的时候,我内心其实是惴惴不安的。从最初接触孤独症儿童的家庭开始,志愿者们就反复告诉我:"相对来说,采访高龄孩子的家长比采访低龄孩子的家长更容易一些。因为年轻的母亲们都是刚刚才开始面对孩子患病这个现实,她们还需要时间慢慢稳定自己的内心。在这个时候,如果很直率地就向她们提出一些问题,也许会是一种伤害。"而秋月的儿子小子恒,现在才四岁多一点。

"只有走入她们最真实的生活,才能真正了解她们,帮助到她们。但是,记住,'善良,绝不是伤害他人的理由。'"我就是带着这样一种矛盾而谨慎的心情,站在秋月家楼下给她拨通了电话,直到她从四楼的阳台探出身子,朝我招手……

1. 刚满二十八岁的年轻母亲

这是一套老式的单元房,对门开的两居室,中间一条狭长的走廊,就充当了客厅。秋月家和另一家孤独症儿童家庭合租了这套房子,"我们过去不是住这儿,因为这套房子每月房租才850块钱,而且这里不收物业费,便宜,就搬过来了。"秋月这样介绍道。在后来的交谈中,她还有很多次提到"便宜"这个词,家境清寒,又一心想给儿子治病,所以"省钱"成为她生活中一件非常重要的事。

因为房屋面积小，推开户门，整套房子内的情景就尽收眼底。走廊里靠墙放着一个已经破损得很严重的双人沙发，也是这套房子里唯一正式可以坐的地方，所以一进门，秋月就拉着我把我让到了沙发上。但很快我就站起来了，另找了一个马扎坐——沙发已经塌陷了，坐在上面，腰受不了。

走廊尽头支着一张小床，两间卧室中也各有一张大床，这就是这个临时的"家"里的全部家当。

"我们两家一人一间，她们家也是妈妈带着孩子，因为来石家庄上康复机构，所以在学校附近租房住。今天周末，学校不上课，她们回老家了。但她家就娘俩，人少。我不还有个老二吗？一个人带不过来，就把他小姑也叫来了，临时在客厅里搭了张床。"秋月说。

我终于弄明白了现在这房子里四个人之间的关系：刚满二十八岁的年轻妈妈、自己也还是个孩子的十八岁的姑姑、分别是四岁多和一岁半的一对兄弟，就是因为这对兄弟中的哥哥在两岁零五个月的时候被确诊为孤独症，所以这个年轻的母亲乃至一家人的命运，都为之改变，走上了一条完全陌生、并且荆棘遍地的道路。

看着这套房子和这一家四口，就会真正明白什么叫"家徒四壁"。房子已经很旧了，墙面已经发黑发黄，而且可能因为一直都是出租的状态，所以墙面不断被贴上东西又揭下去，留下累累斑驳。三张床都不能算是真正的"床"，都是用木板、旧床垫或者随便什么支撑物搭起来的，上面铺的单子也都陈旧到看不出原有的颜色。

沙发旁边摆着一个旧洗衣机，估计也没有使用，现在只是充当了一个堆放杂物的桌子。厨房里有一个冰箱，倒是在用着，可如果单看厨房，就会觉得这个家顶多一个人在过单身生活，因为里面太空荡了，完全没有平常家庭厨房里惯常的那种满满当当。更不要说，这个"家"里平时是六口人在生活，从厨房就能看出来，秋月她们平时的生活，简单至极。

如果说在这套因为采光不足而略显昏暗的房子中，还有一处地方是明亮的，那一定就是秋月的脸庞，从她的脸上，找不到一点忧伤和阴郁，在我们相处的这几个小时里，她脸上始终都带着笑容。虽然很多时候，谈到伤心处，她的神情也会黯淡，但很快她就会重新绽出一个大大的笑容，说一句：

"这事儿应该能行，对吗？"

像是在对我说，也像是在鼓励自己。

秋月1987年出生，是个相当漂亮的姑娘。骨架小巧玲珑的，穿着牛仔裤和背心，身材也非常不错。挺直的鼻梁，她的眉毛尤其好看，修长、眉峰俊秀——总之是一个很上镜的人。她对网络很熟悉，而且性格非常开朗，如果不是因为小子恒的病，她可能也会像现在社交网站上的很多女孩子那样，一手抱一个儿子，每天发自拍照，当一个让众人艳羡的、时髦的标准美妈、辣妈。

秋月是山东德州人，初中文化，毕业后也在家附近的商店、超市打过工。后来自己交了个男朋友，就嫁到了河北衡水。

丈夫家境一般。公婆过去在老家村子里开了个维修家电的小店，有了一些积蓄之后，把店搬到了县城，在县城买了房。秋月嫁过来的时候，家里买房的账还没还清。所以他们就是刷了刷房，没有买一件首饰，也没有任何新家具、电器，只买了一台电脑，就结了婚。

"瞧瞧，就这么着，就嫁到我们河北来了。"我故意跟她开玩笑。

她也又笑又叫：

"可不是吗？真就这么着就嫁过来了。不过他家人都挺好的，过日子，只要人好就行。"但很快她的神情又有点黯然了，"就是嫁的太远了，现在又带着孩子出来治病，更没时间回娘家了。"

哪个姑娘不想娘家，尤其是自己孤身一人带着孩子在外地奔波，一定会更渴望能经常见到父母，不求老人能帮自己分担什么，只要身边能有个依靠就好。可现在，所有的事，只能是她一个人扛起来了。

秋月结婚后的生活很幸福，因为婆家只有兄妹两个，所以她一早就知道，会一直和公婆一起生活，而她和公婆相处得非常好，一大家子住在一起，平时全家人都在家里的电器维修店里忙活，也其乐融融。结婚没多久，就生下了小子恒，子恒两岁的时候，秋月又怀上了第二胎。那个时候，生活中所有的一切，都是亮堂的、幸福的。

"你们那会儿，完全没意识到小子恒的病？"我问。

"完全没有。"坐在一边的小姑姑开口回答，"我妈他们就一直说这孩子特别听话。还老是说，这孩子很乖，也不哭也不闹，就自己玩儿，有时候自己玩儿累了，直接躺下就睡着了，那会儿还都觉着他这样特别好。就是不会说话，可人们都说贵人语迟，说话晚点儿也没事儿，谁也没想到这就是'病'。"

我们坐在客厅里聊天的时候，小子恒始终在卧室里的大床上玩儿玩具。我看不懂他的游戏，反正他就不停地摆弄各种积木、卡片，非常专注。偶尔从床上下来（床因为是搭起来的，所以特别矮，很方便两个孩子爬上爬下），在屋里跑几圈，我也找不到他奔跑的目的，有几次他从我身边经过，我伸手摸他一下，试图引起他注意，但他完全不理会我。

反正除了不理人，和看不懂他的游戏含义之外，我看不出他有任何问题。

尤其是这个孩子完全继承了妈妈的好容貌，挺直的小身板儿，饱满的额头，鼓鼓的小腮帮，还有一个尖下颏。最吸引人的，是他的眼睛，他的眼睛又大又圆，长长的睫毛，漆黑的瞳仁格外明亮、深邃。如果说有这样一双眼睛的孩子，没有自己的思想和智慧，我完全不能相信。

仿佛看透了我的心思，秋月也跟随着我的目光，远远望着另一间屋子里的小子恒，幽幽地说道：

"他的脑子里是一片空白，完完全全的空白。等你和他相处时间长了，就知道了。"

"这孩子长得真好。"我还是忍不住说出了这句话。

秋月笑了一下，笑容有点悲伤：

"他长得比我们老二好多了。可长得好管什么用呀，要是能像老二似的，丑点儿，没病，也行啊。"

小子恒两岁零五个月，也是秋月怀第二胎五个月的时候，她带着子恒回娘家看望父母家人。

子恒的姥姥第一次提出了带子恒去医院看病这件事。

"我妈五十多岁，我婆婆六十多岁，所以我妈接受的新事物要多一点儿，她整天在家没事儿就看电视，从电视上知道了有'孤独症'这么一种病。就跟我说，'他老不会说话也不行啊，你带他去医院看看，要是没毛病就放心了，要是万一有毛病，咱们就该抓紧治，别耽误了。'"

所以，想要帮助孤独症儿童，就一定要加大宣传力度，首先让人们心中有这根弦。因为对于孤独症儿童，越早进行精神干预，康复效果就越好，千万不能再像小子恒这样，家人只是懵懂地觉着这个孩子"特别乖"，而贻误了最佳治疗时期。

"我们就去了德州的医院。可医院里根本就没有检测孤独症的科室，也不知道'孤独症'是怎么回事儿，就给他测了测听力，看他是不是听不见。结果听力没问题，就回家了。我妈不甘心，还是坚持去医院检查，她说，'你哥在天津上班儿呢，天津也是大城市，你们带着孩子去那儿再查查。'"

秋月沉默了，因为今天她的回忆到了最艰难的时候，她要一点点揭开那一幕永远都无法忘记，却又永远都期望只是一场噩梦的记忆。

终于，秋月轻轻叹了一口气，声音也变得很轻——之前，她的声音一直都是清亮的。

"到了天津的医院，没几分钟人家就确诊了。医生拿出了一堆专业的东西，让他辨识，做了几个特别简单的测试，就给我出了份检查结果，上面写的是'孤独症，中重度'。——医院也没给我开药，因为这病没药可治，吃药也没用。"

我们都沉默了。我站了起来，假装活动有些僵硬的身体，其实是想暂时逃离开那段悲伤的记忆。秋月仍旧坐在沙发上，脸色和眼神都分外平静。这种平静是我以前在别人的脸上没见过的，有点像地震或者洪水过后的城市，坍塌刚刚结束，一切都定格在了最残酷的瞬间。

命运就这样毫不留情地把这个当时才二十六岁的年轻妈妈推入了深渊。

我没有去问在刚拿到检查结果时，秋月和她家人的心情，因为毕竟我们的目的不是为了渲染悲伤换取眼泪，而是为了告诉更多的人，该如何坚强地去向厄运的铜墙铁壁砸开一线缝隙。

2. "他不认识我"母亲艰涩地说出这句话

秋月真的非常坚强，她回到家后，开始上网搜索各种信息，查找关于孤独症的各种知识。通过搜索和查找，她知道了，孤独症幼儿越早开始康复治疗效果越好，而且康复治疗的黄金期就在六岁之前，现在小子恒已经两岁半了，留给他的黄金时间已经不多了，必须马上开始康复治疗！

这真是一个有主见的姑娘，就像当年毅然决然地把自己嫁到河北一样，她又开始以同样的坚决去说服家里的每一个人，让他们相信，小子恒这的确是病，需要治疗。

这个说法首先就遭到了婆婆的反对，直到这个时候，老人仍旧不相信这么可爱漂亮的孙子会有病。"这不可能！他只是发育比别人晚，一旦学会说话，快着呢。"奶奶坚持着这样的想法。

其实想一想，子恒奶奶的心情也完全可以理解，六十多岁，抱上了孙子，而且又生得漂漂亮亮、周周正正，乖得不行。你们偏要说这孩子有病，别说不接受，不跟你打一架就是好的！

敢于面对的确是一种勇敢。可每一个"不肯面对"的背后，都是隐藏着更深的恐惧和绝望。

"他奶奶说什么都不信孩子有病，我就逮着机会就跟她说。说着说着，我就哭，一边说一边哭，一边哭一边说。唉，你就别提了，那会儿我就老哭。"秋月说，"那阵子我正怀着老二呢，月份也挺大的了。他奶奶后来实在没法儿了，说，你怀着孩子呢也不能老哭啊，这对肚子里的孩子也不好。再说了，都这么大月份了，你也不能到处跑着去看康复学校。这样吧，我替你去看看。"

这么听来，子恒奶奶也是个利落人，这位六十多岁的老太太做出决定之后，就带着自己的一个妹妹，也就是子恒的姨奶奶，老姐妹两个坐车去了德州，那里有一座秋月从网上查到的康复学校。

讲述完这一段，开始讲述下一段的时候，秋月的神情和声音突然又比刚才低沉了。如果说刚获知了子恒的病情，她是陷入了深渊之中，那么当走上求医之路，她突然发现了，这深渊将永远没有尽头。

"等他奶奶到了学校，一下子就什么都明白了，也相信了，子恒确实是有病。在家里，就咱家一个孩子，没有比较，也看不出来，可到了那里，那么多孩子，有大的、有小的，都和子恒一样，想不承认孩子有病也不行了。"

这段话，秋月说得格外悲伤。虽然每天都在跟婆婆理论、痛哭，可其实婆婆的坚守还是带给了秋月一线幻想的，而现在婆婆也接受了这个现实，秋月最后的幻想也无法再继续存在下去了。

就这样，整个家庭的想法取得了一致，等老二出生之后，秋月她们就走上了艰难的康复之路。

"家里赶上这种事，一家人能够团结特别重要。"秋月郑重地说，到现在，她已经带着小子恒在外面康复治疗一年零三个月了，接触了很多家长，所以对这一点格外感慨，"我家里，他爷爷奶奶、他爸和我的想法都差不多，虽说家里也没什么钱，可给孩子治病大家都同意。我见过很多家长，要么是爷爷奶奶不同意，要么是爸爸不同意，听说还有为了这个夫妻闹矛盾，甚至离婚的，那绝对不行。这种孩子更需要一个稳定的家庭环境，如果家庭环境动荡，对治疗就特别不利。"经过这两年多的研究、学习，秋月也懂得了很多关于孤独症方面的知识。

"我选这个学校，最开始就是因为它便宜，当然现在涨价了，可你得说，这会儿什么不涨啊。涨价了咱也没办法。一个月的学费是两千五，周六日休息。我们是每天只上半天课，这样能便宜点，一千八。我也能学着自己在家教他，有什么不明白的，第二天就去学校问老师。我是想，这么着，既能省点儿钱，我又能学学。毕竟不能总是在机构里耗着，太费钱了，耗不起。等差不多了，我就不让他上了，带他回家，我自己教他。"秋月细细规划着未来，虽然明知道未来等待着她的，没有惊喜，但还是得一步一步走下去。

在我们谈话的这段时间里，小子恒仍旧一如既往地沉浸在自己的世界里，玩儿玩具、盯着某一个地方出神、跑来跑去，一切都和正常的孩子相同，唯一不同的，就是他的眼神和表情从不和人交流。对于他感兴趣的东西，他会盯着看很久，秋月说，他最近喜欢所有能够转动的东西，所以他经常会抬起头望着房顶上的电扇，就那么痴痴地望着，一双眼睛宁静如深潭，时而微微蹙一下眉毛，时而露出一朵笑容。这眼神、这笑容都是那么纯粹、由衷，让我也情不自禁地沉浸其中。可秋月总是会轻轻提醒我一句：

"没用的,他听不懂你的话,也记不住你,他的脑子就是完全的空白,他也看不见我们这些人。他只是有了需求之后,才会找人,比方说他饿了,又看不到吃的,他就来拉你,你给他点吃的,他就走了。至于你是谁,他根本不知道。"想了想,她又进一步解释道,"假如现在,我们都走了,你留下来,和他一起住几天,他没有任何问题,还是没有需求的时候,不搭理你,有了需求,就找你。他感觉不到换人了。"

没有一位母亲能够承受这样的事实——已经四岁多的儿子,根本不理解"母亲"这个概念!

"你现在最担心子恒的是什么?"我换了一个话题。

"我现在最麻烦的,就是没法带他出去。你看他在家里玩儿,好像看着挺正常的,那是因为在这个环境中没有什么东西干扰他。但带出去就不行,比方说今天早上,我带着他去买菜——我也是故意想锻炼他,也锻炼我自己能真正带他出去,可他一走到卖菜的摊位旁边,就乱抓人家的菜。还有一次出去,他摸人家的桃儿,摸的满手都是毛,突然,不知道为什么他一转身,就去摸身边一个穿裙子的女人的腿去了,那女的光着两条腿,他给人家抹了一腿毛,可把人家气坏了。我一个劲儿给人家解释、说好话,说这孩子有毛病,大姐您别过心。咱们女人毕竟还是好说话,她看了看我们,也不是那种故意说瞎话的人,就没多说什么。

"最近他又特别喜欢看自行车的轮子转,所以不管是在哪儿,只要看见自行车,就一定去转人家的车轮子。有一次在我们家门口,看见邻居家自行车摆在那儿,他过去就给人家推倒了,想转轮子。现在他年纪小,我一直跟着他,不停地给人家解释,这孩子有病。人家还能不搭理他。可要等到十多岁了还这样,出去就乱抓人家东西、东摸西摸,人家还不打他呀!"

我终于明白了问题的严重性。现在之所以还经常会有人和我一样,心里对像子恒这样的孩子们怀着极高的期望,都只不过是因为他们年纪还小，所以感觉不出他们与其他同龄人有太多不同。但当他们到了十几岁，如果仍旧没有改观，那等待他们和家人的，将是一场漫长而可怕的灾难。可据秋月说，子恒的状况能发生彻底转变的希望并不大，因为他是"中重度"孤独症儿童。

"他来上了一年多康复机构，有效果吗？"我问。

"有。比方说，他现在能听懂一些简单指令了，像'坐下''过来''给我把手机拿过来''把这个扔到垃圾桶里'，他能听懂。但不是每次都执行，因为他更多的时候是不搭理任何人的。但你跟他说，'这个不能动''这件事不能做'他听不懂。"

"也就是说，康复治疗还是有效果的。"

"效果肯定是有，但一年多才学会了这么几个词。有时候，一两个月都记不住一个词，完全没有进展。而且很快我们也就不上了。因为花不起钱了。上康复学校费用太大了。他奶奶跟我说，咱们既然摊上这么个孩子，就认了吧，人家学校不是也说了，这病治不好。就别再花钱了。我也能理解他奶奶的心情，家里确实不宽裕，欠的债刚还完，一大家子的生活就靠着那个小店，以后他爷爷奶奶年岁大了，也得用钱，不能一点积蓄都不留。可现在家里一点钱都没留，挣点钱都给他治病了。咱不怪婆婆说，这样下去确实不行。"

3. 这一生，究竟会有多悲凉

这的确是个善解人意的好姑娘。家中遇到这样的意外，就更需要一家人相互体谅、相互理解，才能像秋月所说的那样：给孩子一个稳定的环境，让他慢慢地、一点一点地找到正常的生活轨迹——至少，能找到一部分。

秋月现在想得最多的，是小子恒未来的生活。当听说我采访过高龄孤独症孩子的父母，她忧虑地说："那孩子的爸妈现在都得五十多岁了吧，哪儿还拽得动孩子呀。"又问，"你有没有问问他们，想过没有，等他们以后太老了，或者他们没了（死亡），这孩子怎么办啊？"可还没等我回答，她就又自己说道，"这话没法问人家，是吧？肯定不能问，但他们肯定也已经想过了。"

她的神情又一次黯淡了，现在她所说的，也正是所有孤独症儿童的父母最揪心的一个问题："等我们老了、走了，这个孩子怎么生存？"

秋月向我讲述了她对小子恒的规划：

"现在康复机构里有很多家长，都面临孩子需要进入小学就读的问题。可普通小学根本不接收这样的孩子。特殊教育学校特别少，据说要等很久才能入学，所以大家就只能在机构里这么混着，等实在混不下去了再说。我没想过让子恒去上学，他的状况也上不了学。我就想教会他一些生活自理的能力，再教会他些社会常识。比方说，不能乱动人家东西，买东西得花钱，不能乱摸人家，不能什么地方都去。他还好，能有个弟弟，等老二大点儿了，我经常给他讲着点儿，得照顾他哥。但毕竟不能让他像我似的这么管他，人家还有媳妇呢，也得过自己的日子，咱不能让他为了他哥跟媳妇闹矛盾……"

这就是母亲！手心手背都是肉，思来想去、千方百计也想把两个儿子的生活都照顾周全。

"所以，我得教会他生活自理，再教他一些社会常识。以后给他攒下点钱，有他间房子，他自己住着，知道穿衣服、吃饭，不出去惹事，隔两天，让他弟弟过去看看他。这不还有他小姑姑呢，小姑姑年纪比我们小得多，等没了我们，小姑姑也帮他一点儿。但前提是，我必须得让他学会自理。学会社会常识。不然等没了我，别人的负担就太重了。"

很显然，这些不是秋月的目标，而已经成为一件非做不可的事情。只有做到了这件事，在多年以后，她才能放心离去。

一个二十八岁的母亲，已经下定了决心，一辈子都只为一件事忧虑操劳——自己离世之后，儿子的生活。这是何等的绝望，又是怎样的坚强。真希望上天能赐给他们母子一个奇迹，在未来的某一天，会出现一种力量，告诉秋月："放心吧，我们会照顾好你的孩子。"

"家长们有时候一起聊天，她们还说得让孩子上学，以后还得结婚。这些事儿我连想都不想，就算以后真能娶媳妇，我也不让他娶，耽误别人。我就想着他能生活自理就行。"虽然已经反复强调，自己对于小子恒的未来没有、不会有，也不敢有任何奢望，但是，从子恒现在的情况看，即使只是秋月想要实现的这个"简单的"目标，也是异常艰难的。

"他学不会说话，你别看我让他叫你阿姨，他就叫，他那只是在简单的模仿，他根本不明白这两个字的意思，也记不住。好多时候你教他一个最简单的词，一件最简单的事，他就是记不住，你看老二才一岁半，你教他一遍，他就能记住。可子恒记不住。前几天在学校，因为老师干预他的行为，他还打了老师一下，你说这能行吗？以后谁要碍着他，他就打人家？你看他又这么壮实，胳膊腿哪儿都没毛病，真要长到十几岁，那还不得把人家打坏了呀。我得教他，我必须得教会他。"

好像每一段谈话，都会经历这样一个过程：从一开始讲述现实的艰难，到最终发下宏愿般的决心。可能就是这份决心，在苦苦支撑着这位年轻的母亲。

在这个时候，又发生了一件让人心痛的事情。小子恒突然跑了过来，爬上沙发，坐到妈妈身边，抓起她的胳膊，用自己的嘴唇和脸颊去反复碰触秋月的肘关节。那一幕，真的很温馨——一个孩子在用自己的双唇，轻轻吻着妈妈的手臂。

可秋月却告诉我：

"他只是喜欢这个关节带给他皮肤的触感，现在想找这种感觉了，就过来反复接触。"

我的心蓦地一疼：对于小子恒来说，秋月并不是"妈妈"，只是和一件物品，一个毛绒玩具一样的物体。当他依偎着她、亲吻她的时候，也不是因为爱和依赖。

我不敢再继续想下去，那些源源不断引申出来的念头，像一把钝锯，在一下一下地锯着我的心。

可秋月却没有我这么强烈的反应，她见小子恒开始专心触摸她的手臂了，就停下我们正在进行的谈话，同样专注地开始反复做手臂曲起、伸直这一组动作，每做一次，口中都说着："关上、打开，关上、打开。"

她平时就是这样，抓住一切时机对小子恒进行引导、教育。只是她的语言、动作都没有引起子恒的兴趣，子恒玩够了妈妈的胳膊之后，把胳膊一扔，转身就离开了。

秋月的脸上没有显出一丝一毫失望的情绪，就好像刚才什么都没有发生过一样。也许正如她自己所说的那样：有这么一个孩子摆在眼前，索性也就不想那么多没用的东西了，只想着怎么一心一意地教会他最简单的生活。因为他必须要学会，别无选择。

4. 走到聚光灯之下

作为一个还不到三十岁的年轻妈妈，秋月忧虑的不仅仅是自己这一个家庭，她还想了很多关于整个孤独症群体的事。

"我们家还好，好歹有两个孩子。有时候我和他爸就说，幸亏那会儿什么都不知道呢，就怀了、生了，要是等到老大查出病来，真就连生都不敢生了。真怕再生出一个，又会像子恒这样。我们康复机构一个家长，怀孕了，她就特别紧张，天天问我，你们老二怎么样啊？会说话了吗？会跑了吗？你教他什么，他能学会吗？等我告诉她，我们老二都挺好的，什么都会。她就踏实点。然后过一天，又不踏实了，又问。唉，你就别提那个折腾了。确实是怕呀。

"现在还有很多家长面临着孩子入不了学的问题，年岁挺大了，哪儿都不要，只能在机构里混，可老这么混也不是事儿啊。但不混也没办法，好像人们都有一种心思，在这儿跟着学，就还有点儿希望，如果回家了，就彻底没希望了，一辈子真就只能这样了。可一直待在机构里也不行啊，太费钱了。现在人们都是能拖一个月就拖一个月，实在花不起了，就回去。"

寥寥数语，却好像又推开了一扇窗，窗外的那个世界每一天都悲痛欲绝、黯然无光。

秋月有一个很显著的优点，她从不讳言孩子的病情，也不隐瞒，她说，等她带着子恒回到老家之后，她会告诉所有的亲戚、邻居，这个孩子有孤独症，也告诉大家伙儿孤独症究竟是怎么回事儿。这样，大家也许就能多体谅他们母子一点，就能"把孩子带出去"，这就是她目前最大的愿望："如果一直把他关在家里，他就更学不会社会生活知识了，只有多带他出去，多见人多见事，他才有可能再学会一点。所以我绝不把他关起来。"

这个想法无疑是正确的，但是，孩子的爷爷奶奶会同意吗？毕竟很多人都不想让亲戚朋友知道自己家的孩子生了这种病，也特别担心孩子出去闯祸、惹麻烦。秋月也知道，自己的想法肯定会遇到阻力。但是她已经决定，再一次拿出当年让爷爷奶奶面对孩子病情的那种耐力，慢慢说服他们。"反正我不能把他关起来。"这是秋月不变的信念。

提到了她如此爽快地就接受了采访，她欣然道：

"我不觉得这有什么，只有多让外界知道有这种病，有像我们这样的这么一群人，才能引起社会关注，只有整个社会都重视了，这些孩子才能更有希望。如果把自己和孩子藏起来，那孩子就永远都出不了门了。我从网上看到，其他省份还有家长互助组织，那种组织特别好，因为家长们压力都很大，能经常见见面，一起交流交流，特别有好处。可我们河北现在还没有这样的组织。只有一个家长群，平时谁遇上事，就在群里说说，大家给出出主意，或者同一个机构的孩子家长们一起说说，这样还是太狭窄了。

"不光孤独症儿童的家长需要帮助，普通家长也应该了解这方面的知识。如果子恒刚出生那会儿，我就知道有这么种病，或者身边有人知道，肯定就能早发现他有病，早进行干预治疗，情形也许会比现在好很多。现在我懂了，所以不管身边有谁生孩子了，我就主动去问一问。像我弟弟，我就打电话问他，现在几个月了？会爬了吗？你给他做几个动作，他会跟着学吗？哦，都会，那就行，放心了。早发现，太重要了。"

幼吾幼，以及人之幼。一位年轻的母亲，在自己坠入命运的黑洞之后，不是怨天尤人，而是努力想着如何拯救自己、帮助他人。这种行为，只能用一个词来形容：善良。

谈到下一步的具体打算，秋月说，她在北京一个培训学校报了名，学期三个月，学费是一万元，食宿费自理。这个课程是专门教母亲如何在家里自己对孩子进行康复教育的，是实际操作课，带着孩子一起去学，有老师教。她还是希望回到家中之后，能让小子恒继续接受康复治疗。但是想上那个学校需要排队，因为教学资源有限，想要学的人太多了，她虽然交了钱，但要等到明年三月份才能入学。

又一个让人震惊的数据：中国孤独症康复及专业教师培训方面的力量极为欠缺，由此可见一斑。

"我跟家里说了，这是我为他花的最后一笔钱了，以后，就是我自己教他了。"秋月说。仍旧是前半句是陈述，后半句像誓言，她永远都不会放弃自己制定的那个目标：让子恒能够生活自理，能够学会一些社会生活知识。

秋月还笑着说出了她另一个打算：

"我是这么想的，等老二到了上幼儿园的年龄，我就让老大也跟他一起去，俩人在一个班，老二看着他点儿，让他也跟着混一混，接触接触这个环境。到时候如果幼儿园同意，我就去给人家当个保姆什么的，打扫打扫卫生，做做饭，捎带看着我这个孩子。我反正也是看孩子，在哪儿不是看啊。"

每个年轻妈妈肯定都有过五彩斑斓的对未来生活的描述，但唯有她对未来生活的谋划，让人动容，也让人心酸。

秋月还说起了一个故事，她说自己的运气特别好。几个月前的一天她正在学校里陪孩子上课，忽然老师找到她说，今天有媒体来学校采访，希望能找家长谈一谈。媒体的这个要求其实是让老师有点犯难的，因为很多家长并不愿意面对镜头和陌生人，尤其不愿意向陌生人暴露自己的悲惨。老师想了想，觉得秋月平时性格挺开朗的，所以尝试着问一问她，愿不愿意和媒体聊聊。

让老师没想到的是，秋月特别爽快，一口就答应了下来。面对来采访的记者，秋月就像今天一样，侃侃而谈，不渲染也不掩盖，用最朴实的语言、最真实的态度，让记者们看到了一个孤独症儿童家庭的实实在在的过去、现在和未来。

接下来，他们又邀请秋月去参加他们做的一期节目，那期节目就是专门向观众介绍"孤独症"的。在镜头前，秋月也没有怯场，面对着主持人和观众，说出了自己心中的想法。

她之所以能一次次这样毫不犹豫地站到聚光灯之下，一方面确实是因为本性善良开朗，而另一方面，也是因为她心中那个坚定不移的信念："要把小子恒带出去！"只有让更多的人了解了孤独症，只有理解了这些孤独症儿童和他们的父母亲人，整个社会才能变得更加包容，小子恒的希望才能更多一些。

在那期节目中，制作方还请来了几位一直都很热心于公益事业的企业家，他们当场慷慨解囊，资助了小子恒一万元钱。也正是有了这一万元钱，让秋月为明年去学习的那个培训课程凑足了学费。

在讲述这件事的过程中，秋月始终都在说"感激"这两个字。她感激在学校里采访她的那位"大哥"，感激那期节目，感激捐助她的那些企业家。

她真诚地感激着出现在她和小子恒生命中的每一个人，甚至包括子恒奶奶——因为她觉着，婆婆现在是拿出了自己养老的钱给孩子治病，这份心意让她感怀不已。

我佩服她这种善良和胸怀。也相信，她所做的是对的：只有走出来，让更多的人看到她和小子恒，了解了孤独症，才能引起全社会对孤独症儿童的关注和包容。

我也感激，感激她有这种胸襟。我相信，她的努力一定不会白费。

秋月也不无遗憾地对我说："你是写书的，可现在书还有人看吗？如果是电视就好了，上《新闻联播》。"

我理解她这种热切的期盼，也理解她的遗憾，坦白地说，在这个时代，我也不敢过于推崇文学的力量。但是，正如秋月所说的，每个人尽自己所能做一点，孤独症儿童的希望就能大一些，距离阳光之下的那片光明之地的距离，就能更近一些。

分别时，我看了看她手机里的孤独症家长QQ群，这个群的人数竟然多达一千人！

又是一个触目惊心到了让人心痛的数字。一千人，就是一千个秋月，一千个小子恒。还有已经白发苍苍的爷爷奶奶，为了外孙和女儿发愁以至于夜不成眠的姥姥。这还仅仅是河北地区的家长，仅仅是一个群。

让我们每个人都继续努力吧，像秋月一样，为了更多星星的孩子。

【采访手记之六】

在结束对秋月母子采访的时候，我提出来，她有没有关系比较要好的孤独症儿童家长，如果可能，我想再和她们聊一聊。

她很爽快，一口就答应了，开始打开手机群帮我联络。而且她想的很周全，特别提出来，让我多和那些孩子稍大一些、面临入学困境的家长谈谈，了解一下她们的艰辛。

可是几次联络都没有成功，家长们在问明白我的来意之后，都以各种理由婉拒了。我能明白她们的心情，所以一直告诉秋月，千万尊重家长们的意见，决不强求。

其中一位家长在QQ上和秋月有了这样一段对话：

家长："她写也写不好，因为她没有亲身经历。"

秋月："对啊，所以她来采访了。"

家长："采访也没用。听别人说比自己带差远了，只有自己带过才知道！"

秋月愣怔了一会儿，对着我有些无奈地笑。而这个时候，我的心情倒是非常平静，因为透过这简简单单的文字，我能够感受到，那位家长强硬外壳之下，那颗已经不堪重负的心。

而另一位家长，在是否接受我的采访这个问题上，始终犹豫不决，多次反复之后，还是拒绝了我。

在这反反复复之中，我看到了大多数家长最真实的心态，她们一定也明白，像秋月这样的做法是对的，只有利用一切机会发出自己的声音，才能引起整个社会的关注，为孩子争取到更宽松的生存空间，可当真正落实到行动上的时候，却又是真的非常艰难。所以，她们需要时间让自己的心灵一点点变得强韧，也需要我们所有人，拿出真诚，让她们感受到，走出束缚孤独症儿童的那道围墙之后，有无数双臂膀愿意同她们携手并肩。

后来，这位家长加上了我的微信。她在朋友圈里大多都是在发女儿的照片，一个高挑、漂亮的小姑娘，在妈妈的引导下对着镜头摆出各种姿势，或者和妈妈一起做各种动作。

这也是另一种形式的不放弃吧？告诉整个世界，"我一定会让我的女儿重新获得幸福快乐的权利。"

《我和我的小伙伴一起去旅行》,吴昊俣 作,5岁,西安市莲湖区孤独症儿童康复训练中心(蓝海豚)

《自由飞翔》,苟舒雅 作,5岁,西安市莲湖区孤独症儿童康复训练中心(蓝海豚)

《我的世界》,寄嘉伟 作,5岁,西安市莲湖区孤独症儿童康复训练中心(蓝海豚)

《生日派对》,马伟晨 作,5岁,西安市莲湖区孤独症儿童康复训练中心(蓝海豚)

第二卷 点燃满天星光

目前，对孤独症儿童唯一有效的治疗方式，就是康复训练，这种训练需要在专门的康复机构中进行。

在采访过程中，我走访了很多孤独症康复机构，有公办的，也有民办的；有的稍具规模，而有的，只是一个小小的院落，里面有几位老师，十几个学生。在一间间窄小的教室里，康复教师们握着孩子的手，注视着他们的眼睛，一遍遍重复着一个简单机械的发音和动作，五十遍，一百遍；一个月，三个月；直到孩子学会了、记住了，再开始学习下一个……

如此周而复始，日复一日，年复一年，这些简陋的康复机构，守护着孤独症儿童的父母们心底里那最后一簇已经微弱至极的希望之光。

在家长们一次次几乎都坚持不下去了的时候，这些机构没有放弃；当整个社会几乎都忽略了她们和这些孩子的存在的时候，这些机构仍旧没有放弃。她们就是这样执着的为孤独症儿童和他们的家庭守护着一片希望的桃源，守住那一簇希望的光。

无论患病率如何统计，巨大人口基数之下，中国庞大的自闭症群体已不容忽视。然而，该群体的生存与受教育状况并不乐观。《中国自闭症儿童发展状况报告》（下称《报告》）介绍，在中国，孤独症儿童长期以来是一个被边缘化的群体，许多经过康复并取得一定效果的孤独症儿童，仍无法在主流学校随班就读。

国际通行的针对孤独症儿童康复的融合教育，目前在国内基本处于空白。本应在孤独症儿童康复中发挥主力军作用的教育部门长期缺位，是这种困局的一大原因，学龄期孤独症儿童的教育主要还只能依靠家长自身力量。

值得庆幸的是，官方缺位得到民间机构一定程度的补充。据中国残联信息中心的不完全统计，截至2013年7月，全国范围内承担各级残联孤独症儿童康复工作任务的实名制康复教育机构已达933个，据此推测全国机构数量已经过千。

大量民办机构的建立有效地弥补了政府资源的不足，缓解了需求与供给的巨大矛盾。但《报告》也表示，一些孤独症康复机构管理不规范、专业性不强，还需要政府积极地扶持、引导和管理。

此生伴你前行
——哈尔滨市启迪学校

【采访手记之七】

这一部分，我要写三个主题：一位母亲、一位校长、一所学校。涉及三个时段：中国孤独症群体康复这项事业的昨天、今天，还有未来。

"我想和你玩儿，但我不知道该怎么和你玩儿，请你教我玩儿。"这是在采访过程中杨晓华引用的一句孤独症公益广告语中的话，这句话本身，就让人落泪。

杨晓华，1993年特教专业毕业后，进入了哈尔滨市启迪学校工作。一干就是二十多年。她是一位孤独症女孩的母亲，是一所特教学校的校长，她建立起了一整套非常好的孤独症康复训练体系。可在采访过程中，她说得最多的，却是学校中的孩子、老师、学校的未来，孤独症孩子们的出路……

上篇
因为女儿，她选择了去帮助更多的孤独症孩子

1. 给女儿唱歌

之所以用了这样一个题目，是因为在听杨校长讲述的过程中，这一个细节格外打动我。

1998年，杨晓华的女儿出生，本来有一年产假，可生性好强又事业心极重的杨晓华，产假只休了一半，就回学校继续工作了。女儿交给奶奶来带。

奶奶是上海人，喜欢清静也喜欢干净，所以每天都会把小孙女收拾得干干净净、漂漂亮亮的。小孙女很乖，经常自己一个人安安静静地玩儿，奶奶就在一边看书、看报纸。

杨晓华偶尔把女儿抱到楼下去玩儿，她也不爱理人、不同其他小朋友玩儿。邻居的奶奶、阿姨们，都开玩笑说她："一看就是个小贵人儿，不管出来多久，都是干干净净的。"

那个时候，肯定每一个人都是真心觉得，这个漂亮的小女孩儿是理想中的那种女儿——懂事、优雅，一个与生俱来的小淑女。

直到孩子一岁半的时候，杨晓华的父亲从齐齐哈尔老家来看望他们。抱着外孙女，老人提出了疑问："这孩子的眼神怎么总是不看人呢？"

一句话警醒了初为人母的杨晓华，她带着孩子去医院检查，那时哈尔滨的医院还没有"孤独症"这个概念，所以，哈尔滨所有的大医院给出的结论都是"发育迟缓"。但杨晓华毕竟是做特教专业的，所以没有经过太复杂的过程，她就对照着书本和网络确定了，女儿是孤独症。

作为专业人员，她对这个事实的接受，比其他父母都要快，也比其他人都更明白"孤独症"这三个字的含义——孩子的未来，生命的痛

苦……所有孤独症孩子的父母会在未来十几年间慢慢体会到的残酷和恐惧，杨晓华在第一时间全部都了然于胸了。

每一位医生，在向患者讲述病情的时候，都会尽量婉转，因为不想让患者再承受更重的精神打击。可当医生亲手给亲生女儿诊断出病症的时候，会是什么样的情景？

杨晓华从不向人讲述那段时间她的心情和感受。她只是说："因为我比别人懂一些这方面的知识，所以，我没有经过那种侥幸、逃避的阶段，直接就接受了。"

这个"直接接受"的背后，是常人无法想象的痛苦，这是一次用生命撞击灾难的硬着陆。

也许从那时起，杨晓华就已经下定了决心，把所有的痛苦都深深埋入心底，全心全意陪女儿长大，用自己的血肉之躯，把挡在她生命之路上的那块巨石砸碎，给她争取到一个希望。

所以她从来不提这些年经历过的艰难和苦难，唯有两个地方能够稍稍窥到一丝她内心的伤痕。

一是，她会突然停下永远都清亮干脆的语调，黯然地说一句："从知道了孩子的病，我爸就来哈尔滨了，帮我带着她，为了这孩子，他和我妈已经两地分居了十几年了。"这时，她的声音中是感激、是愧疚，也有深深的无助。只有这个时候，听者才会想起，眼前这位女校长、公认的女强人，也是一个需要父亲臂膀来依靠的女儿。

另一件，就是她经常会提到，在备孕和怀孕的时候，她特别用心，读了好多书，该吃什么、不能做什么，每一样都仔细执行。直到现在，有年轻人怀孕，她都能给她们做指导。

从这里也能看出，杨晓华也曾经无数次在内心中问过自己，为什么厄运会降临到她们母女头上。这完全没有理由。

人其实是很脆弱的，在这样一次次对命运的追问中，很容易就会陷入自怨自艾的阴云之中，无力自拔。但杨晓华没有，她问过，她也被这种没有答案的答案一次次重创过，可她仍旧也没有停止过同病魔的抗争。

现在，提起她已经十七岁的女儿，她很达观。一一介绍女儿的情景："她现在情绪问题都解决了，脾气很好，能够交流，会说简单的字。早上起来，她会说'被'，这是让你给她叠被。她自己能洗脸，刷牙得帮她一下。她会说'面'，这就是想吃早饭了。你如果问她，'要不要卧个鸡蛋？'她会说'要'。"

十七岁的女孩，如果是一个普通姑娘，可能妈妈已经心中在暗暗替她筹备嫁妆了吧。而杨晓华，却仍旧拿出十六年前面对一个婴儿似的耐心，一步步陪着女儿成长。

自从确定了女儿的病，杨晓华就重新调整了自己的生活重心，从那时起，她的生活中就只有工作和女儿这两件事。白天上班，就把孩子交给姥爷，晚上下班，她就自己带，放假的时候，白天晚上她都和女儿在一起，陪着她，一点点教她。

杨晓华说，女儿特别爱听她唱歌，所以晚上母女俩在家里，她就给女儿唱歌，一首接一首地唱，女儿特别高兴。在讲述到这里的时候，杨晓华还很自然地唱出了两句，然后又惟妙惟肖地模仿女儿欢快的样子。她本来嗓子就特别好，歌也唱得好，她把那么动人的歌声，全部都留给了女儿。

这是一个非常了不起的女人，她牢牢抓住生活中每一线光亮，为自己和女儿创造出幸福。

2. 一个康复训练班的诞生

哈尔滨市启迪学校成立于1988年10月，现在已经成为哈尔滨市香坊区一所专门对智障、孤独症和有其他学习障碍的少年儿童进行教育、康复、训练的特殊教育学校。并且目前被认定为"黑龙江省特殊教育资源中心（孤独症部）"、"哈尔滨市孤独症教育康复训练评估指导中心"。

到杨晓华，已经是学校的第三任校长了。

当初建立这所学校的初衷，主要是接收智障的学生，是一所公办特教学校。学校刚筹建的时候，没有特教老师，师资力量全部都是从全区重点普教学校选拔来的优秀骨干教师，有十四名左右。这些老师基本都被评为过省、市优秀教师，有很丰富的教学经验。

1993年，哈尔滨市因为缺乏特教师资力量，所以去杨晓华读书的学校选拔学生，选中了十五名特教专业的优秀毕业生，杨晓华就是其中之一。她在学校学习的是手语和盲文，智障康复是她的选修专业，那个时候，大学里还没有孤独症康复这个专业。

杨晓华来到启迪学校的时候，这里相对来说，属于规模较小的特教学校，只有五十多个孩子，老师们也都差不多到了五十岁上下的年纪。

用杨晓华的话说，老校长把她们这第一批特教科班毕业的学生当成宝贝一样看待，把他们视为启迪学校未来的栋梁。走上教师岗位之后，有很多老师带她，这些老师虽然都来自于普通教育学校，但是因为她们有多年的教学经验，又经过了在启迪学校五年的摸索，所以已经积累了一定的特教教学实践经验，让她学到了很多东西。这所学校也是从那时起，就延续下了良好的学术风气，直到现在，启迪学校仍旧保持了这种互助、向上、精益求精的治学风格。

杨晓华说，她报考特教专业，其实很偶然。高考的时候，因为身居县城，对报志愿不太了解，一个从事教育工作的亲戚给她建议，让她报特教，说这个是冷门，会保险一些。结果，高考成绩出来之后，杨晓华的分数远高于特教专业的录取分数。她就这么阴差阳错地成了特教专业的学生，而且因为天性好强，还成了最优秀的学生。

如果说，这时的杨晓华，还只是因为一次偶然、一腔不服输的热血，在特教老师这个领域中努力拼搏，那么，在她真正到了哈尔滨，进入了启迪学校之后，她开始真正爱上了特教这份事业。

到了1998年，当时，已经做了教导主任的杨晓华发现，来报名的生源发生了变化，不再单纯是智障类的孩子和脑瘫的孩子，情绪障碍的孩子渐渐多了起来，这些孩子的情绪问题非常严重，根本上不了课，总是又哭又闹的。可是在当时，东北医疗还比较落后，对这一类孩子的了解很不够。对他们没有一个明确的说法，相对应的师资也非常缺乏。因为不知道他们究竟属于哪一类问题，所以很多孩子来了之后，学校没有办法接收。但是他们又不忍心把这些孩子拒之于门外，而且后来这一类的孩子越来越多，学校就想了一个办法，从他们中间选择了几个孩子，插到各个班里去，每个班再配上一两位老师，专门带他们，尝试进行一对一教学。这些老师对每天的教学工作都有详细的笔录，逐步了解这些孩子。

而这时，杨晓华的女儿也确诊为了孤独症。杨晓华一边在学校中，对这些有明显情绪问题的孩子进行教学研究，一边想方设法给女儿寻找孤独症康复机构。可那时，哈尔滨根本没有这种机构，公办、私立的都没有。直到2001年，女儿三岁的时候，哈尔滨终于有了一家私人开的孤独症康复机构，那时的康复机构，还是按小时收费的，每天训练几个小时，分为几期来做。

机构距离杨晓华的家非常远，他们就每天背着孩子坐公交车去接受康复训练，孩子在里面训练，他们就在外面等。训练结束了，再带孩子回家。

就在每天等待孩子的过程中，杨晓华和父亲接触到了孤独症家长这个群体。其中有很多家长为了孩子的病，去过北京、上海这些大城市，走过了很多机构，积累了一些知识和经验，家长们经常彼此交流沟通。

在交流中，家长提出了这个孤独症康复机构存在的种种问题，比如说，师资比较杂，还聘请了很多在家闲置的人员来做老师，很不专业。训练的时候很多专业名词都出现错误，而孤独症孩子的特点就是行为刻板，一旦学会了错的，他就再也无法改正了。而且机构的教师流动太快，这也对孩子们的康复训练造成了影响。

这个时候，就有家长对杨晓华的父亲说："你女儿可以办这种机构啊，她是学特教的，有这个优势，她会懂孩子的心理，知道怎么教这些孩子。"

父亲回家对她一说，杨晓华苦笑着回答了一句："这个太难了。"因为当时是2003年左右，国家特教范围规定的非常明确，是盲、聋、智障，孤独症孩子是包含在智障孩子里面的，还没有经过人口普查被单独列入残疾孩子。所以杨晓华觉得，让学校单独开办这样一个机构，不太可能。

恰在这时，有一家幼儿园开设了这种专门的班级，由幼儿园老师，在这个专门开设的小班中，对这些孩子进行训练。杨晓华满怀憧憬地把女儿转入了这家幼儿园，可是很快她就发现，这家幼儿园中的康复训练也不够专业，老师们仍旧是从普通幼教转过来的。

这些孤独症孩子，究竟该怎么办呢？他们的出路到底在什么地方？杨晓华苦苦思索着、探寻着。

而这一阶段，由于杨晓华的工作出色，开始渐渐进入学校管理层，经常被派遣到外地参观、学习。这种参观学习开阔了她的眼界，原来，依靠公办机构开设孤独症康复机构，并不是不可能的，已经有公办特教学校在这样做了！

看到已经有人在这样尝试了，这让杨晓华一下子就信心倍增，学成归来后，她就开始和各级领导沟通这件事。而领导一般都会问："什么叫'孤独症'啊？"那时，"孤独症"还没有作为一种病症被广泛了解，在特教领域，还是一个完全的空白。所以，每次沟通的第一步，杨晓华都要详细地向领导解释"什么是孤独症"。

解释清楚之后，就进入了具体操作环节的讨论："你有多少这方面的师资？有多少教学资源？有多少的生源需求？"

为了回答这一系列的问题，杨晓华在哈尔滨开始了一场深入的调研，并且提交出了一份翔实的调研报告。通过调研，杨晓华大胆做出结论，仅在哈尔滨地区，需要接受康复训练的孩子，就应该达到了一万名以上。大概会在一到两万名之间。

这个数字震惊了领导："这么庞大的一个群体，以前为什么从来没有关注到过？"

而领导的疑问，也恰恰是另一个让杨晓华痛心的地方——通过调研和在各地的学习考察，杨晓华发现，因为黑龙江目前没有专业的孤独症康复机构，即使大型医院也没有这种康复室，所以大量的黑龙江孤独症家庭都带着孩子在北京、上海、广州这些地方接受康复训练。他们为了给孩子治病，不仅常年漂泊在外，而且还要承担巨额花费。

面对这样沉重的生活压力和经济压力，一般家庭都支撑不了太久，几年之后，还得回到家乡。可当他们回来之后，整个黑龙江省，包括哈尔滨市，在这方面却是空白，孩子们没有办法再继续接受康复训练。孤独症儿童的康复训练需要长期延续，如果中途间断，那前面所有的付出就全部付诸东流。

当时，适逢黑龙江省教育厅召开一次全省的特教论坛，在这次论坛上，杨晓华第一次公开提交了这份调研报告，此报告引起了关注，也获得领导们的支持。那时是2004年，杨晓华也是在这一年，接任了校长的职务，成为启迪特教学校的第三任校长。

领导们被杨晓华所做的这份调研报告震惊了，也被她的执着打动了，同意她在特教学校内开设专门的孤独症康复训练班，让她先从一个班做起，稳扎稳打。

2004年，启迪学校搬进了新校区，杨晓华的孤独症康复训练班，就在新校区中开始了。最初的日子，只有一个班，十一二名孩子和六位老师。杨晓华亲自带着这六名老师去北京、上海、青岛……各家知名孤独症康复机构学习、观摩，求取真经。

而且在当时，第一批进入康复训练班的孩子们的家长，也都见多识广，他们基本都带着孩子在外地接受过康复训练，所以也已经积累了一定的经验。杨晓华和老师们又从这些家长身上学到了很多东西。所以，直到现在，杨晓华还在说，她们是和家长们一起成长起来的。

就这样，她们边干、边学、边向前推进，跟跟跄跄地朝前走着。

3."身兼四职"

半年之后，启迪学校的这个孤独症康复班初见成效，杨晓华的努力，也获得了哈尔滨市教育局领导的认可，领导说："我现在不能给你行政上的帮助，也没办法给你师资，我们给你一个业务领域吧。"就这样，市教育局把杨晓华这里，定为了"哈尔滨市孤独症教育康复训练评估指导中心"。

因为当时，在整个哈尔滨市，没有学校能够接收这样的孩子。这也是因为具体到每一个孩子，情况也确实比较复杂，有的孩子是智障伴随着孤独症倾向，很难给孩子界定，也就没有办法接收他们。所以启迪学校就成了哈尔滨市这方面的权威机构。

孩子们带着医院出具的诊断证明来到了杨晓华的训练班。杨晓华就领着这六位老师，从感统训练开始，再到语言训练，再到认知，大班推进，每天就这样反反复复，一天下来，所有人都是累死累活的。

"我们那会儿可苦了。"时间已经过去了十多年，可是杨晓华提到创业之初，仍旧无限唏嘘。

因为当时教学体系不完善，所有的教学内容和方式全部都靠自己摸索和尝试。她们经常开办讲座，从外地请来专家授课，让老师和家长一起听课、学习，而老师和家长们之间也经常相互交流、学习。一旦能有去外地参加学习的机会，杨晓华千方百计都会派人去参加，只要有机会学习，自己掏钱都去。然后把课程能录就录，不能录就记，反正得把授课内容带回来，再组织老师和家长一起学习。或者派遣老师到其他知名度较高的孤独症康复机构实习，推荐老师去专门报考特教研究生。杨晓华的原则是，只要有学位考试就去考，有资格证考试也要去考。

总之，她利用一切能够找到的机会，打磨培训自己手中的这支教师队伍，一心想要创造出最专业的孤独症康复师资力量。

这样摸索了几年之后，逐步和北师大特教系、上海华东师大孤独症特教研究学院等这些大学中的专门机构建立了对接。到了这个时候，杨晓华和她的孤独症康复机构，终于得到了来自于专业领域的支撑。

就这样一路摸爬滚打下来，经验越来越丰富。到了近几年，杨晓华他们终于摸索整理出了自己的教学体系。现在，他们的孤独症专业分为"粗大运动训练""认知理解""认知表达""精细""社会性""沟通"等六大领域。同时，他们也有了非常标准而完善的评估测评程序，也有了完善的教学流程。

辛苦付出，就一定会有回报。2012年，由北京教育司出面在全国各地选择了十几位孤独症康复方面的专家，杨晓华成为其中之一。

也是在这个时候，杨晓华欣慰地发现，他们依靠自己摸索出来的教学理念和教学体系，同国内外的先进理念已经非常接近。

"欣慰"可能是那一时刻杨晓华内心最真实的形容，这一路走来，千辛万苦。一句"从实践中慢慢摸索、总结得来"，听起来简单，可每一个接触过孤独症康复的人都能明白，所谓"实践"就是对无数个孤独症孩子一天天、一年年的教导，所谓"慢慢摸索"，就是无数次康复训练失败之后的从头再来。

在这样长年累月的"摸索"中，孩子们长大了，也渐渐学会了语言、生活自理、社交技能。而曾经年富力强的老师们，也慢慢地人到中年。

杨晓华是一个非常健谈的人，思维清晰、表述准确、逻辑性很强，但有一点，她从来不谈自己在这十一年中，付出了多少辛苦、承担了多少压力。谈到她对这所学校的奉献和牺牲的时候，她总是一带而过，几乎把所有的时间都用在了详细介绍孤独症康复的各种方式，和对孤独症儿童的未来的各种思考上。

我是从另外的一些文章中，找到了下面这几段文字：

杨校长经常教导老师要做到"身兼四职"，即"医生""教师""妈妈""保姆"，在学生面前，她从不把自己当校长，时刻为孩子着想。

杨校长无论大事小情都能率先垂范：学校水管老化，厕所跑水，她不顾刺鼻的异味和泛出来的污物带头拿起扫帚、拖布进行清理；暖气漏水时，她没有影响教师、学生上课，自己默默地接水、倒水；学校维修时，她把家里的物品拿来"充公"，老师们都笑称她家是"小后勤库"。在校长"一心为校"的高尚行为带动下，老师们懂得了勤俭节约，大到桌椅，小到粉笔，都细心爱护，精心使用，哪怕在资金紧张的情况下也没耽误过学校的教育教学工作。

为入学的新生喂饭、为大小便失禁的学生清洗、护理生病的学生、为忘记带饭的学生买饭……问到学生是谁帮忙的，孩子都会笑着说"妈妈"。杨晓华是一个从不把自己当校长的校长，孩子们也都亲切地叫她"妈妈"，这样一位年轻的女强人，在工作中永远是乐观、充满活力的。

刚搬到新校舍时,楼内有很多后期工作要做,临近开学,她急着为师生解决用水、热饭的问题。亲自动手钻孔接水源,爬上爬下接电,七天假期都为学校的事情忙碌,没有休息一天。学校按时开学,没有因为这些而影响教育教学工作。老师们都佩服地称她为"能人",因为无论电工、木工、维修等等,有她在,没有解决不了的事。

康复中心有个孤独症儿童叫小皓皓,在中心接受教育已经有八九年的时间了,"这个孩子的情绪一直不稳定,有时父母来接晚了,他就会情绪失控,前几天我在试图抱他,安慰他的时候衣服就被他咬掉了一块。"杨晓华告诉记者,在启迪学校,这样的孩子有很多,他们经常会在吃饭的时候突然掀翻桌子,将食物弄得到处都是,或者在放学和老师告别的时候突然伸手使劲儿地掐老师胳膊一把,在孩子们看来,那是对老师亲切的告别方式,但在老师的胳膊上,留下的永远都是青一块紫一块的印记。

有的年轻老师想不通,"我梦想的教师生涯应该是站在三尺讲台上挥洒汗水,为什么现在却要憋在这样一间屋子里,为了一个动作重复几十、几百次,还要经常受到意外的伤害?"杨晓华在了解了年轻教师的想法后,耐心地劝导他们,从事特教工作一定会很苦,也会很心酸,但是只要坚持下去,看着曾经将自己的内心封闭得风雨不透的孩子们,渐渐懂得了交流与关怀,那种欢欣是一般教师无法体会的。"从能说单音节的,到双音节的,再到短句,太艰难了,每个进步都像一次新生。"杨晓华说。

只有这些了,我再也找不到其他对杨晓华校长的正面记述的文字了。看来,她不光是面对我的时候,不讲述自己,她在面对所有采访、所有镜头、所有聚光灯的时候，都很少介绍自己。

这的确是一个很高尚的人（高尚这个词好像有点空，但我确实找不到比它更适合的词汇了），低调、朴实、一心奉献，心里想到的，全部都是这些孤独症孩子。想他们的现在、未来，想他们的家庭、父母，全心全意，只想带着他们朝希望的方向走。

那就尊重杨校长的习惯吧，重新回归到"孤独症群体"这个更广阔的话题。

中篇
孤独症康复事业，就仿佛是执着行进在群山峻岭之中的一群人，如果想往前走，就要坚定信念：逢山开路，遇水搭桥

4. 惊人的数字

据杨晓华介绍，我国即将出台"孤独症儿童评估标准"。在以前，因为我国在孤独症诊断、康复等方面起步较晚，所以长期以来使用的是欧美等国家的评估标准，主要以沿用美国的评估标准为主，这些标准明显不适用于我国，因为双方的生活习惯、教育理念都存在很大差异。需要结合我国国情进行修改和删减，要充分考虑到我国的教学水平和师资水平，把评估标准和我国国情进行漫长的结合与磨合之后，才能使用。

现在，终于能够出台我国自己的评估标准了，这件事让杨晓华非常欣喜——她的快乐，好像永远都是和孤独症康复紧紧联系在一起的。

杨晓华还说，据最新的调研显示，美国孤独症患病率已经达到了1/68，这是一个非常惊人的数字，已经很可怕了。而且目前仍然找不到孤独症的病因，还没有办法对症下药治疗，只能依靠早期干预，和各种康复手段来帮助孩子，进行康复。但十几年孤独症康复做下来，杨晓华比谁都清楚"康复"的艰难。

在教学体系的研究整理上，杨晓华没有门派之见，她不排斥任何康复方法与学说，在她心目中，只有一种康复学说——"对孩子有效"。所有的方法和学说，都只是为了能够让孩子更好地康复而采取的手段。所以，只要是对孩子有效的，她都会引进、接纳，融会贯通，为己所用。

按照杨晓华的经验，每一个孤独症孩子都有自己的特点，谁和谁都不一样，千人千面。所以每个孩子需要介入的干预手段，需要介入的点，也都是不同的。在这些孩子的康复方式中，有共性交叉，也有个性非常鲜明的东西。

所以，当一个孩子通过测评进入了机构之后，首要的，就是找到这个孩子的特点：他的优势在哪里，在哪些方面有专长，他最薄弱的地方又是什么。找到切入点，和家长进行交流，共同制订康复计划。

这个孩子可能更适合ABA的方法，那就通过ABA的方法引导他介入到康复中；另一个孩子可能更适合结构化，那就用结构化的方法引导他懂得做事情的流程。包括养成孩子的日常行为规范、社会行为规范，包括沙盘游戏、社区交往，所有的模式、方法，只要对孩子有益，尽可能多方位引用，灵活使用。

"无论是什么教育，孩子都是主体。老师、教具都是为孩子的进步和康复来做服务的，而教育理念，只是为了更好地推广对孩子有益的教学方法的一个推介平台。"杨晓华的话掷地有声。

这十多年间，杨晓华的康复机构，来来走走，一共接收过200多个孩子进行康复训练，这些孩子全部都来自哈尔滨和周边城市。她终于实现了当年的那个夙愿：让东北的孤独症孩子和家长不用再为了治病远远地离开家乡，去外面漂泊。

目前，孤独症康复部在校学生是80多名，已经满员，外面还有几百名孩子在排队等待入学。一共有20名教师，所以师资力量仍然非常缺乏，每一位老师都在超负荷运转。

杨晓华的下一个目标，是把学校建设成为国家级的孤独症康复试点学校。现在，新校舍已经开工，杨晓华计划，等新校舍落成后，她还是要把孤独症部和智障部合到一起的。

在这么多年里，杨晓华始终很笃定地坚持着一个原则，就是康复机构的公办背景。所以她不用考虑盈利的问题，可以把全部的精力放到教师的培养上，她也确实做到了把全部精力都投入到了教学中。这些年，每一个进入到康复机构的孩子，杨晓华都要求老师对他们做完整的教学记录。她经常对老师说："每一个孩子，就是一个案例，把对他们的教学过程完整记录下来，就是最宝贵的教学经验和资料。"

这些记录不光有文字，还有声像资料，每一个孩子从入学到离开，都有一整套完整的教学记录。

她还要求老师们不仅要掌握自己的主业——孤独症的康复教学方法，同时也要掌握其他学科的教学方法，要做多面手。

所以，她经常根据老师各自的领域不同，把他们分配到其他教学部门实习，也经常寻找机会，送他们外出学习。

虽然现在学校已经具有了一定的规模和相当的知名度，可杨晓华对"学习"的要求，始终都没有放松。她要求自己的学校和老师们，始终都能跟上国际先进的孤独症教学理念更新的步伐。

谈到目前孤独症康复面临的主要问题，杨晓华说，她最头疼的，仍旧是家长的认识不到位。很多家长排斥"孤独症"这种说法，总是抱着发育晚一点、贵人语迟这样的幻想，想等待奇迹发生。直到孩子四五岁之后，甚至直到上了幼儿园、上了小学，才不得不面对现实，送到机构来接受康复训练。还有的孩子，是到了十几岁才送来。所以，他们错过了最有效的早期干预这个重要环节。

我们必须看到目前存在着的一个严酷的现实："孤独症"作为一种高发病症、疑难病症，却不具备像盲聋哑这样的典型特征，还有很多孩子具备简单的交流能力，这就更容易导致家长的疏忽大意。所以仍旧需要利用各种渠道大力向社会宣传、普及。早发现、早干预、早接受康复训练，是治疗孤独症的唯一正确途径。

庆幸的是，近几年，家长的观念在慢慢转变，学校中开始渐渐有了三岁的孩子、两岁半的孩子……

而且目前很多幼儿园、小学，也有了这方面的意识，以前这些普通学校中遇到那些明显学习困难、精力不集中的孩子，会束手无策。现在，他们会主动同杨晓华的学校联系，说明这个学生的情况，寻求帮助。这样一来，就又为一些孩子拓宽了康复之路。

最显著的例子，是一对双胞胎，三岁时来到学校。弟弟完全正常，哥哥有轻度孤独症，经过了半年的康复训练之后，杨晓华把他们送入了和学校合作的幼儿园，接受融合教育。半天在幼儿园学习，半天仍旧回到学校进行康复训练。这样又经过了一年，哥哥完全脱离了康复机构，正式进入了幼儿园学习。

融合教育，是杨晓华另一个非常关注的问题。同每一位经验丰富的孤独症康复专家一样，杨晓华也深深明白融合教育的重要性。好的融合教育对孤独症儿童的帮助是不可估量的。可惜，现在的现实状况仍旧是，绝大多数普通幼儿园和小学都不想接纳这些孤独症儿童，即使有特教老师或家长陪同，也不愿意让他们到正常的班级上随班就读。

杨晓华最大的心愿就是，能够把那些程度比较好的孩子送入普通幼儿园和小学，她们可以培训家长，也可以去和幼儿园或小学的老师对接，详细说明这个孩子的情况。但是，肯接纳他们的普通学校还是太少了。

下篇
未来，她希望能够开一个农场，让长大后的孤独症孩子们，在农场里一起生活，互相帮助，相依为命，过上有价值的人生

5. 开农场的梦想

同许多孤独症康复机构一样，最让杨晓华她们忧虑的，还是孤独症儿童的未来。与其他低龄康复机构不同，杨晓华的学校里，有几个快二十岁的孩子，这是当年那批同她女儿一起去康复机构训练的孩子，当初就是这些家长的鼓励同时也带着无限期望，让杨晓华成立了一个专门的孤独症康复机构。现在，十几年过去了，孩子们长大了，却仍旧无处可去。对于后来的学生们，杨晓华能够狠下心按照学校规定不录取，可对这一批孩子，她真是狠不下心来。所以，孩子的未来，成了压在她心中的一座大山，让她辗转反侧，夜不能眠。

家长们说：

"小华，我们以后怎么办呀？反正我们就跟着你了，你走到哪儿，我们就跟到哪儿，孩子就交给你了。"

可是，杨晓华也只是一位康复学校的校长、老师，她又能怎么办呢？

但在一起这么多年，杨晓华和这些孩子、家长之间，已经结下了深深的情谊，她也放不下这些孩子。她也在想，等有一天，自己干不动了，家长也都老了，这些孩子该怎么办？

杨晓华又开始跑残联了，她想出了一个办法，如果残联在援助残疾人就业这方面能够有空余的场地、场所提供给她们，杨晓华就带着这些已经长大的，也具有简单认知能力的孩子，到这个场所中去。基本上，每个这样的孩子，家里都会有一个闲置的家长在陪同照顾他，索性就让家长和孩子一起到场所来，把这个场所建设成一个专门针对孤独症孩子的就业基地。

然后，想办法找到一些资助企业，让他们帮助买一些家畜的幼崽儿，孩子和家长们就一起在这个就业基地里养猪、养鸡、养鸭。把这里建成专门的养猪场、养鸡场……

这个愿望，是非常美好甚至可以说是伟大的，但实现起来，也是非常艰难的，需要全社会各个方面的共同努力，才能够梦想成真。

所以现在，杨晓华只能从身边做起，给孩子们的未来做一个准备。

目前，学校有近四分之一的学生，已经过了十六周岁，杨晓华把这些孩子分成了两部分，其中一部分，在生活自理方面和社会化教学方面，做得更多一些。这样做，是为了让孩子能够实现生活基本自理，和完成简单的社会化沟通。终极目的，还是为了让孩子以后能够独立生活。

当未来新校舍建成之后，杨晓华会把孤独症部和智障部合并起来，因为她觉得，对于孤独症孩子来说，最不应该的就是把他们孤立起来、封闭起来，要给他们一个环境和平台，让他们慢慢融入。

所以，她要在学校中，建立自己的融合班——让能力较好的孩子，和智障类孩子融合。

因为智障类的孩子有语言、能理解，而且他们不会嫌弃孤独症孩子，会像帮助小弟弟小妹妹一样去帮助这些孩子。而孤独症孩子会模仿，如果智障孩子规范得很好，那么孤独症孩子会模仿他们很多很好的行为动作。

这样，就先给了孤独症孩子一个语言环境。双方共性的课程就一起完成，个训内容仍旧拿出来，单独完成。

在远景规划中，杨晓华把学校分为了康复部、小学部、中学部和职教班。

孩子进入启迪学校，最长能待十四五年，如果这样划分，就等于把孩子受教育的年限延长了。杨晓华说，她要尽自己所能，让这些孩子多学点东西。

现在，她已经在学校中开设了书法课、工笔画课，以后她还会开设更多的课程。

6. 爸爸的眼泪

在面对孤独症儿童的时候，杨晓华还有一个原则，就是只要教学环境允许，就不拒绝任何一个孩子。

对于这些迟来的、已经超过了六周岁的孩子，杨晓华始终都对老师说："不要拒绝他们，给他们一个机会。虽然已经错过了最黄金的康复期，但是他们仍旧有康复的空间，也有语言恢复的能力。"

在杨晓华看来，这些孤独症孩子不管开始康复的时间是早还是晚，他们都是一张张白纸，只要老师肯下功夫在上面写东西，多多少少都会留下痕迹。

"只要付出就一定会有回报。"这是杨晓华经常说的一句话，她用这句话鼓励老师们，也鼓励自己。

杨晓华举过一个例子：

"一位爸爸说，在过去，当他在用洗手间的时候，孩子如果想用，就进来了，进来后就会直接推他、拽他，因为他自己想用洗手间。但经过一段时间康复之后，孩子再进了洗手间，知道站在爸爸身边等了。这样一个细微的变化，竟然让爸爸惊喜得差点落下眼泪，因为这是孩子第一次懂得'等待'，而这个孩子送到学校的时候，已经有十四五岁了。而且他知道自己脱裤子了，他有这个意识了，知道表达了。他也懂得使用图片沟通，通过给老师和家长指图片，表明自己想做什么。"对于家长来说，这是一个飞跃性的进展。

每一个这样在家长眼中的"飞跃性进展",需要老师付出的努力,都是常人难以想象的。

杨晓华说,有些孩子来到学校的时候,都已经十几岁了,还没有去卫生间的这个概念,没有性别概念。而对于这些孩子的康复训练,最主要的恰恰就是这些社会规范,所以老师要教会他们"男""女"这些概念,告诉他,哪些地方是不能碰的。教会他们一定要进入卫生间之后再解开衣服、脱裤子。

这些在普通人看来完全可以忽略的生活细节,对于孤独症孩子来说,每一个都是一项浩大的工程。因为这些概念太抽象,孩子很难理解。

所以最开始的时候,就需要老师对他们全部进行辅助,然后过渡到半辅助,再过渡到依靠眼神、手势、语言进行提示。这个过程非常漫长。

教导孩子们的其他习惯也是如此。很多孩子刚来的时候,理解不了"集体就餐"这个概念,在餐厅里喊叫、吵闹,就是不吃。可现在孩子们就很好了,懂得了上下楼排队,每天到了不同的时间点,知道该做什么,在教室里,能够自己拿杯子去打水喝,喝完后,再把杯子放回原位。午餐时到了餐厅,也能够拿着自己的餐盘等待老师分餐。

还有几个孩子,目前的教学重点,就是学习帮助老师分餐、收拾碗筷,再送到指定位置。

功夫不负苦心人,现在,所有在校的孩子,都能够和老师完成沟通,不管是通过语言还是动作或者卡片、神情,总之能有一种方式同老师之间建立起默契。老师再把这种默契反馈给家长,让家长也能够理解孩子的这些动作和眼神。

当讲述到这些内容的时候,能够听出来,杨晓华真心地为她的学校中的这些孩子们感到骄傲。但她也不无遗憾地说,可惜这种默契的圈子太小了,仅限于老师和家长、亲属,社会上绝大多数人,都做不到了解这些孩子的行为的含义。孤独症孩子和社会之间仍旧缺乏一道沟通的桥梁。

7. "请你接受我"

孤独症孩子的康复训练，最终极的目的，仍旧是让孩子能够融入社会之中。在漫长的康复过程中，老师们做出的所有努力，也都是为了这个最终的目标。所以，杨晓华的心思也是紧紧围绕在这一点上的。

在杨晓华看来，社会的不认知，对孤独症这一群体是一个巨大的伤害。因为同时兼有孤独症儿童家长和孤独症教育者这双重身份，所以杨晓华也非常明白家长们内心的痛苦。很多家长从不带孩子到外面去，因为他们承受不住路人异样的目光，更承受不了其他人的指指点点和议论纷纷。

所以杨晓华特别希望社会上能够多一些公益的讲座、公益的广告这类内容，让更多的人了解孤独症，让大家明白，这些孩子也是有语言的，只是他们的语言是无声的，是肢体语言，表情语言。至于人们惯常所理解的，孤独症孩子大多存在情绪问题，杨晓华认为，绝大部分情绪问题的存在，都是因为沟通不畅，如果能够有效沟通，大家能够了解孤独症孩子想要表达的需求，让他们的需求得到满足，绝大多数情绪问题，都可以被缓解。

就像聋哑人的手语，现在一些简单的手语，普通人也能够看懂。虽然盲文大家不懂，可是盲人能够用语言表达自己的意愿；那我们这些孤独症孩子，既不懂手势，又没有语言，他们该怎么办？该怎样才能突破"沟通"这道障碍？

这也正是杨晓华对社会的期待，她希望未来有一天，整个社会对孤独症孩子，能够像对待盲聋哑孩子这样，给他们一份关心、一个空间；能够接纳他们，也肯静下来看一看，他们究竟想要表达什么、需要什么。

"我想和你玩儿,但我不知道该怎么和你玩儿,请你教我玩儿。"杨晓华引用了一句孤独症公益广告语中的话,这句话本身,就让人落泪。

现在,学校里专门开设了社会化课程。当孩子接受一段时间康复训练之后,变得安静了、行为问题少了,能够有一定的理解力了,老师就会去孩子日常最熟悉的那个小超市,把那里面的情景录下来,回来之后,给孩子播放这些录像,一边看,一边同孩子交流:"你看,这是钱,这是你爱吃的水果、糖,如果你想吃这些东西,就可以到这里去买,但是要守规矩,要学会用钱……"

这个教导的过程仍旧是非常漫长的。当孩子通过录像对这些事物有了一定的认知之后,老师会每次带着一两个孩子到学校门口的小超市进行实地操作,去尝试着认识这些东西,买东西。

除了超市以外,老师还会拍摄自助餐厅,然后把进入自助餐厅用餐的步骤逐一分解成若干步,如何进入、怎么取餐、怎样排队……

等到期末的时候,学校会让整个班级的孩子上一堂汇报课,把一间大教室布置成自助餐厅的样子,学生在这间模拟餐厅中扮演各种角色。当学生完成了这堂汇报课之后,老师会再给他们布置一项假期作业:让家长在假期中,带孩子去一次自助餐厅。

针对孤独症孩子的特点,老师还会重点教孩子如何去和他人交流。比如,"约别人去做一件事"。在这种教学中,其他老师也会积极配合。任课老师会安排学生去"邀请"一位老师做一件事,当学生把这个诉求表达清楚,老师也同意被邀请了,这件教学就算完成了。然后提高难度,下一次,老师就"没有时间,不能答应孩子的邀请了"。学生的邀请碰壁之后,就又茫然了,因为他不知道被拒绝之后,应该怎样做。这时,老师就继续教他,被拒绝以后,该如何处理。

教学就在这种反反复复的失败、受挫中进行着。毕竟,这些孩子不是普通的孩子,对于他们来说,学会"给我杯子"这个概念,都需要两位老师共同教育完成。一位老师发出指令"给我杯子",另一位老师拿着学生的手,拿起杯子,送到那位老师的手中。而同样是杯子,孩子们不会"泛化",这次记住了玻璃杯子,下次换成不锈钢的杯子,就需要再从头教起。

一个最简单的行为尚且如此,也就可以想见,让孩子学会这些复杂的社会能力,是何等的艰难。可杨晓华他们没有放弃,学习规范、学习等待、学习礼貌用语……点点滴滴地教导,他们在用自己的心血,为孩子打通一条通往社会的路。

杨晓华兴致盎然地讲述了一个故事:

有一个孩子叫展展,我们俩关系好,我看见他了,就说:"展展,我一会儿没有课,能不能邀请你去我的办公室和我下棋。"展展说:"可以。"我就说:"耶,邀请成功了。"等到了时间,他忘记了,没有来,我就提醒他:"你答应过我,这个时间要来我办公室和我下棋。"

"把教学融入日常生活中,随时进行。"杨晓华这样说。

8. 未来,继续风雨同舟

每当有人问到,是什么让杨晓华如此执着于孤独症康复这项事业的时候,她说,女儿确实是一个原因,还有很大一部分原因,就是那些孤独症儿童的家长。

"你不知道,这些家长们太苦了。"杨晓华一声叹息,十几年的艰辛岁月就宛如开闸的洪水一样,倾泻而出。

"家里如果有个这样的孩子,那爸爸妈妈至少得有一个人就不能上班了,带着孩子跑这儿跑那儿,看病,康复。去北京、上海,到了那里得租房住,花钱太多了,有时候就是夫妻俩都去,一个人去打工,挣了钱供着孩子看病。还有的,是爷爷奶奶带,老人年岁都那么大了,自己走路都走不太稳当了，还得拽着孩子，祖孙俩一块儿磕磕绊绊地在路上走。你看着他们就觉着真心酸啊。看着就想掉眼泪。"

杨晓华说，孤独症孩子和盲聋哑智障类孩子不同。盲聋哑孩子可以进入社会生活，智障类孩子基本生活都能自理，只有孤独症孩子终生都需要人照顾。

即使康复程度特别好，或者在某一方面具有极高天分的孩子，也需要人照顾。那些程度严重的、康复程度较差的，就终生都没有机会走入社会，甚至没有机会走出家门。

十多年前，和杨晓华一起风里来雨里去接送孩子去进行康复训练的家长们，如今也都老了，这么多年，他们始终都跟在杨晓华的身边，她目睹了这一群体的所有悲伤与不幸。现在眼看着自己一天天老去，孩子的未来一天天逼近，家长们又像当年期望杨晓华办孤独症康复学校一样，把希望寄托在了她身上。

家长们对她说："杨校长，你就再给孩子们想想办法吧。我们可以把家产都交给你，你拿去换房也行、换地也行，弄个地方，让孩子们有个去处，这样就算我们不在了，把孩子交给你，我们也放心了。"

杨晓华不敢接这个重担，这个责任太大了，她只是一个普通的校长、一个女人，她不是神。

可家长们的眼泪，孩子们的未来，也是她心头挥之不去的伤痛。

未来究竟该怎么办？她仍旧在构想着那个建设一个农场的计划，让大孩子和家长们一起在里面办养猪场、养鸡场、开荒种地，孩子们就一直在里面生活，这样，孩子们至少能有收入，生活上也能有伙伴。

她也在积极推行自己的智障类孩子和孤独症孩子的融合教育。现在学校给智障类孩子开设了烘焙课、手工课，她会让一些程度较好的孤独症孩子去参加。

对于这种融合方式，杨晓华斩钉截铁地说：利大于弊，所以她会坚持下去。

可这些都还远远不够。杨晓华说,《雨人》《海洋天堂》,那些只是电影,是故事,现实世界中,孤独症孩子和家长所面临的问题,要比电影中严重得多,也残酷得多。

现在,社会仍旧不肯接纳孤独症孩子,觉得他们会有行为问题、会伤人、会自伤、太可怕。可越是不接纳,越是封闭起来,孤独症孩子的问题就会越严重。

而"认知社会、理解社会、融入社会",是杨晓华要执意带领着孩子们走完的路程。

因为她经常会站在家长的角度上去考虑,所以她能更准确地知道该教会孩子什么。她会静下来,逐一去想,当有一天,这些家长都不在了,孩子们不得不独自生活以后,必须要去的是哪些地方。然后,她就开始带着孩子们去药店、医院、超市,教会他们买药、看病、购物;带着他们乘公交、打出租,没有语言,可以用图片代替。

她就这样尝试着,就算撞得头破血流,也要给孩子们蹚出一条路来。

对于我们这个社会,杨晓华最大的期望就是"理解和包容"。她说:"现在,总是在强调让我们的孩子融入社会,其实,首先要社会来融入我们,我们的孩子才能再融入社会。"

她举了一个很小的例子,在中国台湾、美国,各个地方卫生间的标识都是统一的。而在我国,卫生间的标识五花八门,有鞋、有头像、有烟斗。这就给孤独症孩子带来了极大的困扰,而把这个统一起来,并不困难。

她希望我们的社会能够在这些细节上,多考虑一些孤独症孩子的需求。

她还希望,学校能多一些志愿者。她心目中的志愿者,不仅仅是捐钱捐物,或者来学校帮着干一天活。她所期望的,是能够帮助孩子们融入社会的志愿者。

比如说，一家小超市，它可以拿出一个小时的时间来不营业，专门让孤独症孩子在里面体验。再比如说，饭店、小区物业，能够让孩子在里面尝试……

太多了，负重、期望、艰辛、苦难、正在做的事、需要做的事、想做的事，都太多了。更多的，还有未来路上，一重又一重的风雨。

【采访手记之八】

深深叹息一声，我终于给这一章节画上了句号。什么都不用再说了，只要我们知道，在这个世界上，有像杨晓华这样的人，就足够了。她和她的故事都不需要再总结，因为，她已经把一切融入了具体行动之中。她也把自己的整个未来，都融入了孤独症康复这份事业之中。

一所学校，六位老师，十五位学生
——石家庄瑞智儿童康复中心

【采访手记之九】

这是一所坐落在城乡接合部的孤独症儿童康复机构，从学校建立初期就在这个小院中，到现在，已经整五年了。五年时光，说长不长，说短也不短，对于一个普通人或者一个普通孩子来说，五年里可能会发生很多变化，例如从未婚到已婚、从学生到就业、从小学升入初中……但对于孤独症儿童和他们的父母来说，五年却是既漫长又短暂——漫长，是因为面对着患病的孩子，他们在一秒钟一秒钟地往前捱；说短暂，是因为眼见着孩子康复效果缓慢，时间却毫不留情地飞逝，每一位家长都是心如油煎。那么，对于一位在五年时间里，把自己全部的光阴和精力，都投入到一个孤独症康复机构中的女人，这段时光又意味着什么呢？

卜秋艳，1970年生人，原籍内蒙古。五年前举家移居石家庄创办了瑞智儿童康复中心。这家康复中心最大的特点，可能就是它的创办者，为了能够保持住康复理念的独立性，所以到目前为止从未接受过任何外来投资，完全就是依靠自己的力量艰难前行。是一位朋友向我推荐的她，听完朋友的介绍之后，我脑海中始终有一幅画面——一簇雏菊在深秋的旷野中挺立着，单薄，却顽强。

1. 身兼数职的校长

瑞智学校是租用一套位于城乡接合部的村中的民居。院落门前是一条村庄中很常见的柏油马路，路不宽，也不是特别笔直，一侧是一条河，另一侧就是这种村民自己搭建的房子。每家每户门前的土地上，都根据自己的喜好，种植着各种瓜果蔬菜，正值盛夏时节，看上去格外郁郁葱葱。

走进大门，眼前是一个不大的院子和一座二层小楼，院子里见缝插针地安置了各种装饰品，就连凉棚的顶子上也挂了一些塑料绿叶，地上每一块砖石都用力清扫过。整个院落给人的印象，就是一个家庭，虽然并不富裕，但在非常努力的让这个家欣欣向荣。

康复中心的负责人也是创办者，卜秋艳老师带我走进了小楼，恰好在门口遇上了一个小女孩，看个子应该是五六岁的年纪。卜秋艳说："说，阿姨好。"

小女孩仰头看着我，我摸了摸她的头，很正式地说了声："你——好——"

小女孩也回了我一句：

"你好。"

"真乖。"我夸她。我确实觉得她挺乖的。

可没想到，听到她的回应，卜秋艳的脸上竟然显出一层深深的忧虑，声音也变得沉重了：

"她还是不知道这句话的意思，只是简单地模仿。"

她不像是在同我讲话，更像是已经沉浸到了她自己的思绪之中，或者，是思绪又转回到了她的日常工作。我的到来，只是生活中一个太小的意外，而她的日常生活，全部都被这些孩子，和因为这些孩子而生出的深深忧虑和些许喜悦填满了。

因为教学条件所限,所以学校只能因地制宜。在一进门的中厅里,铺着一张张小垫子,这里就是孩子们集中活动的地方,围绕着中厅的、本来被派做各种用途的各个独立房间,现在全部做了教室和个训室。

卜秋艳带着我穿过中厅,一直走到角落里的一间房子,这是她的办公室。卜秋艳告诉我,自从开办这个学校之后,她几乎每天都在身兼数职。做饭的生活老师断档了,旧的辞职了,新的还没来的时候,她就得去厨房做饭。到了冬天,这个小院需要自己烧锅炉,她就又开始客串锅炉工。平时教学中遇到各种问题,她还得负责研究、解决。家长的疑问,她负责解答;老师们的心理压力,她负责缓解;学校偶尔出现的矛盾纷争,她来调解。

同卜秋艳一样,她的办公室也是身兼数职。一间只有几平方米的、狭长的小屋子,被两个旧书柜、一张旧办公桌、两张旧沙发塞得满满当当。柜子里、桌子上,到处都堆满了各种文件盒、书籍、教具。这里既是她的办公室,也是资料室、储藏室。

我觉得这间办公室、整个院落和卜秋艳这个人,都是相同的——他们的每一寸空间、每一丝可以挖掘的精力,都变成了学校的一部分。他们加在一起,就是这座瑞智儿童康复中心。

办公室只有一个电扇,好像还不会摆头了,干脆就直冲着我俩吹,办公桌前的椅子有些塌陷,我们索性坐在两个小凳子上,开始了面对面的交流——两个人的距离很近,因为就这么大地方,想远也远不了。

而就在这方寸斗室之中,卜秋艳开口说的第一个话题,竟然就跃到了"整个社会的现状和未来"这一大背景上。

2. "什么样的社会才是最好的社会?"

"对这些孤独症孩子还有存在其他智力问题的孩子来说,什么才是最好的社会,就是一个让人感觉不到有这些孩子存在的社会!"卜秋艳的话掷地有声,"你想想,在一个社会中,每一个人都是有用的,不管他是孤独症、智障、聋哑,他们在这个社会里,都有自己的位置,都能发挥自己的作用,都能体现出自己的价值。到那个时候,没有人会觉得这些孩子有什么特殊的地方,看待他们,就像看待我们每一个普通人一样。那样的社会多么美好啊。"即使只是想象和愿望,当卜秋艳说到这里的时候,脸上仍旧情不自禁地流露出幸福的笑容。

从这笑容中就能看出,这幅美好的蓝图在她的心中已经存在了很久很久,抑或,这就是卜秋艳在孤独症康复这条路上一直坚持下来的原因,那幅幸福的蓝图在鼓舞着她。虽然明知道,现在她所处的这个社会,和她心目中所期待的那个社会,还有很远的一段路程,甚至这路程是荆棘丛生的,但她仍旧会一直朝前走,因为那个目的地,太美、太动人心弦。

"但是,在未来,社会能呈现出这样一个和谐的样子,这真的有可能吗?"虽然我也无比向往,但仍旧忍不住疑问。

"一定能!"卜秋艳的态度坚定而果断,"其实现在我们的社会对聋哑人和一般有智力障碍的人,已经做到了这一点,所以,对孤独症孩子也一定能做到。"

孤独症孩子不是"特殊的孩子",他们是"有特殊需求的孩子"。这是卜秋艳反复强调的一个观点,"说孤独症孩子是特殊孩子,不是说他们就有多特殊、就无论如何都跟其他人不一样了,真不是这样,这句话的意思是说,他们是有特殊需要的孩子。"

幼教专业的功底和多年教学实践的积累,让卜秋艳对特教这一行业,从一开始就有了自己独到的理解。所以,她从教学入手,进一步解释自己这个观点。在她看来,特教和普教最根本的区别,仅在于特教更细化,需要把普教中的一个教学内容,分解再分解,重复再重复。对于幼教的孩子来说,一项非常简单的内容,放到孤独症孩子身上,就会特别特别难。如果用正常的幼教方法，根本没有办法去教这些特教的孩子。

比如说很简单的："伸伸臂，弯弯腰，踢踢腿。"幼教的孩子，听到这句话，就会直接做出动作。而孤独症孩子，完全没有办法理解这些话的意思，就需要老师一边读，一边大幅度做动作，反反复复无数回，还要亲手拿着孩子的手和腿，让他们伸、踢。

同样，想让孤独症孩子成年之后在社会上能够有自己的一席之地，这不仅需要孩子努力、家长努力、康复老师们努力，也需要整个社会能够具有这种意识和态度。当全社会都像康复教师一样，理解了这些孩子的"特殊需求"，并且调整到能够满足他们的"特殊需求"之后，他们就可以实现自己的社会价值。

在这里，卜秋艳还提到了她特别崇敬的一位孤独症康复教师——来自台湾的李宝珍老师，那也是她的授业恩师。李老师的理念就是，一定要相信，每个人都是有价值的，所以要尽最大努力，为每一个孤独症孩子创造机会，让他们有机会做力所能及的事情，实现自己的价值。

她举了一个例子，老师曾经开展一种"戏剧教学"，她会在一部剧中，让每个孤独症孩子都扮演一个角色，根据孩子的轻重程度，来决定戏份。有一个孩子实在程度太重了，老师就专门给他设计了一个角色，让他扮演一块石头，从头至尾，只要他坐在那里一动不动就可以了。

老师就是用这种具象的方式，把自己的理念和信心传递给每一位家长和每一位康复教师。

首先要让家长坚定一个信念：我的孩子也是存在价值的。要敢于面对社会上各种排斥和异样的目光，勇敢地为孩子打开一条通往社会的路。

3. 当孤独症孩子长大之后

当然，从事特教十几年，卜秋艳接触到了很多孤独症儿童的父母，所以也深知，在我们现在的社会环境之下，如果想让一对父母完全坦然地面对所有人异样的目光，坚持给自己的孩子创造一个可以自由康复成长的空间，是非常艰难的，因为我们的社会现在对孤独症儿童的包容度还远远不够。

卜秋艳最大的期望，就是现在的人们能更多地了解孤独症、理解孤独症，只有理解才能包容，当遇到有这种行为异常的孩子，不去看他、关注他，不指指点点，更不表现出厌烦的样子，这就是对孤独症儿童和他们的父母最好的帮助。

现在，是对低龄孤独症儿童行为的谅解，未来，就是努力实现孤独症青年的就业和妥善安置。

目前，我国还远远实现不了专门设置一些特殊岗位，来接纳那些接受了康复训练具备了一定工作能力的孤独症青年。

可是，如果社会不给他们提供融入的机会，就等于这个世界永远向他们关闭了大门。这一生，他们也许就只能继续孤独。

"经过康复训练的孤独症孩子长大之后，可以工作吗？"

面对这个问题，卜秋艳给出了特别肯定的答案："当然能！"

因为孤独症最大的特点就是行为刻板，如果教会了孩子做一样事情，你让他偷懒他都不会。卜秋艳举了一些在这方面做得比较好的先进国家和地区的例子。比方说，有的地方会专门安排孤独症人士进洗车场，他可以洗车、洗毛巾，你教会他擦多少下，他就会擦多少下，一下都不会少；你教会他怎么样擦干净，他就一定每次都会擦得特别干净；你教会他洗毛巾，他保证会按程序洗完，一点都不会错。再比如说，还有的超市，会安排孤独症人士做理货员，他们特别适合做这个工作，因为他们刻板，毛巾放在哪里、香水放在哪里，肯定都不会改变位置，而且，你告诉他，两摞货品之间要保留一手指宽的距离，他们就会每次都伸出手指去量，保证中间有一手指宽的距离。

所以，不是孤独症青年完全不能工作，也不是一定要等他们完全康复了之后再去工作，最重要的是，要找到适合他们的工作。

提到这个问题的时候，卜秋艳也有些无奈，她苦笑着说：

"我也知道，现在向社会提出这样的要求太理想化，毕竟还有那么多大学毕业生找不到工作呢，哪还有机会给孤独症青年。但是，我们还是应该做这件事啊，如果真就把这些孩子永远隔绝到社会之外，那他们的人生真就没有希望了。所以只有寄希望于那些有爱心的企业能够承担起一些这方面的责任。"

虽然自己的能力有限，做不到马上就去改变社会，也没有能力给经过康复训练后的孤独症青年提供工作岗位，但卜秋艳还是坚持做着一些看似微不足道的小事。比如说，她会经常组织学校的学生和家长开展户外活动。这种活动既可以给孩子创造接触社会的机会，也能锻炼家长的心态，让他们渐渐习惯于带着孩子走到大庭广众之下，至少还能让每次他们接触到的其他人，慢慢熟悉和了解孤独症，不再把这些孩子当成异类。

并不是所有的家长都能接受这种做法，每次活动，都会有家长拒绝参加，因为他们无法承受他人的关注和异样的目光。但是卜秋艳仍旧一如既往地坚持做这件事，和其他很多时候一样，她的关注点总是聚焦在那些积极阳光的地方。她说有一位家长，是高龄产妇，自己心脏还不好，千辛万苦才生出孩子，没想到孩子竟然会是孤独症。这位母亲彻底崩溃了，甚至诅咒命运对自己不公。每天绝望悲愤，不明白这样的命运为什么会降临到自己身上。但是后来，她的心态慢慢转变了，开始接受现实，积极陪孩子康复。每次组织户外活动，她都是最主动、最配合的。所以她的孩子恢复得也特别好，现在已经上幼儿园了。

卜秋艳就是通过这样一件又一件的小事，改变着一个个孤独症儿童的命运，改变着一个个家庭的命运，改变着整个社会的目光。

4. 他终于学会了"拍手"

之所以会对心中这幅蓝图充满希望，是因为在对孤独症儿童特性的判断上，卜秋艳有她自己的看法。她坚持认为孤独症孩子也是有情绪感知的，他能够感受到你喜欢他，你爱他，也能感受到你对他发脾气。只是他感受的这个过程更漫长，让人误以为他对外面世界是完全没有兴趣的。

在她看来，孤独症儿童其实和正常孩子是一样的。她经常说，就像她的儿子，从出生到现在二十岁了，成长的每一个阶段都会出现各种问题，需要家长去引导，去纠正，孤独症孩子也是如此。只不过可能他们出现的问题更多一点，仅此而已。这也是她为学校制定"不让家长陪读"这项制度的原因之一。因为家长熟悉自己的孩子，也了解自己的孩子。他一个眼神、一个动作，家长就明白他的需求了，马上就满足了他，所以孩子也就没有了表达的欲望。而当孩子尝试着学东西、做事的时候，家长又往往因为心急，忍不住替他完成，或者因为觉得他太笨，而责骂他，这些行为都会导致孤独症儿童更加封闭自己。

其实回忆一下，正常的孩子在幼儿时期，甚至儿童少年时期，和家长之间都会存在这样的冲突。只是正常的孩子学习每项事物的时间比较短，自己看一眼，家长教一遍就学会了。而孤独症儿童学得慢，别的孩子一分钟能学会的东西，他们可能会学一年、两年，这就让很多家长因为太久看不到希望而放弃。

"您真的认为，只要有足够的耐心，持之以恒地采用正确的教育方式，孤独症儿童都能学会基本生存技能吗？"我问。

"能！"这个容貌和谈吐始终都温文尔雅的女人，斩钉截铁地吐出来这个字，"事在人为！但前提是，我们得去做！"

"可有人说，孤独症孩子就是对人没兴趣，他们只想沉浸在自己的世界里。"我又问。

"没错，他们的确是沉浸在自己的世界里，而且很可能他们觉得这样很快乐，觉得他们完全不需要我们这个世界。但我们想要改变他们，所以，我们就得想办法引起他们的注意，让他们对我们产生兴趣。"卜秋艳回答道。

"那要怎样才能让他们对我们产生兴趣呢？"我又问。

"和他一起做他喜欢的事。"卜秋艳举了一个例子，学校曾经来过一个能力特别差的孩子，他真是油盐不进，说什么都不听，完全不和人交流，就自己一个人在屋子里跑圈子，一圈一圈地跑。于是，她就和这个孩子一起跑，跟在他旁边，他怎么跑，卜秋艳就怎么跑，这样跑了很久之后，孩子终于注意到了卜秋艳的存在，对她产生了兴趣，老师和学生之间的链接终于建立了起来。

"因为他觉得我有意思。"卜秋艳最后说，"等他的眼神和我有了对视和交流，接下来的训练就容易一些了。"可这个"陪着跑圈"的过程，可能会长达三个月、半年，甚至一年！很多家长就是在这个过程中，对孩子彻底失去了信心。

卜秋艳还说，很多家长在孤独症康复过程中更看重他是否学会了说话，是否学会了某种具体的技能。但是她不同意这个观点。用她们学校一位老师的话说，就算是驯兽，也能教会动物几个简单的动作和指令，所以这根本说明不了什么。相比起来，卜秋艳更看重的，是孩子和老师的互动。他能和你眼神交流，他能对你笑一下。他能呼应你的情绪和动作。这些比简单模仿着说几句话，模仿几个动作，要有价值得多。因为这说明，他在慢慢和外部世界建立起联系。

"不管多么沉浸在自己的世界中的孩子，都是有教育契机的。"卜秋艳这样说。比方说，她遇到过一个孩子，就是看电视剧，别的什么都不干，也不和人交流，家长非常苦恼。她就建议家长，和孩子一起看，他看一天，你就陪着他看一天，一定会发现电视剧中，有某一个打动他的点，这个点，就是教育契机。

这样一直陪着他，他就会慢慢对你有印象，可如果你看他不理你，你就也不理他，自己去做自己的事情，那两个人之间肯定永远也产生不了交集。

即使程度再严重的孤独症孩子，他高兴的时候你和他一起笑，他哭的时候，你过去抱着他、拍他。刚开始的时候，他可能是不理，但时间长了，他也许就会有反应，再遇到伤心的时候，就会去找你。可如果你从来不尝试，那就永远没有机会。

所以，对待孤独症孩子，最主要的，就是因人而异，一定要针对每个孩子找到最适合的方法。

"同样的事情，如果我们对待它的态度不一样，那么结果肯定是不一样的。"这也是卜秋艳的话。从她的话中，很容易就能够感受到，浸透着一种决心和力量，或者说，浸透着一种信念——她坚信，只要功夫到了，每一个孤独症孩子都能够走进我们的世界。

我问她有没有亲手带过这样的孩子——人们都觉得他能力太差了，而就是因为老师和家长的坚持，让孩子身上出现了奇迹。卜秋艳笃定地回答："当然带过，而且不止一个，以前在北京有过，后来也有过，我给你举一个最近发生的例子吧。"

这也是一个男孩子，两岁七个月送来康复中心的时候，不会说话，不认识爸爸妈妈，随地大小便，基本上就是什么都不懂，这个孩子是被幼儿园退回来的。因为家长始终存在一种侥幸心理，希望自己的孩子只是发育的稍微晚一点、懂事晚一点，也许再过一年，就什么都会了。这种心理在孤独症儿童的家长中几乎是普遍存在的，谁也不愿意朝着"有病"那方面去想，可恰恰是这种侥幸心理，耽误了很多孩子的治疗。

这位家长也不例外，他们之前还有一个女儿，已经上幼儿园了，一切都很正常，所以也希望儿子是正常的，直到儿子被幼儿园退回来，他们才不得不面对现实。

就在卜秋艳这间狭小的、承载着众多功能的办公室里，她给这个孩子整整上了三个月的个训课，每天上一小时。开始的时候，每节课孩子都要哭四五次，根本就没法上课，因为他要出去、要乱跑，他就是不想坐在这里，所以他就生气，就哭。卜秋艳用了整整十个课时，才教会了他"拍手"这个动作。卜秋艳说，当时她都要崩溃了，也在心里暗自想，是不是这次真的遇上了一个问题特别严重的孩子，真就没办法了。

但十天之后，孩子学会了"拍手"，这让卜秋艳一下子就信心大增，开始继续教他跟随老师做各种大动作，教他看老师的眼神，明白老师动作的含义。这个孩子对各种玩具、卡片、教具都不感兴趣，给他看任何东西，他都要哭。在做了无数次尝试之后，卜秋艳发现，他对iPad感兴趣。因为iPad的画面变化特别快，这个能够吸引他。于是，她就把所有的教学内容都转移到iPad上完成。

卜秋艳说，对教具的选择，也是一个特别关键的问题，孤独症的孩子刻板，不喜欢的就是不喜欢，曾经有孩子从别的机构转学来到他们这里，一让他看卡片他就大哭，这说明他对于卡片有不好的记忆，就不能再用卡片了。所以，老师和家长得能够观察孩子，了解孩子。

后来，孩子为了能够从老师手里得到iPad，学会了用"伸手"表示要，再后来，学会了说"要"这个字。

为了让孩子养成坐便盆大便的习惯，卜秋艳让孩子的妈妈也买了一个iPad，每天差不多到了他该方便的时间，就让他坐到便盆上，只要他坐在那里，就给他玩儿五分钟的iPad，一开始，他并不知道为什么要坐便盆，也不一定就会方便，但渐渐地，他的生物钟被培养了起来，习惯了每天到这个时间就去坐五分钟，也就渐渐养成了使用便盆的习惯。

就这样，整整上了三个月的个训课，这个孩子终于能够不再随地大小便，也可以和小朋友们一起上课了。在机构康复训练了将近两年之后，孩子升入了幼儿园。

在听卜秋艳讲述这个例子的时候，我真的感觉，她是在创造奇迹。可她却说，这很正常，因为孩子的问题本来就是可以解决的，只在于我们有没有耐心去解决。

还是那四个字——事在人为。

卜秋艳还有一个非常了不起的地方，她总是能够把孤独症儿童身上的每一样在常人看来不能忍受的问题，与正常的成年人身上的问题对应起来。

比如说，刚才那个用iPad引导孩子学习的例子。她说，成年人也是这样，我们工作是为了满足精神需求，但也是为了满足物质需求，如果我们的工作能够换回非常多的物质，那我们的干劲儿就会很足。孩子也是一样，你让他完成你的指令、让他跟你学东西，他为什么要学？那么枯燥，那么难学，而且很多词汇都是抽象的，他根本就听不懂，他才不想学。可你用他喜欢的iPad去吸引他，他想获得这个玩具，就会听你的话，跟你学东西。这种心态，不是和大人一模一样吗？

"所以，他们和我们是一样的。所缺少的，只是我们为他们付出的努力。"最后，卜秋艳这样总结。因为在她的心目中，这些孩子，同我们都是一样的，所以她能够始终坚信，未来，社会也会为他们敞开大门。

5. 从幼教到特教

当采访进行到这里的时候，我就已经深信不疑，眼前的，是一个有理想而且能够脚踏实地的女人。随着交流的深入，这个女人一生的画卷，也开始在我眼前慢慢展开。

卜秋艳，1970年生人，原籍内蒙古。曾经，她的人生轨迹简单而清晰。幼教毕业之后，就进入了幼儿园工作，一干就是十来年。

学了幼教，也干了幼教，还很爱幼教这份工作，这样的人生，想要制造出点波澜和跌宕，都挺不容易的。可卜秋艳真就让命运出现了跌宕转折。

因为对工作很投入，也很专注，所以她会用心观察、记录自己教过的每一个孩子。在她的从教生涯中，有一些孩子的行为是她完全没办法理解的，比方说她见过一个孩子，每天就是站在门边，抓着门把手，想要出去。其他任何事情都吸引不了他，也没有人能够说服他，他和别的小朋友格格不入，就是一心想要逃离这个环境。还有一个孩子，年龄已经很大了，仍旧不懂得去卫生间，每次都是站着大便。

这样的孩子让她头疼不已，也完全无法理解，为什么会出现这样的状况。而孩子的家长也给不出她答案，他们也不明白，自己的孩子究竟出了什么问题。

2003年，因为丈夫去了北京工作，所以卜秋艳也辞职来到了北京，在她四处找工作的时候，偶然看到了一则招聘启事，要招聘孤独症特教老师，直到那个时候，卜秋艳才知道，原来还有这样一个行业，也才明白了，原来，世界上真的是有一群特殊的孩子存在。

于是，抱着寻求答案的想法，她去应聘了。那个时候，她的目的，仍旧是很简单的——就是想弄清楚，曾经困扰她的那些孩子，究竟是怎么一回事。

就因为这样一次执着的探寻，竟然让卜秋艳意外得到了一个非常好的平台。她去应聘的这所学校，是中国关心下一代委员会办的一座启智学校。

应聘成功，学校有三个月的培训期，让每一名老师都充分了解，什么是孤独症，什么是特殊教育。

后来又经过了一年的实际工作、摸索，卜秋艳终于从一名普通的幼教老师，转行成为一名特教老师。这次转行，也让很多人不理解，本来幼教已经做到轻车熟路，为什么在年过三十之后，却要从头开始，去选择一条更艰难的路。毕竟在很多人的意识中，特教比普教要艰难得多。

虽然面对诸多疑问，可卜秋艳的决定丝毫都没有动摇。用她自己的话说：幼教谁都可以做。很多人都能够去帮助那些正常的孩子。可特教就不同了，能做特教、肯做特教的人毕竟是少数，而那些孤独症孩子，更需要帮助。

所以，从一开始选择了这个职业，卜秋艳就为自己重新确定了人生的方向：去帮助那些孤独症儿童。

这样，卜秋艳在北京开始了她的特教生涯。

从2003年到2009年，她一直在北京各家特教学校工作，而且在2008年，卜秋艳还获得了一次非常好的学习机会。

当时，北京大学幼儿园牵头北京十七家幼儿园，共同尝试融合教育试点幼儿园。就是在普通幼儿园中，每个班里放一名特教老师，和两名特教的孩子。让孤独症孩子和普通孩子一起上课，上课过程中出现的各种状况和问题，由特教老师及时处理。

经过这次尝试，卜秋艳终于清晰明确地找到了她最想做的事，也是孤独症儿童最需要的事——融合教育！

卜秋艳自己总结，她是从普通幼儿园到康复教育学校，再到普通幼儿园，走过了一条从普教到特教再到融合教育这样的路。她认为，融合教育是趋势。因为她们这么努力地去训练、教育这些孤独症孩子，终极目的就是让他们能够回归社会。

把孤独症儿童放到普通孩子中，让他们一起学习、生活，这样的康复效果是最好的。但是，普通幼儿园中的家长，却难以接受这样的事情。很多家长，根本就不知道什么是孤独症，也不知道有这样的孩子存在。他们只知道这些孩子行为异常，所以不能让他们和自己的孩子在一起学习、生活。

等到了2008年底，卜秋艳不得不又一次面对漂泊，因为当时她的儿子正在读初三，没有北京户口，不能考学。当时恰好石家庄推出了买房落户的政策。为了儿子，卜秋艳来到了石家庄。

现在，儿子已经读大学了。当问起卜秋艳对未来的打算时，她说，现在学校里有这些孩子，他们需要她，所以她会继续把这个学校办下去。如果有一天，这里没有人需要她了，或者，在其他的城市，有能够充分实现她的理想的特教学校，她也许还会再一次漂泊，但不管怎样，她肯定不会离开特教这份职业。

来到石家庄，安顿好儿子和家，卜秋艳又开始了四处求职，目标仍旧是特教学校。可当她通过了面试，听到自己的工资待遇的时候，却大吃一惊，在2009年，石家庄特教老师的工资，在试用期是九百元，过了试用期，是一千二百元，不足她在北京时工资的三分之一。

这个工资标准，让卜秋艳难以接受，也深感失望，因为在她看来，这份工资还不如一个保姆高，这就说明，在河北，整个特教行业是不受重视的。

找工作是没希望了，卜秋艳就做起了一对一的家教，开始在自己家接收孤独症儿童。每天给四个孩子分别单独授课，每次课一小时。做了一段时间家教之后，慕名而来的家长就越来越多，孩子多了，卜秋艳就下决心，自己开了这所特教学校。

从开办到现在，已经整五年了，学校始终在这所小院中。因为自己资金有限，又一直没能得到政府的支持，所以学校始终维持在最初开办时的规模，孩子最多的时候，二十多个，少的时候十五六个。现在学校有六名教师，最多的时候，是九名教师，教师和学生的比例，始终控制在1:3。因为学校空间有限，所以只能容纳这么多孩子。面对不停打进来的咨询电话，卜秋艳只能说："现在没有位置，需要等。""那要等到什么时候？""具体，也不好说。"

孩子们每天早上被送到学校，晚上接回家，中午在学校吃一顿饭。

据卜秋艳介绍，现在学校的学费收入仅够维持学校的正常运转，扣除了房租、水电、教师工资和日常费用，所剩无几。而由于她曾经在石家庄的求职经历，所以卜秋艳给老师们定的工资还是比较高的，因为她始终坚持这样一个观点："虽然钱不能说明一切，但至少，付给老师的工资要能够证明出，你认可她的付出、尊重她的专业、承认她的价值。"

在招收学生方面，卜秋艳则非常强调"服务"。"面对一个孩子，你一定要看，你的能力能不能服务于这个孩子。"如果能，才会接收，否则她会主动建议孩子的家长，再去其他机构看一看。

所以，虽然现在的卜秋艳形容自己的时候，会说自己还不是一个非常成熟的、有着充足管理经验的特教学校校长，但她肯定能够成为一位好校长，因为她懂得：尊重老师的劳动，对每一个孩子负责。

6. 他们不是特殊儿童，他们是有特殊需要的孩子

除了管理好学校，在孤独症康复一线摸爬滚打多年的卜秋艳始终没有离开教学的最前沿。她一直在深入研究孤独症儿童康复这一领域。

她说，不仅孤独症孩子同普通孩子相比，有很大差别，需要完全用另一种方式来教学、对待，具体到孤独症孩子这一群体内部，每个个体之间，也都千差万别，各不相同，这就需要针对每一个孩子进行七大领域的评估，然后制订专门的教学计划。

卜秋艳特别强调，对孤独症孩子进行康复训练的，并不是专门某一位老师，而是一个团队，所有围绕在这个孩子身边的家长、老师，都必须加入到这个康复计划中来，大家一起配合，只有这样，才能帮助孩子完成他的康复计划。

所以一位特教老师在为一个孤独症孩子制订康复计划的时候，必须同时规划出来，这个计划需要哪些人配合，什么时候需要家长配合，什么时候需要某一方面的专业治疗师配合，这些都要纳入计划之内，并且经过围绕在孩子身边整个团队的探讨，能获得大家的认可并且签字之后，才能开始实施。

现在，学校中的孩子年龄层分布在三岁到十三岁，本来，学校规定，只接收三岁到十岁的孩子。可这个孩子已经在这里待了三年多了。因为一直没有地方可去，所以只能这样待在学校里。

孤独症儿童离开康复机构之后往何处去？这个问题也深深困扰着卜秋艳和学校里的孩子们。这几年，离开康复机构的孩子，也有人进了幼儿园、小学，还有的进了特教学校，但更多的，仍旧是回到了家里，从此再也没有了继续康复的希望。

卜秋艳深深感到，现在社会对于孤独症儿童的接纳还是非常不足的。

"他们不是特殊儿童，他们是有特殊需要的孩子。"卜秋艳反反复复对每一个人说着这句话，而现在我们的社会，恰恰就是满足不了他们的特殊需要。

在常人看来，孤独症儿童最大的特点，就是存在异常行为，很多年以前，卜秋艳也是无法理解这些孩子的行为。可现在，经过这么多年的学习、教学、研究，她开始确信，孤独症儿童每一个行为的背后，都是有行为目的，有一个沟通目的的，都有他想表达的东西。只不过他的行为与人们平时见到的不同，所以不被人们所理解。

比方说，有的孩子对环境变化特别敏感，环境稍微变化，他就会出现情绪问题。再比如说，有的孩子生物钟特别准，几点做什么，就是做什么，一分钟都不会差。每天十二点吃饭，就一定会去吃饭，三十分钟一节课，等到了三十分钟的时候，他自己就站起来走了。

这些行为，在别人看来，都是异常的，可对他们来说，却都是有原因的。所以，孤独症儿童，就格外需要人们特别去关注他们、熟悉他们、了解他们，才能理解他异常行为背后的原因。而决不能仅仅是可怜他们，今天看他不会穿衣服，你给他穿上衣服。明天看他饿了没吃的，你给他个馒头。可下一次呢？这一辈子呢？康复教育要做的，绝不是帮助孤独症孩子穿一次衣服、吃一个馒头，而是要给他建立起一条学习的通道。就好像给他架通了一道水管，这样他才能源源不断地喝到水，而不是每天挑水给他喝。如果只是每天给他挑水，总有挑不动的那一天。这就又回到了那个最根本，也最残酷的问题，当有一天，父母都相继离开，留下孤独症孩子孤单一个人在世上，他该怎么办？

所以，自闭症康复教育最主要的是要提高孩子的各项能力，例如：分析能力、表达能力、判断能力等等，帮助他们建立起自己解决问题的能力。绝不是简单地教会他数数、说话。

卜秋艳还经常引用她自己的一位老师的话："技能不等于能力，能力不等于人。孤独症康复的终极目的，是要让孤独症儿童成为一个能够遵守社会规则、能够融入社会的人。"

老师还告诉卜秋艳，如果真正想把孤独症儿童康复教育做好，首先，要把这些孩子当成一个"人"。他们就是正常的人，你不能因为觉着他可怜，就什么都帮他做。

为了实现这一教育理念，卜秋艳采取了不让家长陪读的教学方法。因为卜秋艳始终坚持着融合教育的方向，希望每一个走进这里的孩子，都能够康复到可以进入幼儿园、小学学习的程度。可如果家长陪读，那孩子始终都会有依赖性。

"不让家长陪读"这一方式，也为学校增添了很多困难。

首先，因为所有教学都没有了家长的协助，所以学校就必须增加老师的配比数量，这就是一大笔员工开支。

再有，家长平时不在学校和孩子一起学习，老师就没办法同时也培训家长，只能依靠每天早晨家长送孩子来学校，和每天晚上接孩子回家的时候，和家长交流。然后在每个周五，把本周的教学总结和下周的教学计划交给家长，让家长知道，他们在家中要对孩子进行哪些辅助训练。这样学生在日常生活中的学习状况就会受到影响，经常出现在学校学会了，回到家里因为家长不能及时继续培训，而出现反复的现象。比如说，孩子在学校学会了自己喝水，可回到家里后，家长又喂他喝水，这样就会对孩子造成困扰，不明白究竟应该怎样。

尤其是有的家长会觉得自己生了这样的孩子特别愧对他，所以就溺爱他，照顾他，替他做一切。可这种做法，恰恰是影响了孩子的康复。

但尽管如此，卜秋艳不让家长陪读这一理念，仍旧不会动摇。

除非遇到能力特别弱的孩子，而家长的知识结构也比较薄弱的时候，才会让家长陪读一到两个月，在这段时间里，孩子的自理能力只要稍有提高，家长也掌握了正确的教育理念、教育方法之后，就停止陪读。

卜秋艳亲身经历过很多实例，孩子进入学校的时候能力特别弱，什么都不会，可其实这往往是因为家长没有给予他机会。

所以，在卜秋艳的学校里，老师们会要求孩子自己做各种事情，而老师则根据学生的不同状况，予以辅助。即使需要老师全部辅助——拿着他的手同他一起去完成，也要让孩子培养起自己去做的这个意识。

7. 我们是一个团队

除了特别强调对孤独症儿童的教育，卜秋艳还特别重视学校中教育团队的建设和年轻教师们的培养。

与其他特教学校教师资源极度缺乏不同，在这间相对规模较小的儿童康复中心里面，特教专业毕业的老师反倒比例很高。对于这一现象，卜秋艳这样回答：

"作为一名管理者，你首先要确定一个信念，这些刚刚从特教专业毕业的学生，她们本身也是孩子，也需要有人教她、带她。当她们刚刚走出校门，来到康复中心，对社会并不了解，这个时候，康复中心的教学团队给予她的影响，就显得尤为重要。如果这个团队是积极向上的，不怕累不怕苦的，特别有进取心的，那团队给她的就是一个正能量，她也就会在这里坚持下去。可如果反过来，你的团队给予不了她这些东西，她就会觉得很累很烦，觉得这是一份没有前途的工作，会很快放弃。

"特教老师本身就担负着极重的责任和心理压力，所以对她们来说，精神上的关心和鼓励也非常重要。所以作为团队的负责人，就要担负起这个责任。如果平时老师带的孩子有了进步你看不到，孩子磕着碰着了，你就去批评她，这对老师是不公平的，也是不尊重的。"

做过很多年幼教老师，又做了很多年特教老师的卜秋艳，格外希望，康复中心的管理者、家长乃至整个社会，都能真正尊重特教行业，也尊重特教老师。

就像她所说的，在普通幼教学校，两名老师管理四十个孩子，发出一个指令："坐下。"全体孩子都坐下了。可在特教学校，一名老师带一名孩子，你让他坐下，他都不听，你得拽着他坐下，坐一会儿，他突然跑了，你还得把他拽回来，再让他坐下。就得这样不停地动、不停地说，所以特教老师特别累。尤其是遇到家长对老师的行为不理解的时候、对老师的教学态度产生怀疑的时候、对老师不尊重的时候，老师就会觉得特别委屈，不想再坚持下去，这个时候，就格外需要来自团队的支持、信任和鼓励。

卜秋艳说，每个人都是有精神追求的，而依照她的人生经验，选择特教这一行业的人，精神追求更高，超过了对物质的追求。特教老师付出了这么多，可他们想从学生的进步中获得成就感，就太难了，因为也许老师对一位学生付出了一两年的努力之后，仍旧没有结果，这个时候，就要靠身边的同伴们相互支撑。

卜秋艳坦言，这些年，她都有很多次坚持不下去了，想要放弃，所以特别理解年青老师的心情。

"我们是靠信仰在支撑，而这个信仰是在团队中共同建立起来的。"卜秋艳这样说。

学校的教师团队除了给予老师们精神上的支撑，还有教学上的帮助。

作为一名幼教老师，你只要真心爱孩子就可以了，有很多现成的教程供你选择、使用。可对于一名特教老师来说，"只爱孩子"，是远远不够的，还需要上百倍上千倍的耐心。而且因为在我国孤独症康复教育起步较晚，所以到目前还没有形成完整的、能够被大家认可的教学方法、教学体系，再加上孤独症儿童本身的状况又是千差万别，所以老师们永远处在教学经验不足的情况之中。这时团队的作用就又凸显出来。卜秋艳几乎每天都要和老师们一起开会，研究各种教学难题，设计新的教学方案，讨论教学成果。一个老师带一个孩子，而每一个孩子的点滴进步，都是整个团队共同努力的结果。

卜秋艳说，在孤独症孩子的康复过程中，学校重要，老师重要，但最重要的，还是家长。她经常这样要求学校中的老师："你们不仅要带好孩子，还要培训好家长，只有让家长也接受了我们的教学理念，纳入了我们的教学体系，孩子的希望才会更大。"

卜秋艳举了一个非常简单的例子：

比如说，你叫孩子一声："明明。"孩子回答："哎。"这很正常。可对于孤独症孩子来说，你可能教他很久，他也学不会答应一声"哎"，因为他根本就不明白，这个"哎"是什么意思。这个时候，很多家长就是反复教这个"哎"，一心想让他学会应答，可这样让他为了"哎"而

"哎"，他理解不了，也就学不会。

这个时候，家长应该在每一次叫他的时候，都想好一个目的——这次你叫他是为什么。比方说，给他一个吃的，或者给他一杯水，或者带他去做什么事，你得有目的。这样久而久之，孩子就明白了，原来，这个"哎"，就意味着后面这些事情，他就能记住了。

当然，作为一名优秀的，而且极有责任感的特教老师，卜秋艳深深理解家长的痛苦。

当亲眼看着自己的孩子连一个简单的"哎"都学不会，眼看着孩子已经好几岁了，不仅不会说话，连爸爸妈妈都不认识，都会陷入深深的痛苦之中，无法接受这个事实。很多家长都对卜秋艳说过一句话：

"我们为什么会生出一个这样的孩子呢？这到底是为什么？问题究竟出在哪儿了？"可这些，都没有答案。

然后深陷痛苦绝望之中的家长，就带着孩子走上了四处寻医问药之路，把所有的积蓄都花光，如果不把积蓄花光，就会觉得对不起孩子。等到把钱也花完了，孩子仍旧没有起色的时候，他们才开始接受现实，才开始考虑为孩子做一些力所能及的事情。

这是很多家长的心理历程，也是当他们知道自己的孩子有孤独症之后，必然会走过的一段路程。

用卜秋艳的话说，每一个孤独症儿童的家庭都有一部血泪史，刚开始工作的时候，每次新来一位家长，给她讲述自己的经历，都会忍不住痛哭，而她每次也都陪着家长哭，哭得稀里哗啦的。现在，她的心态已经稳定多了。

再面对刚刚被确诊为孤独症的孩子的家长，卜秋艳就总是会反复告诉他们："接受现实，越早接受现实，对孩子越好。父母要确定这样一种信念，有了这个孩子，我们该怎么生活，还是怎么生活。每一对父母在养育孩子的过程中，都会遇到各式各样、或大或小的问题，只是养育一个孤独症孩子遇到的问题会多一些、难一些,仅此而已。这种心态,很有助于父母尽快和孩子一起,进入全新的角色,陪伴孩子走上康复之路。你一定要坚信,每一个孤独症孩子,只要你肯用正确的方式引导他、训练他,他一定就会有所改观,这一点是肯定的。"

卜秋艳还总是强调一个关键问题:父母不要把孩子的问题人为放大。你千万不要想他就是一个特殊的孩子,我就是一个特殊的妈妈,我们的家庭就是一个特殊家庭,再也不可能正常了,如果你一直这么想,就会一直生活在绝望里。你要相信,每个孩子都有问题。每当这种时候,卜秋艳总是拿她自己的儿子举例,儿子在从小到大的成长历程中也经常会出现问题,现在都二十岁了,前几天刚跟妈妈说,他又有了新的迷茫,新的烦恼。所以,孩子遇上问题是正常的,父母要端正心态,如果只是一味盯着他的问题看,那么这个问题就会变得特别严重。

比如说,有的孤独症孩子存在行为问题,特别好动,不分场合乱跑乱跳,家长就会觉得特别丢人,就要限制住他,不让乱动。可这样往往适得其反,他想跑你就让他跑呗,跑完了他不就又坐下了吗?

可如果你限制他、责骂他,甚至打他,再也不带他出门了,那样的后果才是真正可怕的。

所以,父母具备一种坦然面对的心态特别重要。

8. 做"用心的老师"

卜秋艳说,面对孤独症儿童,家长和老师还有一个重要的任务,就是找出他的强项,或者运动,或者手工,孩子总会有一种能力特别突出,或者对某一样东西特别感兴趣。就在她教过的孩子中,有一个能力特别差的孩子,对小汽车特别感兴趣,不管是玩具车还是卡片上的车,看一遍就能记住;还有过一个孩子,特别喜欢小鸟,任何小鸟只要他看一眼，都能照着画下来。当找到了孩子的兴趣点，也就找到了教学的切入点，就可以利用这个兴趣进行教学——他不喜欢数数，也许数小汽车，他就会很喜欢，很愿意学。

找到他内心深处最喜欢的东西，他喜欢音乐，你对他的教学就围绕音乐展开，他喜欢运动，你对他的教学就围绕运动展开。这样的教学才会成功，如果你千篇一律，对哪个孩子都使用同一份教案，那铁定就会失败。

所以，在卜秋艳的眼中，没有"教得好的老师"或者"教得差的老师"，只有"用心的老师"和"不用心的老师"。

但要如何才能成为一位"用心的老师"呢？卜秋艳认为，首先，老师要确定一种心态，她要坚信，她所面对的这个孩子，就是一个普通的孩子。只不过，他有某一个点或者某几个点，要落后于其他孩子而已，其他各方面都是一样的。他们也是会经历学走路、学说话、学自理、学知识、学习在社会上生存的能力，这样一个过程。只是他学得比别人慢，也许他五岁的时候，只相当于其他孩子两岁的智商，那我们就用对待两岁孩子的方法对待他，不就行了？这样一来，老师对孩子的观察就会是透彻的，对孩子程度的把握也就会是准确的。

作为孩子的老师，你要从他身上看到别人所看不到的东西，你要让他在学校的时候，一刻都不离开你的视线，观察他，研究他，随时随地利用一切契机教他。

而这种日常的观察和随时教学并不是一帆风顺的，因为孤独症孩子确实经常会出现情绪问题，他们发怒的时候，会咬人、打人，老师的胳膊上经常被咬得鲜血淋漓。面对这种情况，卜秋艳仍旧坚持主张：追根溯源。她始终坚信，孤独症儿童的所有行为都是有其内在原因的，只要找到这个原因，就能够从根本上解决这个问题。孩子为什么会咬人？肯定是因为他们曾经受过极深的伤害，或者感受到过极深的恐惧，就像小动物一样，当感受到威胁的时候，咬人是它们的本能行为，孤独症孩子也是如此。因为他们不具备完整的表达思想的能力，所以只能用这种原始的本能行为来表达自己的情绪。这就需要老师去找到他们这种行为的根源——他究竟是惧怕什么、厌烦什么，然后不再做这种会激怒他们、刺激到他们的事情，就能够缓解他们的情绪。

至于打人，有时候，孩子并不是故意想打人，他们只是在模仿别人和他们打招呼的方式，也想摸你一下、拍你一下，但因为感觉功能失调，他们没有"轻重"这个概念，所以会打得人特别痛。所以老师要分辨清楚，他们打人的时候究竟是在表达情绪，还是在游戏。

还有的孤独症孩子，总是会莫名其妙地就哭了，老师和家长完全找不到原因。其实，这是因为孩子存在一种延迟反应，也许是在昨天、前天，或者很久以前，他受到了伤害，而直到现在才有了"哭"这个表现。或者是因为某种诱因，让他想起了曾经受过的伤害，所以开始哭。

因此，老师们在日常教学中，一定要做好严格的记录，例如，他是在什么地点、什么时间、和什么人物在一起、做什么事的时候，发生了"咬人""打人""哭"这些表现。记录一段时间之后，基本就会找到一些规律，然后逐一分析原因。再针对原因，进行教育和纠正。

通过这一个个具体的事例可以看出，用心与否，确实是孤独症儿童康复训练的关键。只要功夫下到了，再严重的孤独症儿童，状况也会有所改善。

在卜秋艳的教学体系中，还有一个环节，就是所有从她这里接受完康复训练之后升入了幼儿园和小学的孩子们，每周日还要回中心上一节个训课，不过这节课的主要目的就不是教孩子了，而是教家长。

因为当孩子到了幼儿园或者小学之后，就没有了特教老师的支持和辅助，要全部依靠家长和学校老师。所以，在每周一次的个训课上，特教老师会告诉家长，这一周，你要教孩子什么，孩子现在有什么问题，你要如何去帮助他。等到周一，家长再把这些情况告诉幼儿园或小学的老师，以获得老师对孩子行为的理解和帮助。等到下周个训课，家长会把这一周的情况反馈给老师，让老师明白孩子哪些教学任务完成了，哪些没完成，哪里有进步，哪里又出现了新的问题，然后制订出下一周的教学方案和需要完成的作业，让家长全部记下来并完成。

如果条件允许，卜秋艳还会亲自去找到幼儿园或小学的老师，交给她一份孩子的各种状况说明和教学方案。告诉老师，这个孩子有哪些能力，在哪些方面有欠缺，学校的教学任务中，哪些他可以直接完成，哪些他会吃力，需要老师辅助他完成。

比如说，有的孩子视觉学习能力特别好，相对来说，听觉学习能力就差一些，遇到这种情况，如果老师能够专门为他准备一些教学卡片，让他看着学习，他就能够跟上全班同学的进度。

再比如说，孤独症孩子都非常没有安全感，如果老师能够提前告诉他这一天的安排，让他知道下一节课是什么、会学什么，他就会安静，否则，他就会非常焦虑、暴躁，无法安静地坐在课堂里。

总之，在卜秋艳眼中，孩子的所有问题，都是可以通过提前设计好方案进行干预并解决的，只要能够实现特教老师或者家长同学校的有效沟通，孩子就可以进入普通幼儿园和小学进行学习。

只是现在由于种种原因，肯为孤独症孩子做出这么巨大努力的幼儿园和小学还是非常少。有的干脆就不想接纳，也有的想接纳，但教学力量确实达不到，因为本身班容量就已经很大了，师资又有限，实在分不出多余的精力，来给予这些孩子特殊的关注。最简单的一个例子，在幼儿园里，一个孩子哭了，老师会问他，"你为什么哭？"孩子就会回答："我哪里不舒服了，或者谁抢我东西了。"老师就会解决这个问题，他就不哭了。可孤独症孩子语言能力比较差，当老师问他为什么哭的时候，他表达不出来，老师没有那么多时间专门去研究这一个孩子，所以只能让这个孩子退学。

9. 目标，仍旧是"融合教育"

从2008年就开始接受"融合教育"理念的卜秋艳，始终认为"融合教育"是对孤独症儿童最好的方式。但现在，她实在没有多余的师资力量派到幼儿园和小学，对孩子进行陪读。她只能以自己的方式，尽量给孩子们创造一些融合的机会。比如说，她会经常带着中心的孩子和隔壁那个小幼儿园一起搞一些活动，让孩子有机会感受到正常幼儿园中的氛围，也能得到一点这方面的训练。

卜秋艳有一个非常美丽的梦想，就是带着她的整个团队还有中心里所有的孩子，同一家幼儿园或者小学联合办学。在人家的学校里专门设置一个分区，搞康复教育。当有适合孤独症孩子课程的时候，例如课外活动、美术、音乐，就让孩子去班里学习，当遇到确实不适合孩子学的课程，比如说数学，就把孩子带回来，由他们根据孩子的能力进行教学。

但是她找不到合作对象。因为对于同他们合作之后的前景，幼儿园顾虑重重，首先，家长们接受不了，如果让他们知道了幼儿园里有这些孩子，他们会退学，幼儿园生源会受到极大影响。再有，孤独症孩子有自伤和他伤的行为，这样老师和幼儿园承担的责任和压力都会非常大。

所以，想真正实现融合教育，卜秋艳和整个中国孤独症康复教育需要走的路还很远。

而且并不是每个孤独症孩子能够升入幼儿园和小学就完事大吉了。还有一些孩子，当时家长和老师都感觉他已经恢复得很好了，可升入幼儿园之后，因为环境不适应，又出现了新的问题，需要回到中心，再重新开始接受训练。

而更多的孩子，连升入幼儿园和小学的机会都没有，当年龄大到了实在没有办法继续待在康复机构中的时候，就只能被家长接回家。回到家里后，很多家长选择了把他们送入全托式的寄宿学校。

但对于孤独症孩子来说，不管是被关在家里，还是送入寄宿学校，都意味着就此与社会远离，再也没有了回归正常世界的机会。

在采访的最后，卜秋艳告诉我，现在在北京，她的一些旧同事，已经渐渐从低龄孤独症康复转行到了做成年人孤独症康复。她建议我，走访一下他们，和他们好好聊一聊。他们会在社区租一处房子，接收一些年龄比较大的孤独症青少年，专门培训他们去超市买东西、乘地铁、坐公交车、使用社区里的一些公共设施的能力、培养群体意识，以尽量做到能够让他们独立生活。这种针对性训练是目前孤独症康复领域极其需要的，但数量极少。这就需要政府和各个领域共同努力，为孤独症儿童打开一条通向未来的通道。

【采访手记之十】

漫长的采访结束了，我已经再没有多余的话可说。后来，我又无数次听过这段采访录音，每一次都会被感动。就在石家庄，这座我们非常熟悉的城市里，一个僻静的角落，一群人，默默奉献，把青春、岁月乃至全部，都投入到了孤独症康复教育之中。他们不为人所知，也不被人了解，甚至还承受着很多不理解，但对于孤独症孩子和他们的家庭来说，这些人，就是天使。

而对于我们这些普通人来说，他们就是榜样。他们用自己的实际行动告诉了这个世界，人的一生，还可以这样度过。

在采访的最后，卜秋艳又一次谈到了她最大的忧虑——孩子们的未来。

孤独症儿童的康复之路是漫长的，八年、十年、二十年，在这漫长的过程中，需要有更多像卜秋艳这样的人，像接力赛似的，一段又一段，陪着孩子走下去。需要我们的社会为这条漫长而崎岖的跑道和这群陪孤独症儿童一起跑的人，创造出一个尽可能包容、有爱的环境。也需要我们每一个人，认真想一想，我们能为他们做点什么。

让每个人都能有尊严地生活
——燕京阳光社区之家

【采访手记之十一】

我是在采访过程中得到的燕京阳光社区之家的联系方式，然后就一心一意地想要找到他们。因为他们是一家专门接收十六岁以上孤独症青少年的康复机构。

在他们的服务卡片上，清晰明确地印着：

服务对象：16～35岁发展障碍人士。

服务理念：尊重、平等、和谐、发展。

服务宗旨：自尊、自信、独立、自主。

服务目标：让每位发展障碍人士享受有尊严、独立、自主的生活，逐步融入社区、走向社会。

读着这几行文字，每一个词都直触心底。

目前，我国孤独症康复机构，绝大多数都是只接收十周岁以下的低龄儿童。十周岁以上的孤独症青少年几乎都面临着无处可去的困境。普通小学他们进不去，常规特教学校的教程并不适合他们，家长迫切渴望能够为十岁以上的孩子找到继续接受针对性康复训练的机会，可惜，因为相应年龄段康复机构的缺失，这些孩子只能选择回到家里。

当失去了专业的康复训练环境之后，有些孩子就很难再继续进步，甚至可能会出现功能减退的状况，很多以前在康复机构中学会的东西，又都渐渐忘记了。这些刚刚走出黑暗的孩子们，又一次坠入了命运的深渊，他们将永远失去进入社会的机会。

所以，像燕京阳光社区之家这样的机构，太宝贵了。我一定要找到他们。

1. 我们是一个"家"

燕京阳光社区之家成立于2011年3月，和其他康复机构不同，他们是建立在居民小区中的，在一栋普通的居民楼里，租了两套房子，就是他们日常的教学场所。

不仅选址与其他机构不同，教学场所的内部结构也不同。走进门，眼前出现的就是一个彻彻底底的"家"的模样——客厅里有沙发、茶几和电视，餐厅里摆着餐桌，厨房里的各种家什也是一应俱全，一看就是平日里一日三餐都毫不含糊，卫生间里也是如此，阳台上还晾晒着刚洗好的衣服、洗净的拖布。如果非要找出什么不同，可能就是每间卧室里的床铺稍微多了一些，有的房间里还是上下铺，可这些，也不算是太特殊，在过去，兄弟姐妹多的家庭，基本上也就是这样的。

阳光之家的创办者楚效伟也坚持把他的教学场所称为"家"。

他们的"家"就位于北京东燕郊开发区燕顺路西侧的意华小区。这个小区的环境整洁、漂亮，社区也已经建设得非常成熟，物业、小超市、健身器、社区活动等等各种配套基础设施都很齐备。

而这些，也正是楚效伟最需要的东西。

因为他们的教学重点已经和低龄康复机构不同了，在低龄康复机构，主要教学任务是开发和培养出孩子的各项能力，而现在他们的主要任务，则是教会孩子们"生活"。

"学会生活"这个词，在眼下的社会中并不陌生，不论是媒体作为一种传播口径，还是年轻人比较文艺的自我鼓励，都经常会提到，貌似这是提高个人生活质量和生活品质的一种通行的说法。

但楚效伟他们的"学会生活"与我们惯常熟悉的概念，却是天壤之别。

他们所说的"生活"，就是实实在在的"生活"！

要学会按时起床、按时睡觉、独自洗脸洗澡。学会下楼散步之后，自己找到回家的路，并且安全地回来。再难度高一些的，是能学会使用简单的电器，例如开关电视、用微波炉热饭、用洗衣机洗衣服。难度更高的，可以自己做一点简单的饭，能够去楼下小超市买东西，能够去物业交水电费，甚至能学会自己坐公交、地铁、出租车……

当然，直到目前，楚效伟的"家人"中，还没有人能够成功地学会这种难度更高的"生活"，在漫长的岁月中，楚效伟和他的同伴们就是在陪着这些"家人"周而复始地学习着最简单的"生活"。

会不会觉得有点难以想象？我们中的绝大多数人估计都已经忘记了，我们是如何学会的开灯、关灯、刷牙、洗脸这些细节。可楚效伟他们就是在把这些已经被人遗忘的生活细节一一拾起，教给那些正在走向成年的孤独症孩子。因为只要他们学会了这些，那么在未来，他们的父母就不会再说出那句让人痛彻心扉的话："一旦有一天，我们都老了、走了，他（她）可怎么活呀？"

这些对于普通人来说简单至极的生活技能，对于孤独症孩子，却是复杂而艰难的。为了完成这一复杂而艰难的使命，阳光之家制定了详细而全面的培训细则。

当一个新学员进入到阳光之家以后，工作人员会针对他（她）进行居家、社区、休闲和职业能力的评估，然后定出教育和培训的级别，当学员基本达到设定目标后，再继续对他们进行更高级别的教育和培训。

目前，燕京阳光社区之家对成年孤独症学员们提供的服务内容分为两大类：

一是"支持性生活"（制订个别化支持计划ISP），这来源于楚效伟始终坚定不移的一个理念："障碍人士的生活品质与一般人一样重要！"

可恰恰这些特殊人士如果想享受生活品质是一件非常艰难的事情。甚至很多人会因为自身的身体状况所限，无法进入正常的家庭生活范畴和社会生活范畴。大多数孤独症儿童到了成年之后，在自己的家庭中，都只能像一个局外人一样生活。

针对这一现象，阳光之家就专门采用这种家庭生活服务模式，发挥这些高龄成年孤独症学员的自主和自我导向作用，让他们在生活中扮演更重要的角色，真正提高他们的生活品质内涵（独立、社会参与和福祉）。在阳光之家里，工作人员不仅会为学员达到独立生活提供专业支持，还会为学员们争取获得参与社区活动、融入社区生活的各种机会。

这方面的具体服务内容有：个人清洁、衣物整理、床铺整理、居家卫生、居家布置、简易烹饪、生活常识、生活语文、生活数学、购物、休闲娱乐、职业教育等。阳光之家会努力使这些服务内容更生活化、正常化，符合与学员年龄相适应的实际生活。

二是"支持性就业"（依据岗位制定相应的支持性就业工作手册），这一部分内容，是当学员掌握了基本生活技能之后，为提高他们的社会融入能力，做的进一步努力。

具体的培训内容包括：职业人格教育（准时、守时、礼貌、安全、自信等），职业技能锻炼（依据学员自身需要和社会需要，为学员提供岗前培训），阳光之家会对适合的学员提供从接案——职业评估——制订个别化转衔支持计划——实施支持性就业安置——结案的专业服务。

在培训学员的同时，阳光之家还会想方设法寻找适合学员的职业种类，并且积极争取雇主的理解与接纳，努力给学员们提供获得职业锻炼和就业的机会。当学员一旦获得了职业锻炼的机会，阳光之家也会一直给学员们提供专业支持，让他们能够获得平等、合理的报酬，充分体现出学员的生产性和劳动创造的价值,最终实现"享受独立自主的生活"这一目的。

总之,阳光之家就是以学员成长需要为根本,以开发社区安置就业项目为目标,努力实现孤独症青年的独立性、生产性、融合性和满意收入与和谐的人际关系,让他们享受较好的生活质量。并且会积极开拓各种社会资源,努力探索和尝试各类发展障碍人士的就业安置和支持性就业服务。

2. 是家长们让他留在了北京

楚效伟原籍安徽,虽然已经在北京生活十多年了,可仍旧带着淡淡的南方口音,他个子不算太高,五官端正,加上与生俱来的那种柔和的说话声音和语调,所以第一次接触,就会让人觉得很亲近,自然而然地就会信赖他。

我第一次同他见面,是在北京联合大学旁边的一个酒店里,中国残联要利用这个周末在联合大学搞一个特教教师的培训,他过来帮助做服务工作。

在我见到他的时候,眼前的桌子上摆着一座小山似的公文袋和笔记本,这些都是会议需要使用的东西。简单聊了一小会儿之后,看他实在太忙,我就主动提出:"你是要整理这些东西吗?我和你一起弄吧,咱们边干边聊。"

楚效伟毕业于长沙民政学院,当初选的就是社会工作专业。大学毕业那年,学校安排他们来北京实习,却恰好赶上"非典",暂时回不了学校也回不了家乡,生性随和的他抱着既来之则安之的心态,琢磨着索性在北京找份工作先干着,等能回家了再说。

就这样,他进了一家康复学校,直接进入了大龄部,做了康复老师。如果按照康复机构标准的年龄算法，是分为三个阶段：学龄前，指七岁以前；学龄期，指十五岁之前；学龄后，就是楚效伟一直从事的大龄部康复工作。

做大龄康复和低龄康复是完全不同的感受，因为这些孩子多少都懂一点事情，和老师的年龄差距又不大，很容易就成了朋友。本来只是想临时打个工，可没想到，楚效伟竟然真的喜欢上了这份工作，就一直在康复学校干了下去。

这一干就是四年，到2007年，楚效伟的职业生涯出现了第一次动荡。因为北京的房租日渐高涨，康复学校决定搬迁到一个比较偏远的地方去，这样一来，很多学生就没办法再继续留在学校进行康复了。楚效伟和另外几个外地老师，也都决定离开学校，各自回家乡发展。

那一次如果真走了，他可能真就离开孤独症康复这项事业了。可让老师们没想到的是，他们在学校里教过的十几个学生的家长竟然自发组织起来，找到了他们临时租住的地方，苦苦挽留，希望他们能为了孩子留下来。对于家长们来说，孩子身上终于出现了一些进步，正是刚刚看到希望的时候，而且孩子们已经熟悉了这些老师，喜欢他们，愿意跟着他们学习，这是最宝贵的。家长们不敢想如果这时老师们都离开了，孩子会面临怎样的状况。新的环境、新的老师，他们能否适应？刚刚取得的康复成果，能否保持下来？也许孩子们的康复成果会出现停滞甚至倒退，一想到这儿，家长们心急如焚。

面对这些又一次彻底陷入绝望的家长，楚效伟心里也特别难受。在学校工作了这么久，他和孩子们之间也有了感情，就更加理解家长们的艰难。可他毕竟只是一个普通的老师，除了能给孩子们上上课、带他们训练，也做不了其他的事情。

他对家长们说："你们的心情我都理解，我也想继续留下来带着孩子们康复，可是现在学校搬走了，我也没有能力自己开一个学校。"

这时，家长们提出了一个建议：由家长一起去找房东，让房东用这处房子自己开办一个康复机构，然后这些学生继续留下来接受训练，老师们也不用离开。

这个提议听起来有点异想天开，但也能从另一个方面反映出，家长们为了能够让自己的孩子继续跟着这些老师学习，是多么煞费苦心。

家长们真的去找了房东，晓之以理，动之以情。最后，房东真的被说服了，自己用这块地方开了一个康复机构，孩子们和楚效伟他们这些老师，都留了下来。

这件事，也深深触动了楚效伟，家长们的无助和殷切在他的心里烙下了永远都不会磨灭的烙印，他再一次感受到了孤独症康复工作对于一个家庭的重要性。从那时开始，他就再也没有想过离开这个行业，而且，肯定会干一辈子。

到了2010年，楚效伟终于有了机会，实现自己的教学理念——成立家庭式的成年孤独症康复机构。

楚效伟有一个习惯，只要他和别人谈到自己的这个康复机构，一定会用"家"这个词。"我们的家，现在有几个孩子，有几个老师，一个家是楼下，一个家在楼上……"如果对方习惯于说"学校"或者"机构"，那么他就会不厌其烦地一遍遍去纠正，"我们不是学校，是家"。

他就是要把"家"这个概念，坚定地树立起来，牢牢地巩固住，巩固在每一个人心里：自己、家长、老师、孩子。

至于为什么要坚持强调"家"这个概念，楚效伟说，因为孤独症康复最根本的目的，还是要让孩子能够享受正常的生活。他们从家庭中来，最终还是要回归家庭中去。如果他们一直在学校那种环境接受康复训练，等他们彻底回到家庭中的时候，还要经历一个动荡、适应的过程。而对于孤独症孩子来说，每一次适应新的环境，都是艰难的，甚至是危险的。所以，这种家庭式的培训机构，是最科学有效的。

这里的环境最大限度地贴近了家庭实景。有客厅、卧室、厨房、洗手间，出了门，就是小区，可以直接接触到物业、居委会，所有的教学都在最真实的生活场景中完成。在最熟悉的地方，接受康复训练，这样，孩子们学习起来会更顺畅，以后也可以几乎完全无障碍地回归到家庭中去。

家庭式的康复中心，还有一个好处，就是能够尽可能地让孩子感受到正常、平等的人际关系氛围。

楚效伟心目中最理想的家庭式康复中心，是孤独症孩子和老师彻底打破固有的师生关系，完全就像家人那样相处。每天的教学安排，也不是按照上下课时间来划分，而是完全按照生活节奏划分：早上起床，学习穿衣服、洗漱；中午学习做饭、收拾碗筷；一般家庭中该拖地的时候，他们也就学习拖地；一般家庭中该外出的时候，他们就学习外出。

总之，就是要让孩子能够真正成为家庭中的一员，有能力进入正常的家庭生活秩序。

3. 把"洗碗"分成八个步骤，"洗衣服"分成十九步

在孩子离开父母亲人的照顾之后，仍旧能够继续生活，这可能是所有孤独症孩子的家长最迫切的渴望，却也是非常难以实现的一个梦想。

可以说，楚效伟他们，就是勇敢地承担起了在孤独症孩子的父母心目中，这个无限渴望却不敢奢求的梦想。

十六岁以上的孤独症康复训练和低龄孤独症康复训练有很大不同，低龄时的康复训练是以启发出孩子的各项能力为主要目的，教他们说话、教他们认字。而到了十六岁之后，"自主生活"的需求就会变得越来越重要。

当孩子走进了楚效伟建立的这个"家"之后，老师们会针对个人的情

况，给他指定专门的训练计划。他们的课程划分非常详细，按照从易到难的程度分为：个人生活、居家生活、社会生活、理财安全等几大类别。

个人生活包括：洗漱、穿衣服、剪指甲、刮胡子、大小便处理等等。

居家生活包括：做菜、保洁、家庭中的简单维修。

社会生活：比如说乘公交车、坐地铁、打出租、买东西、花钱。

理财那就属于非常高的级别了，要教会孩子去银行存钱、取钱。

现在楚效伟的"家人"大多都是停留在前两个层面的训练。

恐怕一个普通人，一辈子也不会想到，自己生活中这些司空见惯、每天都在做的最平常不过的事情，会被一群人专门制成教案，去反复教授给另一群人，并把这种教授当成毕生职业。更不会想到，对生活技能已经如此细致的划分，还远远没有到尽头，因为楚效伟对这些技能又做了进一步的拆分。比如说，他把"洗碗"分成八步，而"洗衣服"，则分成了十九步。第一步收碗，第二步倒掉残存物，第三步冲水，第四步涂抹洗涤灵……

生活中的必备技能，都被这样分解成了流程图。

而这些步骤，还全部都用图画和文字两种形式标注出来，以满足不同程度孩子的需要。

当看到这种精细到了极致的划分之后，心中的感受是什么？枯燥？乏味？惊愕？还是感动？

在楚效伟的"家"里，这些生活中最基本的技能和漫长的时光一起，被分解成零星碎片，一点点、一滴滴，注入孤独症孩子们的心里。仿佛添砖加瓦似的，为他们构建起生活的秩序。

4. 以人为本

现在，在楚效伟的"家"中，不仅要教会这些孩子"自主生活"，还要让他们有"自主选择"的意识。同低龄孤独症康复一样,孩子们来到这个"家"之后,第一项工作,也是要接受测评,测评项目包括:智力、运动、语言、社会交往能力等等。然后再根据孩子的具体情况,为其量身制订训练方案,采取个别化教学。

在制订方案的时候,楚效伟会充分考虑孩子个人的需求。

"以人为本,这四个字在学龄后孤独症康复训练中,也非常重要,一定要找到,他的'本'究竟在什么地方。"楚效伟经常这样说。

因为二十来岁的孩子,即使是孤独症,即使程度很差,不能讲话、不认字、生活不能自理,他也肯定具有了自己的情绪和喜好,而且对其他人的行为和感受,也会非常强烈。

只是他们在大多数时间里,不知道如何表达自己的情绪和喜好,这个时候,老师稍微不留神,就有可能把他们内心中深藏的东西忽略掉。这样一来,孩子会因为自己内心的需求得不到满足,而变得更加暴躁,也使得对他们的训练变得更加艰难。

比如说,有的孩子到了下午喜欢看电视剧,有的孩子愿意去楼下看广场舞。他就分别安排他们的时间,该看电视的看电视,想去看广场舞的,由老师带着他们去看广场舞。尽可能让他们住在"家"里的时候,能有一个轻松愉悦的心情。

现在,楚效伟"家"里的孩子们,是以小组为单位,程度相近的孩子,安排成一个小组,每个小组有2—3名孩子,他们会住在同一间宿舍,每天一起学习做各种事情。

这种家庭式的康复训练,强调参与,最主要的是让孩子亲自体验,所以每周都会安排由老师带着他们去乘公交车、去超市购物、去物业买水买电。训练一段时间之后,对于那些进步比较大的,就会给他们写好纸条,让他们带着纸条,自己去尝试做这些事情。

除了这些正常教学外,"家"里还会给他们安排手工制作的课程、陶土课程，培养他们的动手能力，也为以后进入职业训练打下一些基础。

因为学龄后康复训练除了学会"自主生活"，还有一项很重要的内容就是"职业能力培训"。会让一些程度比较好的孩子，掌握一些力所能及的劳动技能。

5. 困境

虽然，楚效伟坚定不移地相信，自己会一直投身于"帮助高龄孤独症人士回归社会，有尊严地生活"这一事业，但他也从不讳言，这一行业向前发展，困难重重。

从孤独症孩子的家庭来说，当一个孩子成长到十七八岁的时候，父母也就慢慢进入到中年、老年了，不再具有年轻时那么旺盛的精力，也没有那么高的心气儿了，多年来带着孩子四处寻医问药、常年康复训练，已经让一个家庭的财力和父母的精力都受到极大的损耗。这时候的父母对孩子，已经是心有余而力不足了。

而从教育角度来说，在孩子十岁之前，父母能够给予他的，一定是更丰富的。可当孩子到了十六七岁之后，他就不可能再满足于只从父母这里获得信息、知识等各种内容。普通的孩子是这样，孤独症的孩子也是如此。所以，当父母所给予的，不能再满足他了之后，他也许就会变得更内向，或者因为压抑而出现情绪问题，或者刻板行为变得更加严重。

还有，孤独症孩子对环境的改变格外敏感，不管是自己身处的小环境的改变，还是对周边大环境的改变。每一次改变，都会给孩子带来一些很强烈的影响。

所以这也需要专业人士能够及时给他们提供帮助，比方说，在环境改变之前，先同他们进行交流，让他们有足够的思想准备。环境改变之后，再及时对他们进行疏导，引导他们适应新的环境。

所有这些问题，无不凸显出高龄孤独症群体所面临的困境，也说明"阳光社区之家"这种机构成立的必要性。

但是，想真正把一个"家"建设好，还需要来自社会各个层面的辅助和共同努力。如何更好地利用社区现有资源，来建设这个"家"，是楚效伟考虑最多的一个问题。

用楚效伟的话说："如果想让这些孩子，真正回归社会，真正有尊严地生活，那就需要家长、机构、义工、社区，共同努力。"

所以楚效伟和他的同伴们的工作，不仅是训练学员，还要说服家长，动员社区。只有家长肯面对现实，不畏惧他人的目光，勇于让孩子走出家门去尝试；社区能够不再歧视，肯接纳；各行各业的人理解他们，更多地加入到社工的行列之中，利用各自的特长和手中的资源来弥补这些"家"的不足，楚效伟他们的工作才能走出瓶颈，真正实现一直追求的那个梦想——让每一个孤独症孩子都能有尊严地生活。

【采访手记之十二】

"一定要让每个人都有尊严地活着。"我想，当社会发展到现阶段，这应该已经成为每个人的共识。有多少人能做到像楚效伟一样，把目光投得更远，胸襟更广阔，提出"让孤独症人士，也能有尊严地生活"，并且把这当作了事业，为之奋斗终生。这是值得全社会深思的问题。

孤独症人群需要他们，因为有了他们，这个人群才有希望。也尽我们所能，为楚效伟们做点什么吧。比如：理解、包容、尊重；再比如：就像楚效伟他们的行动让孤独症孩子的家长看到希望一样，通过我们的行动，也让这些特教教师，看到未来的希望。

我听到了"花开的声音"
——西安市莲湖区孤独症儿童康复训练中心（蓝海豚特殊教育）

【采访手记之十三】

这所学校的名字叫：西安市莲湖区孤独症儿童康复训练中心。可我更喜欢称呼它以前的名字：蓝海豚特殊教育。因为这个名字，总是能让我想到蔚蓝色的大海、聪慧的海豚，这些海洋的精灵拥有着人类都难以琢磨的智慧。曾有人尝试，让孤独症孩子和海豚接触，感受来自于另一个世界的力量，希望这些精灵能够帮他们打开心灵的窗户。

自从接触了很多孤独症孩子，又听过了这个故事之后，我的脑海中就刻下了一幅画面：碧海蓝天，白色的沙滩上，站着一群孤独症孩子，在向着远处的海豚招手——他们已经成为彼此能够理解的朋友，从此以后，星星的孩子不再孤独……

我知道，这幅图画是我幻想出来的，可我却不忍心把它从脑海中删除掉。

当朋友把学校的创始人李永生老师介绍给我的时候，说："他是一位非常好的孤独症康复教师，也是省残联副主席。"

而触动我的，则是他的QQ签名：关注自闭症儿童，走向美好未来。

在看到这个签名的时候，我已经和他通了电话，所以我能够想象出，用他的声音轻轻读出这句话时的情景：声音不高，也不快，但是每一个字都是经过深思熟虑的。

也正因为如此，我相信，这句签名是他的信念，一个经过了深思熟虑、不会轻易更改的信念。

在第一次通话中，我提出了想要采访的一些问题，李永生老师沉吟了一会儿说："您说的这些都是我们平时在做的日常工作，但我们的日常工作很琐碎，就这么每天按部就班地干事，从来没有这么系统地总结过。所以您突然这么一问，我还真得想想。"

在每一次采访中，往往在最无意中得来的，却是最宝贵的，这次也不例外，李校长平平淡淡的一句话，却让人震撼——原来，那些在之前被我和编辑反复研磨准备着力书写的、在我们看来"很伟大的行为"，只是他们每天都在做的"日常工作"，是一些"很琐碎的事"。

1. 理想之花，永不凋谢

蓝海豚特殊教育中心，成立于2004年，到现在已经走过了12个年头。建校之初，只有120平方米训练场地，加上创办人李永生，一共五位老师。

不管是10年前，还是现在，开办学校都是一件很艰难的事业，因为要面对的是每天都在成长的孩子，还有每个孩子身边围聚着的一大群眼明心细的家长。"教育无小事"，一旦开起学校来，这肩头上的重担、心中的压力，就可想而知、不言而喻了。

开办特殊教育学校，这担子、这压力就更重了，因为他们每天要面对的，是一群还不知道该如何成长的孩子，和一群心急如焚的家长。

普通的学校，可能会经常骄傲于自己的学生们考了好成绩、获了奖。而对特殊教育来说，一个孩子终于学会叫"妈妈"了，可能就是他们能收获到的最大的奖励。

我在蓝海豚学校，看到了一份宝贵的教师日记，是一位老师当年随手写下的，日记写于2006年。其中有一段写道：

4月20日，在这个我习惯了忙忙碌碌的早晨，在这个我没有在意的日子，在我给她做例行脸部肌肉活动游戏时，她竟然开口了，她竟然喊出了一声"ma"。

啊！皎皎开始说话了。一个月后，皎皎终于第一次喊出了"a-a-ma"。我和皎皎的妈妈听到这一声久违的呼唤后紧紧地抱在一起，哭得一塌糊涂……

没有礼物，这声呼唤却胜过一切人世间最美妙的事物；没有掌声，这声"ma"让我惊喜得恨不得告诉全世界"皎皎说话啦"。这声呼唤，让我在这个极其平常的日子里，听到了花开的声音。

事后，皎皎的妈妈忌妒地对我说："刘老师，我生了她、养了她，都不如您教她三个月啊！我多么希望孩子的第一声'ma'是对我说的啊！"

三个月，一年的四分之一光阴，教一个孩子学会说一声"ma"。而这一声"ma"还让老师听到了"花开的声音"。

恐怕再文学的语言，也不及这一段质朴的文字，更能让人明白"特教老师"这个职业和"特教学校"这个地方。

那么，究竟是什么契机，让李永生这个既没有学过特教也没有做过特教的大男人，毅然选择了这样一个职业呢？

李永生老师说，他创办儿童康复训练中心，纯粹是机缘巧合。

1998年，李永生的母亲患了白内障，之后又患了老年痴呆症，从此卧床不起。为了给母亲治病，李永生推掉手头所有的事，一门心思地找专家、寻医院、查资料，然而收效甚微，目光呆滞、言语不清的母亲还是撒手人寰了。之后，通过阅读和研究大量资料，他发现教育和训练其实对母亲这种老年痴呆患者是有用的——如果把这种训练贯穿到日常生活中,老人家完全可以延长生命。

这个迟来的信息,让李永生震撼,也成为他终生的痛楚——因为时光无法再回头,他再也没有机会用这样的方式去帮助母亲了。

那个时候,恰巧他家附近就是西安市聋哑学校。李永生经常跟学校的老师和学生打交道,他发现学校里也有像母亲那样目光呆滞、不言不语的孩子,而老师们面对这些孩子的时候,只能束手无策。

有一天,一位老师跟他说了一件事情:一个孩子在课堂上总是指指画画,喋喋不休,怎么也管不住,弄得老师和领导很头疼。无奈,学校就将那个孩子劝退了。

这件事对李永生的触动很大。那一刻,他心灵深处仿佛有一根柔软的神经被触动了,对母亲永恒的思念,与生俱来的善良,都在冲撞着他的心,使他萌发出了一个念头:"为这些孩子做一些事情。"

可能每个人都有过这样的经历——因为某件事而生出某个念头,想要去做一件事。也许,当时这个念头还非常强烈,但渐渐地,现实告诉了人们,想完成这个念头,并不容易,然后,这个念头就被放弃了。就像一片花海,不管在春天、夏天的时候,它是如何的美丽、生机勃勃,可一旦秋风秋雨来临,它都会枯萎凋零。这种现象,就是人们常说的:理想败给现实吧。

可李永生的理想没有败给现实,他心中的这片花海撑过了无数个春夏秋冬,无数场风雪,愈加茁壮、绚烂。

他开始废寝忘食地钻研专业书籍,《健康宝贝》《发育行为儿科学》《儿童教育心理学》《儿童心理诊疗学》《儿童心理发育疾病及行为发育诊疗学》这些所有当时能找到的书,都是他的"老师"。通过研究,李永生终于明白了——这些孩子是孤独症儿童。

研究显示,这些特殊的孩子光靠学校教育是行不通的。越好的学校对孩子的约束越严格，但这些孩子的基础能力是很差的，普通学校教育对他们很不合适。看到那些本该活蹦乱跳的孩子被拒之门外，他暗自发誓：一定要帮助这些孩子！

而帮助他们的第一步，就是创办一家专门针对孤独症儿童的康复训练中心。

李永生是一个非常理性的人，虽然创办康复中心的信念非常坚定，但他对中心的前景并没有盲目乐观，从一开始筹建，他就做好了"学校正常运转之后，前三年全部赔钱"这一准备。并且做出预算，假使他的预计是正确的，那么，他现在总共需要资金三十万元。而目前，他那一点有限的积蓄，距离这个数字还太远了。于是他开始四处筹集资金，向朋友借、去企业"化缘"，能想的办法全部都想到了。在他的努力下，2004年10月1日，西安市蓝海豚儿童康复训练中心在未央区二府庄路正式挂牌营业了。

2. 既然选择远方，就勇往直前

120平方米的训练场地，五位老师开启了蓝海豚的远航。

李永生招聘了四位老师，可是，孩子从哪里来？在那个时候，"孤独症"这种病症的相关知识还远远不像现在这么普及。很多孤独症儿童的家长，并不相信自己的孩子就是有"病"。

所以，当李永生找到一些孩子的家长，向他们解释"孤独症"这种病症，并且介绍自己训练中心的教育方法和训练手段的时候，大多数家长都以"孩子现在还小""这是个小问题""没关系，过几年就好了"等为由拒绝了。

李永生听说有一个六岁的男孩，学习差，脾气暴躁，经常捣乱，并伴有攻击行为，老师和家长都没法管教。了解到这个情况后，李永生立即跟这个男孩的家长联系,结果家长听完后不客气地说:"我的孩子需要的是上学,而不是你这些花里胡哨的训练!"

李永生后来得知,这个孩子离开幼儿园后,几乎所有的小学都不接收,以至于孩子八岁了还在幼儿园里晃荡。可是,新问题又来了。幼儿园的老师和家长提出抗议:"这孩子如果继续在这里待下去,我们就选择离开!"最后的结果,这个孩子被劝退了……

这个状况,是李永生做梦都没有想到的,在曾经的规划中,他无数次设想过如何教学,如何去陪伴孩子突破一个个成长过程中的瓶颈,唯独没有想到,家长们对"孤独症"这三个字的抵触和排斥,甚至彻底否定。

茫然无措——这四个字,可能是那时最真实的写照。

万幸的是,虽然困难重重,但李永生还是坚持了下来,他说他们"用心关爱,奉献真诚,服务于孩子,服务于家长"的承诺是不会改变的。

终于,李永生的付出得到了回报,开始有家长把孩子送进了他们的学校。但随着孩子数量的增加,新的问题又出现了。

很快,由于租房、聘请教师、送教师外出接受专业培训,学校的前期投入资金已所剩无几。孤独症儿童的训练需要大量的器材辅助,为了保证正常教学,大部分器材都是由老师们自己动手制作而成,还有一些则是孩子家长捐助的。唯一让李永生欣慰的是,在中心训练过的孤独症儿童中,大多数的生活自理能力明显提高,有的甚至正常进入小学上课了。

创业的艰难不言而喻,但是坚守更加弥足珍贵。

时光推移至2006年9月,中心全日制班开学,场地扩大至230平方米,教室十间,分个训室、运动室、音乐室、小组教室等;特殊教育、学前教育专业教师六名;开设个别化训练、小组训练、感统训练等课程,训练体系的雏形逐渐形成。

2006年11月,李永生终于完成了一件他一直想做的事情——面向西安市部分小学和幼儿园教师举办"用心关爱每一个孩子"特殊教育报告会。

"一定要让更多的人了解孤独症,只有这样,才能让孤独症孩子尽早被发现,早一天接受康复训练,人生就多一分希望。"这是李永生不变的信条。

随着孤独症儿童家长的信任和口碑相传,前来咨询、接受培训的孩子日益增多,根本满足不了需要。但是家长对孩子不离不弃的希望感动着他们,"健康一个孩子,幸福一个家庭"的非营利性目标和理念也在召唤着他们,怎么办?

外部资源匮乏、服务成本高昂、人力资源缺乏、场地租金昂贵、运营经费不足、机构无业务主管上级、没有合法的非营利性组织注册资质、公益大环境对孤独症的不了解等问题,也一直困扰着他们,这又怎么办?

困难已经太多了,还能继续坚持下去吗?

这个时候,李永生最大的动力,就是在学校接受康复训练的孩子们每一点每一滴的进步。

下面这一段,仍旧是引用自开篇那位老师的日记。她的日记为蓝海豚留下了宝贵的一页记忆。

"a-a-ma",当皎皎发出这几个音时,泪水蓦地涌出我的眼眶。

其实孩子并没有理解这个字的语言意义,但是,这声呼唤仍让我内心激动不已,我觉得身体里有一股力量在游走,它不停地充斥着我的心、我的灵魂、我的思想。我忽然觉得过去所有的努力、委屈、不甘、挫败、伤痛……都值得!只是这一声呼唤,真的,值得!

皎皎是一个两岁多的孤独症女孩。记得刚刚来到训练中心时,她目光呆滞,一言不发,当她想要什么东西时,只是一个劲地拽你的手。说实话,我第一次看见皎皎时,泪水就在眼眶里打转转,内心充满了难言。凑巧的是,领导让我训练皎皎。我为她订了详细的训练计划,并将她每天的活动记录下来,与她妈妈探讨。教她语言真是一个充满艰辛的过程:舌操、识字图片、吹吸游戏、压舌板发音练习、模仿发音……我运用一切所能想到的方法来教孩子发音。可是,皎皎只是睁着一双无辜的眼睛,没有聚焦地看着前方。

两个星期后,皎皎第一次喊出一声"a"。当时,我简直要蹦起来了,但第一个反应却是抱住孩子亲了又亲。

"无论如何,4月20日之于我,已是心底的一份珍藏。"刘春红在当日的日记上如是写道。

刘春红是一名幼儿教师,2005年9月的一天,在网上无意中看到蓝海豚康复训练中心的招聘信息,喜欢挑战的她动心了。"我刚来训练中心时,也觉得这里不太好,和自己待过的幼儿园完全不一样,"她说,"不过,后来我才发现,原来这里充满了爱心。老师们把所有的爱心都奉献给这些孤独症孩子们了,这是我在任何一所待过的幼儿园里所感受不到的。这也是我选择到蓝海豚来的原因。"

谈起在蓝海豚的两年多时光,刘春红说:"教一个孤独症孩子,一个动作或一句简单的话往往要教成百上千遍。我只是用我的执着和热情,不断发现并挖掘着孩子身上独特的'美'而已。"

刘春红感受最深的就是在这个还不能被别人充分了解、认可的行业里,有他们这样一群人在兢兢业业地努力着。他们不为出名,不为钱财,只求在教学时别人不要投来厌恶的眼光;只求在这些孩子病情发作时能够伸出一双关爱的手;只求孩子能够发出声音,只求孩子能喊出一声"妈妈"。

一次,刘春红给孩子上训练课,因为孩子的注意力不太集中,家长就重重地打了孩子一记耳光。看到这种情形,她心里只有莫名的痛。虽然那耳光是打在孩子的脸上,但她分明感觉到那耳光痛在了自己的心上。下课后,她跑回办公室关上门,眼泪不由自主地流了下来。外甥生病了她没回家,因为课程太紧;好友邀请爬山,被她拒绝;因为囊中羞涩,看见漂亮衣服,只能下意识地将目光硬拽回来……正思量间,有人敲门,原来是中心一位年长的教师。她说:"不管遇到怎样的挫折和困难都不要退缩,要坚强,人生就是这样。不遇到暗礁又怎能激荡起美丽的浪花呢。相信自己,相信自己是最棒的!"

听了这些,刘春红擦干眼泪,露出了灿烂的笑容。

在这里,老师大多充当着"老师、保姆、医生、妈妈"的多重角色。

有心中不变的信念,有身边这一群志同道合、甘于奉献的伙伴,所有的困难都变得微不足道了,李永生和蓝海豚一起,义无反顾、勇往直前。

2007年初,中心确立了蓝海豚孤独症康复教育的模式和基本方法。

2007年5月,中心搬迁,教学规模扩大,面积扩大到400平方米。

2007年10月国庆节,中心创办人赴青岛参加"与孤独症面对面"经验交流会,认识和了解国内当时20余家机构的服务体系和创办人,确立了中心理念和体系目标。

2007年12月,湖南大学认知科学研究所儿童语言障碍研究小组与蓝海豚共同开展个案资料采集研究。

2008年8月,华东师范大学原特殊教育学院院长方俊明教授和周念丽教授来中心合作开展国家教育部人文社科十一五课题《孤独症儿童综合评估表的编制与研究》。

2008年底,"蓝海豚"正式注册为——陕西省联谊贫困救助基金会蓝海豚特殊教育中心(机构独立运营),使他们的教育服务、项目申请和社会活动有了合法的资质。

蓝海豚的春天似乎来临了,但只有他们知道这个春天仍然是春寒料峭、寒气逼人。2009年末，在教育康复需求不断增大的同时，却因无法承担逐年增长的场地费用而面临关门的困境。因为如果收费过高，许多家庭无法承担，而且孤独症孩子的康复是一个漫长的过程。可这种低收费，却让中心入不敷出，常常让李永生捉襟见肘，倍感纠结。幸运的是，西安市莲湖区政府助残扶残政策及时的到来，以公益性租金的方式为蓝海豚提供了450平方米的教学办公场地。2010年元旦期间，蓝海豚搬入残疾人服务中心大楼，并注册成立——莲湖区孤独症儿童康复训练中心，进一步确立了中心为孤独症等心智障碍儿童服务的非营利性理念。

2011年6月1日，"蓝海豚与西安曲江海洋世界孤独症儿童海豚辅助康复训练基地"正式挂牌成立，拉开了孤独症康复中心、曲江海洋世界——"海豚天使计划"公益项目的序幕。

2012年，中心再次扩建，这一次，他们有了1 400平方米训练场地。

2014年，中心全年服务孤独症儿童72名，在中心训练一年以内的占25%，一年以上的占48%，三年以上的占27%。进入普通幼儿园、小学的孤独症儿童6名，在中心排队等候训练的儿童70名。

而排队等候入学接受康复训练的孩子，在2015年的时候，增加到了近百名。

3. 善良人行善良事

> 可爱的孩子们不在乎汗水湿透小衣衫，
> 以天真无邪的笑脸向命运挑战。
> 枫叶红了的时候，
> 我们看到了期盼的果实。
> 小迪打开了心灵封闭的窗户，

和小朋友手拉手做游戏；
小妹变得越来越灵活，
自己吃饭穿衣玩玩具；
小雨终于坐了下来，
认真地画画、写字；
小吉不再沉默不语，
张开嘴巴唱"猴哥猴哥你真了不起"；
……
小荷初露尖尖角，
她给我们带来了希望。
借助蓝海豚的吉祥，
来年一定会翠荷满塘，
红莲花儿朵朵开放。

这是一位孤独症孩子的家长用泪水写就的诗。

每个人读到这首诗，都会被打动，都会毫不犹豫地说出："孤独症康复，的确是一项伟大的事业，因为它给孤独症患儿和家长带来了新生的希望。"可这项事业却不是任何人都能干的，更不是谁都可以坚持下来的。

只有走进康复中心，亲眼看到老师们一对一捧着孩子的脸，抓着他们的手，声嘶力竭，口干舌燥，反反复复重复着一些在成年人看起来根本就是无意义的词、字和动作，反反复复只是为了教会他们说"妈妈""三""四"这些简单到不能再简单的词汇的时候；看到孩子们对老师的辛苦付出漠然无视、无动于衷、依然沉睡在自己的世界中的时候，旁观者才会真正明白，选择从事孤独症康复训练教育，究竟意味着什么。

多年来,康复中心的整体环境不断得到改善,环境越来越幽雅,各个训练室、游戏室的设备越来越齐全,孩子们的玩具数量也不断增加。可李永生却始终都是和几个老师挤在一间办公室里。每天,他都是穿着一双很旧的鞋子,抽着廉价的香烟在各楼层、各部室往返巡视,这所有的辛苦和劳累,都在看到一位位家长满怀期待的双眼、看到孩子们稚嫩无邪的脸庞、看到又出现了一个新的训练成果时,被抛到了九霄云外。

孤独症儿童的康复教育和普通幼儿教育不同,它需要占用大量的人力和场地资源,师生比基本上是1:2。作为蓝海豚的创办人,李永生没有给家庭带来任何收入,还把自己多年的积蓄补贴了机构的开支。尽管如此,可每当他回忆起员工们在特殊教育路上多年的付出,想起家长们的信任与期望,想起社会各界爱心人士的关心,想起各部门领导对蓝海豚在残障儿童教育服务中的肯定和鼓励,看到家长们殷切的希望和对孩子们未来的寄托,看到老师们为孩子们的康复认真安排课程,辛苦地制作卡片、教具,培训学习,不离不弃……他的内心都充满着感动和感恩。

李永生,的确是一个非常善良的人。

4. 让星星的孩子不再孤独

十年风雨砥砺,李永生已经从最初那个从书本中寻求答案的年轻人,变成了公认的孤独症康复训练专家。对于"孤独症"这种病症和孤独症儿童,他也已经有了自己的理论体系和想法。他说:

"诚然,我们经常看到残疾人,有的失去了双手,有的无法行走,有的常年卧床,有的看不到蓝天绿草……但是在你接触了这些'星星的孩子'后,你会有截然不同的感觉,你会为他们心痛,你会不由自主地想要伸出温暖的双手去爱抚他们,你会为无法给他们做一些事而愧疚、而自责。他们虽然从不与人交流,我们也无法走进他们的世界,但是孤独的他们，是多么需要我们的关爱、帮助，多么想像正常的孩子一样，背着书包、活蹦乱跳地在校园里跳皮筋、画画、唱歌，用崇敬的目光看着五星红旗冉冉升起。他们的爸爸妈妈又是多么希望听到自己的孩子能欢笑着叫一声'爸爸、妈妈'，然后钻进他们的怀里，要冰淇淋、要奥特曼。这一切的一切，对这些孩子和他们的家长来说，是梦想，虽然遥远，但是也有可能实现。这就要看我们大家和全社会的努力了。与时间赛跑的早期教育和干预争取到的是希望，避免的是障碍恶化甚至是不可逆的颓势。

"很多家长认为，孤独症是因为孤独才引起的症状，所以只要让孩子不孤独，病自然就好了。其实孤独症比痴呆和弱智更能损害孩子的生活，没有什么特效方法和药物，无论国内和国外，都需终身治疗。

"由于对孤独症的认识不够全面，长期以来，我国一直将孤独症简单地认定为智障，孤独症儿童的康复教学也一直与智障儿童混合在一起开展。然而，与正常儿童和智障儿童相比，孤独症儿童在感觉、思维、认知等方面都有着极大的不同。因此，对孤独症儿童进行有针对性的康复教学也是近几年才开展起来的。

"这些情况，都很容易导致孩子失去最佳治疗期。还有很多家长，虽然及时诊断出了孩子的病症，却因为家庭条件所限，没有办法让孩子在康复机构中接受长期的康复训练，只能听天由命。

"所以，孤独症人群带给国家、社会和家庭的负担要比其他各种疾病更重、更长久。"

所有这些，都是李永生在十几年的探索与实践工作中总结出来的现实，当这些现实被明明白白摆在眼前的时候，每个人都会由衷生出感叹：对于孤独症儿童，我们和整个社会所做的，还远远不够。

"路漫漫其修远兮，吾将上下而求索。"幸好有了像李永生和他的同行者们，这些一头扎进了孤独症康复教育这片海洋，就不再回头的勇士们，用自己的青春和岁月为我们开辟了一条道路，让我们看到了孤独症康复训练的希望。我相信，沿着他们的足迹，一定会有越来越多和他们一样的人，走上这条路，为孤独症儿童奉献出自己的一份力量。

"希望通过我们不断地宣传、努力，在未来，能够有一天，全社会每个人对孤独症儿童，都能做到不歧视、不排斥，关爱他们。希望到那个时候，这些孩子能有一个良好、宽松、充满爱的生长环境，让星星的孩子不再孤独，让家长看到生活的希望。"在采访的最后，李永生这样说。

5. 后记

孤独症康复较为复杂，针对孤独症儿童的康复理念和方法层出不穷，医学、教育学、心理学、营养学、社会学多学科百家争鸣。

由于康复教育有其特殊性和专业性，每个孩子的病情不一样，需要对孩子制订"一对一"的教学方案，在制订"一对一"方案之前，对孩子的专业评估异常重要。教师采用的教学方法和教学模式决定了孩子的康复效果，所以在康复质量上，也就没有了考核标准，家长的评价是机构和教师教学质量的唯一考核标准。而民办孤独症康复机构的从业者，却没有主管部门的资格认证。

目前教育康复仍是孤独症儿童康复的主流模式和行之有效的方法，也是民间孤独症康复训练机构生存和发展的核心。民办特教康复机构在孤独症的康复教育工作中发挥着重要的作用。但是，民办特教康复机构大都没有自己的训练场地，租房费用是压在民办特教康复机构身上的一座大山，教学设施的配备、水电费和老师的工资加在一起，让大多数民办康复机构入不敷出、举步维艰，资金短缺问题制约了机构的发展。

莲湖区孤独症儿童康复训练中心（蓝海豚特殊教育）租赁恒佳好世界酒店的1 400平方米教育训练场地，因多种原因导致4月30日之前终止使用，机构面临场地和资金的双重困难，短时间内难以解决，在现有不到400平方米可用面积的情况下，反复动员家长转介辞退12名训练儿童，现仍有46名儿童、30名家长和24名员工拥挤在莲湖区残联450平方米教学区。对孩子的康复训练课程的开展和机构的发展产生了很大的影响。

民办教育康复老师工作累、压力大、收入低，如何给民办教育康复教师评职称更是难题，于是，直接导致了很多人不愿加入民办教育康复这个行列。而公办教育康复和残障服务机构的资源优势、待遇优势与民办机构形成了明显的反差，从而导致民办教育康复机构只能靠高质量、高服务、低收费的方式树立良好的口碑，再投入大量的人力去申请各类基金项目扶持和社会爱心帮助来维持机构的正常运转，保障老师的基本待遇和生活需要。

【采访手记之十四】

我知道，最后这段《后记》中的文字很枯燥甚至是艰涩的，但我最终仍旧决定把它写出来，因为这确实就是目前中国大部分民办孤独症康复机构的现状和现实，一个非常艰难、非常严峻的现实——只有直面，才会带来改变。

《上学路上》,程诺 作,7岁,西安市莲湖区孤独症儿童康复训练中心(蓝海豚)

小玉儿 作，9 岁，黑龙江省哈尔滨市启迪学校

星星 作，12 岁，黑龙江省哈尔滨市启迪学校

《恐龙世界》,展展 作,14岁,黑龙江省哈尔滨市启迪学校

第三卷 始信人间,真有天使

我肯定没有见过天使，但如果"天使"这个词的含义是：善良、守护、拯救、爱和慈悲，那我相信，每一位持之以恒从事孤独症康复工作的教师，都是真正的天使。

在这个世界上，有两种职业最难以承担，一种是医生，另一种就是老师，因为他们肩负着人们的希望，孤独症康复教师则是集两者于一身。每一位孤独症孩子身边，都有一群焦灼而绝望的家长，只要看到一丝光亮，他们就会毫不犹豫地把全部希望交托到老师身上。这信任比金子还贵重，但也像大山一样压在每一位老师心头。

目前，国内孤独症康复教师的收入，基本还都停留在一个较低的标准，与他们的付出远远不成正比。而且，这些带着一腔热忱和博爱，积极投入到孤独症儿童康复这个事业中来的老师们，在这条路上遇到的，并不是只有赞许、认同、感激和帮助，还会有很多困难，甚至责难。她们的眼睛中也有泪水，心里也有委屈和悲伤。

可是没有一位老师因为这些压力或者偶尔遇到的不理解而放弃，一旦走进这个世界，看到孤独症儿童的现状和他们整个家庭的痛苦，就让老师们再也无法离开。情愿用自己的生命作为火种，去唤醒这些星星的孩子，引燃孩子的生命，让所有人重新看到希望。

所以，每一位康复教师为了孤独症儿童所做的事，记录下来，都会是一本厚厚的书，这书中有动人的情节、有跌宕的经历，也有痛楚、有眼泪、有欢笑、有爱、有希望。

温柔的坚持

【采访手记之十五】

"温柔的坚持",是丛恩自闭症康复校区负责人魏东彩老师最常说的一句话。她说孤独症的治疗最需要的就是坚持:家长坚持、老师坚持、孩子坚持。但尤其是家长和老师,一定要"温柔的坚持",不能强硬、不能急躁,持之以恒地温柔着、坚持着……

1. 一个真实的故事

魏东彩生于1984年,是个不折不扣的"80后"。她个子不高,远远看去又瘦又小,穿着一条浅黄色的七分裤和一件大红色的T恤衫,走路时候步子很大,速度极快,就像一朵跳跃着的火苗。她毕业于湖南女子大学,主修艺术教育专业,学的是声乐和钢琴,直到现在,她身上仍旧聚集着一种浓浓的艺术气息。所以无论从哪个角度看,她曾经的人生轨迹都和孤独症康复这条路沾不上边。

而她之所以会走上这条道路,是因为在她的生命中曾经发生过一段悲伤的往事。

魏东彩的原籍是甘肃兰州,父亲做生意,母亲专职照顾家庭,她是长女,还有一个弟弟和一个妹妹。无疑,这是一个很幸福的家庭。尤其是她的妹妹,学习成绩特别优秀,被老师们公认为保送清华的苗子。而从来没有读过大学,一心盼着儿女们都能成为大学生的父亲,面对这样三个孩子,更是欣慰不已。

可是就在魏东彩读高二那年,一场意外发生了。魏东彩的妹妹当时正在读初三,突然爆发了极其严重的精神分裂症。事后家人们回忆,在她发病之前,其实已经有过一段时间的潜伏期,只是因为当时所有人都没有这方面的常识，也就没有防范意识，结果当时发生在妹妹身上的所有征兆都被忽略了。

也正因为这种忽略，所以等到妹妹病发的时候，情况已经特别严重，所有精神分裂症病人会有的症状，她都有。最严重的时候，精神病院都拒绝接收这个年轻的女孩。

曾经，魏东彩认为"一夜白头"这个词，就是小说里面的艺术创作。可她却亲眼看见，因为妹妹的病，一夜之间，父母两个人的头发全都白了。

时间已经过去了十几年，可每当魏东彩提起妹妹突然发病的那段日子的时候，仍旧会泪湿双眸。

爸爸无心再工作，留在家里，和妈妈一起照顾妹妹。由于无暇问津生意，生意出现严重亏损，损失巨大。爸爸索性关掉了生意，专心照顾妹妹。妈妈生性柔弱，更是禁不住这样巨大的打击。整个家庭的状况一落千丈。

就在这个时候，魏东彩接到了大学录取通知书。可妈妈却激烈地反对她去读书，因为湖南离家太远，她怕这个女儿再有点闪失，也想让大女儿留在身边，跟她做个伴儿。

关键时刻，还是爸爸坚持住了自己的梦想，支持大女儿去湖南读大学。爸爸和妈妈留在家里照顾二女儿。进入大学之后，有一段时间，妈妈几乎天天都给她打电话，向她倾诉二女儿的病情，让她承受着太大的压力，她的情绪已经接近崩溃。

而魏东彩也只能在电话里安慰妈妈，湖南距离甘肃，天遥地远，面对家中的困境，她无能为力。

魏东彩说，从那个时候起，她就开始关注这种特殊疾病带给家庭的伤害。因为她比任何人都更深切地体会到，一个家庭一旦遇上这样的灾难，那整个家就垮掉了。

大学快毕业的时候，魏东彩和其他同学一样，开始找工作。很偶然的，她见到了一个孤独症康复机构招聘康复师的广告。就在看到广告的那一瞬间，她突然发现，自己找到了一个寻觅已久的目标。从高二到现在，她心中始终存在着的那个朦朦胧胧的梦想，终于第一次落到了实处——她一直渴望的就是这样一份职业——去帮助那些同妹妹一样蓦然遇上了灾难的人，也帮助他们的家庭。

魏东彩真的去康复机构应聘了，可惜，却被拒绝了。不只是因为她不是特教专业的学生，而最主要的原因是，机构的老师觉得她性格有些内向，不够活泼。

"孤独症孩子最大的特点，就是对一切都感兴趣，唯独对人不感兴趣，所以就需要老师格外活跃，才能吸引他们的注意力。你不适合。"负责面试的老师这样告诉她。

出师不利，而且，还是这种看似不可逆转的理由，可这些并没有打消魏东彩想做特殊教育的念头。后来，她又找到了青岛一家比较有名的特殊教育机构，专门进行了学习，并且在那里，真正开始了康复教师的工作。

对于大女儿的这种执着，父亲给予了她极大的支持。虽然在魏东彩大学毕业时，二女儿的病已经有了极大的好转，可在经历了这样一场骤变之后，这个曾经一夜白发的中年男人，也深深体会到了精神疾病带给家庭的灾难，所以他比别人更能理解大女儿的志向。

2. 行过万里路，仍不改初衷

在青岛的康复机构里，魏东彩进一步找到了自己的兴趣所在和前行的方向——她最大的兴趣，就在于亲自给孤独症孩子授课，研究教学内容，带领着孩子一点点走出自我封闭的那个狭小空间。

正因为这种热爱和执着，也让魏东彩赢得了家长的信任，一位家长邀请魏东彩做她孩子的一对一康复训练教师。后来，由于各种原因，孩子需要转到河南郑州的一个康复机构，家长又邀请魏东彩跟随着孩子去了郑州，在新的康复机构里，继续陪伴他。

这种经历，也让魏东彩开阔了眼界，收获到了很多学习的机会。等那个孩子的康复疗程结束之后，魏东彩独自一人来到了山东淄博，因为当时她的男朋友在潍坊工作。

刚刚在潍坊安居下来，不改初衷的魏东彩又开始寻找在康复机构中工作的机会。正在这个时候，魏东彩接到了一个从湖南打来的电话，电话是一位孤独症儿童的家长打来的。当时，这个孩子已经五周岁了，是一个典型的、能力偏低的孤独症儿童，他没有语言，自己不说话，也听不懂别人在说什么，认知能力也比较差，完全不能集中精力，而且还斜视、多动。但他的运动能力特别好（很多孤独症者都有这种情况，某一方面的能力特别突出），精力还特别过剩，一刻都停不下来，不停地蹦、跳，沙发、桌子，都能跳上去，大人一不留神，他就跳到很高的窗台上，用身体紧紧贴住玻璃，让所有的人都心惊肉跳。

面对着这样一个孩子，父母和爷爷奶奶既心急如焚，又束手无策。现在孩子已经五岁了，人们常说的"六周岁之前的黄金恢复期"马上就要过完了。难道，等过了六岁，他真的就会这样过完一生吗？家长们不敢再想下去，因为那个画面太残酷，眼睁睁看着亲生骨肉一辈子都这样生活，对于家长来说，那无疑就是人间地狱。

万般无奈之中，他们想起来，自己的孩子曾经在康复机构中，接受过一位叫魏东彩的老师的康复训练。只有在那段时间，孩子的康复出现过进步。所以，家长辗转找到了魏东彩的联系方式，联络上了她。希望魏东彩能够接受她家的邀请，专门给孩子做一对一康复辅导。如果魏东彩不想去湖南，她们可以把孩子送到淄博来。

魏东彩对家长说:"能得到你们这种信任,我很高兴也很感动。可我来潍坊,就是为了和男朋友团聚,湖南太远,我不想再分开了。如果你们想把孩子送来,就必须有一位家长一直跟他在一起,因为我本身还没有结婚,也不会带孩子,我可以给他上课,但晚上该怎么陪孩子、孩子生病了该怎么办,这些事,我都不会做。"

家长马上就同意了,让孩子的奶奶带着孙子来了潍坊,同魏东彩住到了一起。

家教似的康复训练开始了。

魏东彩针对这个孩子的情况,专门给他设计了课程表,开始了每天的康复训练。她很努力地带了孩子半年,当孩子五岁半的时候,做到了有语言,并且能够主动表达,能够和人进行简单交流,当问句是单一一个问题的时候,他能够回答出来。也做到了生活物品认知、人物认知、职业认知等这些基本生活技能。而且也没那么多动了,不会再一刻不停地蹦跳。还能够模仿写一些字和数字。

魏东彩给孩子的妈妈打了电话,说孩子进步已经很大了,功能也已经很好了。你现在把他接回去,找一个机构,让他每天上半天机构,再上半天幼儿园,如果再拖下去,他就没法上幼儿园了。这样上一段时间幼儿园,没准儿以后还能上小学。否则,这个孩子就耽误了。

虽然,孩子回湖南之后在幼儿园和小学的求学过程,也不会一帆风顺,也是磕磕绊绊的,但至少,魏东彩帮他打开了这扇门。

这可能就是孤独症康复训练教师们最大的梦想和追求吧:亲眼看到一个孩子的生命之火重新被点燃。

事后,魏东彩总结自己带这个孩子的经验,发现这种一对一的康复培训,可能在基础能力和学识方面进步会大一点,但有一个很显著的问题,就是规矩建立的不是很好,缺乏集体课意识,因为平时上课只有他们两个人,他能够做到很听话,如果再有其他人参与进来,他就会受影响。所以还是应该让孩子进入机构进行康复训练。对于孤独症孩子来说，一个集体环境非常重要。

孩子离开潍坊之后，魏东彩继续寻找工作。鉴于这些经验，她不想再做一对一的辅导教师，还是想找到一家适合的孤独症康复机构。有一天，她走在大街上，看到路边有一个广告牌，说这里可以进行"感统训练"。魏东彩直接就走了进去，同主人聊了一会儿，原来这里只是一个规模很小的感统训练机构，面积只有几十平方米，项目也非常单一，人员也只有机构负责人一个人。魏东彩提出，她可以留下来，两个人一起干，招收孤独症儿童。恰好当时这个人也有进行孤独症儿童康复的想法，两个人一拍即合，开始一起为这个只有两名老师的小康复机构忙了起来。

看过魏东彩这些年求职经历的人，肯定永远都不会再怀疑她对孤独症儿童康复这份工作的热忱了。

在这个小康复机构干了快一年之后，2010年4月份，魏东彩接到了过去一个旧同事的电话。这位同事目前在石家庄丛恩特教学校工作，过去丛恩特教学校只专门进行脑瘫患儿的康复培训。在2009年开办了独立的孤独症校区，专门接收孤独症儿童。

同事给魏东彩打电话，是因为当时整个石家庄地区在孤独症康复方面都比较落后，而丛恩学校过去的主攻方向和教学经验全部都在脑瘫方面。所以当他们的学校开办起来之后，很多家长提出的问题，他们无法解答；在现实工作中遇到的很多问题，也找不到人一起商量探讨。同事邀请魏东彩来石家庄给家长做一期培训，解答家长的各种问题。魏东彩很爽快地答应了。

来到石家庄，魏东彩给老师和家长做了为期三天的培训，临走时，同事和丛恩学校的赵校长对她说："你留下来吧，我们特别需要你，这里的学生和家长也特别需要你。"

但当时，魏东彩谢绝了他们真诚的邀请，仍旧是那个理由：她想和男朋友在同一座城市。两个人是甘肃同乡，从小一起长大，这份感情来之不易。

她承诺丛恩学校的校长和老师，以后他们遇到问题，她可以随时过来，做出这个承诺之后，她就返回了潍坊。

魏东彩的男朋友是做工程的，一直就是跟着工程走。过了一段时间，潍坊的工程结束了，眼看着又要到另一座城市漂泊。这个时候，魏东彩想起了石家庄这个地方，于是和男朋友商量："要不两个人就一起去石家庄，以后就定居在那里。"

就这样，她正式加盟了丛恩特教学校，管理孤独症校区。到现在，已经干了整整五年了。

经过这五年，魏东彩真的在石家庄安了家，她已经结了婚，也有了孩子，现在女儿两岁半，就在楼下的幼儿园里上学。每天早上，她们娘俩一起来学校，女儿上学，她上班。晚上再一起回家。丈夫仍旧在做工程，经常会有短期的出差任务，所以魏东彩大多数时候都是一个人带孩子。

她虽然看起来娇娇小小的，可的确是一个超人似的女子。生女儿的时候，她坚持上班到最后一天，下午到了放学时间才下班回家，半夜，女儿就出生了。等到了女儿两个月的时候，她就开始上班了，直接把女儿带到学校来，家长们这个抱一下，那个抱一下，小姑娘就这样在特教学校的地板上爬着、玩儿着，一天天长大了。

魏东彩说，可能是由于她从事的这项工作的原因，所以对女儿没有那么高的期望，就是希望她能平安快乐地长大，一辈子做一个幸福快乐的人。

这是一场几乎跨越了大半个中国的漂泊：从湖南到青岛，再从河南到潍坊，最后，到了石家庄。牵引着魏东彩一步步走过这条漫漫长路的，就是一个信念——孤独症康复教育。从她高二那年，心中就存下的一个模糊的念头，到大学毕业开始真正追求这个梦想，然后就一路走来，直到今天，再到未来。从被康复机构拒绝的懵懂女大学生，到这个行业中的佼佼者，从少女到母亲，不管走过多少座城市，也不管遇到多少困难，都矢志不渝。

3. 装在笼子里的孩子

2010年6月，魏东彩来到丛恩特教学校孤独症校区的时候，当时学校面积不到五百平方米，有十二三个孩子。一年之后，学生人数增加到二十多个了，很快就到了将近三十个。三十个孩子，二十多个老师，校区无论如何也挤不下了，只能找地方搬家。

这次搬迁，给学校的发展带来了第一次挫折。因为他们这次需要找到一个比较大的地方，所以只能放弃市区里面比较好的位置，选择了郊区的一处村民自建房，有一千二百多平方米。

地方虽然大了，可是因为距离市区太远，很多家长只能选择放弃继续在学校康复，所以流失了不少孩子；还有很多老师，也因为距离家太远，只好辞职。学校只得重新组织生源和教学力量。

除去生源和师资力量，在其他方面，新校区也是问题重重，这里没有集体供暖，只能自己烧锅炉。因为是村民自建房，墙体过薄、房顶也过薄，所以不管是夏天的中央空调，还是冬天自己烧的地暖，都达不到保温的效果。夏天特别热，冬天特别冷，完全不适合孩子学习、生活。

这一次动荡，也非常具有代表性，这种康复机构大多都是民办的，投资有限。所以基本都是依靠租用校区进行运营，而租房子，就会遇到各式各样的问题，不断出现各种动荡。

即使在当时新校区相对比较差的环境之下，一旦教学稳定下来，学生数量就又开始急剧增加，很快就增加到了五十多人，又一次达到了满负荷的状态。

到今年，他们终于又选定了现在这个校址，这里的环境和各方面条件都比旧校区好了很多，所以就下定决心，又搬了一次家。目前学生仍旧是在满负荷状态，外面还有大量的学生在排队等待入学。

孤独症康复学校和普通幼儿园、小学不同，不能随便增加学生，因为课程中有很多一对一辅导课，所以一旦满负荷，就只能排队，走了一个，再进一个。

而现在是暑期，排队等候的学生格外多，除了正常想要进入机构进行康复的孩子，还有很多孩子，是在机构里经过康复训练之后，升入了幼儿园、小学，现在想趁暑假的时间，回到机构里，再进行一段时间的强化训练。作为专业康复教师，魏东彩深深明白这种利用暑期对已经升入幼儿园和小学的孩子进行强化训练有多么重要，可她也确实有心无力，只有一遍遍告诉家长："再等一等，一旦有空位，我马上通知你。"

这种排队等候入学的情况，在国内所有稍具规模的孤独症康复机构都存在。有些名气大的学校，为了一个入学名额，家长甚至要等上一年之久。而众所周知，孤独症儿童康复本身就是一项"与时间赛跑"的工作。一定要尽早对孩子的精神行为进行干预和康复训练，越早越好。可因为目前我国康复机构资源的匮乏，无数家长只能在越来越深的绝望中苦苦等待。无数的老师，望着学校外那么多双渴望的眼睛，无能为力。

这种孤独症康复资源的匮乏，不仅体现在康复机构的稀缺，还体现在康复机构师资力量的薄弱。

目前丛恩特教学校孤独症校区共有十四名教师，其中只有三名是特教专业毕业，其他的只是教育相关专业毕业。和全国所有康复机构一样，丛恩校区也常年都处于缺少老师、招聘老师的状态。

因为老师匮乏，所以分摊到每位老师身上的工作量非常大。现在机构中的每位老师每天都要上十节课。

而除了繁重的教学工作，这些老师也面临着他们自己的专业困境，因为目前国家还没有针对孤独症康复教师的统一资格证书，也没有相关的资质认证，所以，即使像魏东彩这样经验非常丰富、非常优秀的孤独症康复教师，如果想换一座城市，想再找一家康复机构工作的话，仍旧需要在实际工作中，让对方了解她的经验与能力。虽然老师已经具备了较高的专业能力，不会在意面试和实践考验这些问题，但国家对于这一领域的资质认证，仍旧是一个亟待解决的问题。毕竟老师、机构、家长，都需要通过一套完整的衡量标准，以便让这个行业更加规范化、透明化。

当然，依照现在国内孤独症康复机构对师资力量的需求量来看，不仅像魏东彩这样的老师不会发愁找工作的事，任何只要真正热爱这份工作、肯干这份工作的人，都不会发愁找工作，因为目前全国所有大大小小的机构，全部缺老师，他们不会很挑剔。

魏东彩在招聘老师的时候，也是如此。只要你喜欢孩子，你愿意从事这份工作，你愿意长期从事这份工作，教育类相关专业大专毕业，三十岁以内，有爱心，这就是他们学校招聘的条件。

他们尤其想多招一些男老师，因为例如感统训练这种课，特别需要男老师。可惜，从事特教的老师少，从事特教的男老师就更少了。现在，他们整个孤独症校区只有一位男老师。

魏东彩坚信，能够长期留在机构中的老师，都不是为了单纯找份工作，如果只是为了单纯有份工作，他们根本坚持不下来。这些人和她一样，对这些孩子，有一种情结在里面，如果没有情结，他们做不了这份工作。

对于每一位来面试的老师，魏东彩都会问一个问题："你为什么要选择这个职业？"

只有回答"因为我确实喜欢这份工作，我愿意教这些孩子，我喜欢和他们在一起"的人，才会被留下来。因为面对每天这样繁重的教学任务，沉重的心理压力，只有真正热爱这项工作的人，才能够坚持下来。

男孩孤独症发病率远高于女孩。以丛恩学校为例，他们基本是收二三十个男孩，才有一个女孩。所以目前学校这五十多个学生中，大部分都是男生，年龄从两岁半到十周岁。

当谈到康复效果的时候，魏东彩毫不犹豫地说，以她的教学经验和亲眼所见，孤独症儿童有很多康复效果非常好的例证。

关于孤独症的康复，魏东彩始终坚持这样一个观点：

"最初医院给孩子开具出的那份病情诊断，并不是绝对的，不能因为上面写着'重度孤独症'，就被吓住，这个诊断并不起决定性作用。很多被确诊为重度孤独症的孩子，因为康复训练进行得及时，功能恢复得非常好，而恰恰有很多轻度孤独症，甚至是高能孤独症的孩子，都因为没有及时进行康复训练，或者训练方法不得当，被耽误了。这是一件让人特别痛心的事情。

"而如果想达到较好的康复效果，一定要使用专业的方法；另一个关键性因素，就是家长要尽全力和老师配合，如果家长同老师配合得好，效果就会非常显著。"

丛恩学校采取家长陪读的教学方式，也正是为了更好地实现家长和老师相配合。

要求家长陪同的目的在于两方面，一方面是从孩子的角度来说，有些课堂上老师教授的内容，孩子自己完成不了，需要家长辅助、帮助。另一方面，就是需要家长自己也进行学习，不仅是学习这些训练方法，还要学会如何分析自己的孩子。

通过学习，你会知道："我的孩子出现这个问题，我应该做哪一方面的努力，应该从哪些方面给他做补充，让他做得更好。"

因为孤独症是需要终身康复治疗的，并不是说送到机构一年两年、三年四年就能彻底恢复。人们常说，孤独症儿童六岁以前是恢复的黄金期，这是根据儿童智力的发展期来定的，孩子在六周岁以内，他的大脑处于发展状态，是可塑造的。等到了六周岁以后，孩子的大脑就已经塑造得比较完善了。当然这并不是说，只有六周岁之前进行康复训练才有效果。如果家长能够真正做到持之以恒地对孩子进行行为引导、康复训练，那么孩子就会一直都有所改观。

所以，丛恩学校除了让家长陪读之外，还有专门的家长培训，每月定期一次，在培训课中，除了教学辅导，还会穿插一些针对家长的心理辅导。

孤独症孩子的家长心理压力都非常大，都特别着急，孩子的病症，让他们的心和整个人生，都好像被抛到了油锅里，日日夜夜接受煎熬。还有很多家庭，因为孩子的病症，而失去了往日的和睦，走到了崩溃的边缘。所以，很多家长迫切地渴望，能够出现奇迹，一梦醒来，孩子就突然变得特别正常：会说话了，认识人了……

魏东彩经常会遇到这样的家长，对她说："我只要孩子会说话就行，我只要他怎样怎样就行，别的我什么都不管，都不在乎。"这与其说是家长在说出自己对学校的期望，不如说更像是一种走到了绝望的尽头发出来的声嘶力竭的叫喊。

但这种心理却恰恰是康复教育的大忌，因为这会造成孩子在最初接受康复训练的过程中，受到大量强制要求。一个正常的三四岁的孩子，面对过于激烈的教育手段，都会产生各种心理问题。更何况是这种内心本来就特别脆弱的孤独症儿童。所以，一旦家长出现这样的情绪，很快就会反映到孩子身上，孩子就会出现性格暴躁、易发怒、行为明显异常等现象，更严重的还会发生伤害自己、伤害他人的情况。

一旦走到这个阶段，再想引导孩子回归到一个平静的心理环境，正常接受康复训练就非常难了。

在郑州的康复机构工作的时候，魏东彩曾经遇到过一个孤独症儿童。他的父母都是有知识的高级人才，可孩子送到机构的时候，是被装在一个铁笼子里抬进来的。因为这个孩子不停地发怒，一旦发怒就会用力咬自己、咬别人。家长实在没办法了，只好专门做了一个铁笼子，把他装了进去。

那一幕情景，永远印在了魏东彩心里——孩子的病症把家长逼入了绝境，反过来，家长的急躁行为又把孩子送入了更可怕的深渊。

这样的人间惨剧看到一次就足够了，没有人想看到第二次。所以，关于孤独症的各种知识一定要更广泛地传播开。

幸好，最近这几年，尤其是近两年，全社会对孤独症相关知识的普及渐渐展开，越来越多的家长开始真正了解孤独症，不再像过去那么急躁、盲目，对这一病症的认知度越来越好了。他们开始慢慢接受一些正确的观点，例如：不是孩子单纯地学会鹦鹉学舌似的模仿，就算是病好了；重要的是，要让孩子学会理解；因为对于孤独症孩子来说，没有理解，就没有语言。

每个孤独症儿童都有自己的侧重点，一人一个样，谁和谁都不同。所以每一个孩子进校的时候，都会经历一个专门的观察期。在观察期内，老师会对孩子各个方面的能力进行观察、引导，看看他的能力究竟能达到哪种程度。在观察期结束后，会出具一个非常细致的培训计划。这个计划，每个孩子都是不同的。而孩子在康复过程中，始终是一种回旋上升的状态——最初是快速进步、然后渐渐转慢、直到进入停滞期，停滞一段时间之后，再出现一次快速进步。而这过程中的发展几乎没有规律可循，这就需要老师和家长特别准确地把握孩子的状况，以便随时调整培训计划。

所以在康复过程中，不仅是家长不能心急，老师同样也不能心急。而且教学必须要扎实，如果基础打不牢，就想让孩子学习难度更高的东西，那他是完全接受不了的。

这些枯燥烦琐的教学细节，魏东彩都要反复向家长解释，以获得家长的理解和配合。

这也正是魏东彩最常说的那句话："温柔的坚持。"

4. 星星的孩子，未来在何方

最让魏东彩他们这些孤独症康复教师忧虑的，也是最让孤独症儿童家长茫然的，就是这些孩子们的未来。

目前，包括丛恩特教学校孤独症校区在内的全国绝大多数孤独症康复机构，都是只接收十岁甚至七岁以下的儿童。他们的教学也是针对这些低年龄段的孩子的，一旦离开了康复机构，孩子们该怎么办？

自丛恩孤独症校区开办以来，已经有十个孩子升入小学，这些孩子是幸运的，他们以后即使不能继续升入初中，能坚持到小学毕业，也可以拥有独立生活和学习生存技能的能力了。

但还有绝大部分孩子离开康复机构之后，就只能待在家里，或者进入专门接收这种孩子的寄宿学校。而在寄宿学校中，孩子只能是"活着"。他们将永远失去像一个正常人那样走入社会的权利。

那些待在家里的，基本都需要有家长在家中陪同。当孩子还小，家长年富力强的时候，还能够照顾他的生活、约束他的不良行为，可随着孩子一天天长大，家长一天天老去，日常照顾孩子、约束孩子会变得越来越困难。一个不懂得最起码的社会规则的孩子，在七八岁、十来岁的时候，还能被周围的人所原谅，但是当他长到十七八岁，仍旧不遵守社会规则，又当如何？

这是悬在所有家长头上的一柄利剑，让家长们终日惶惶，一刻都不敢让孩子离开自己的视线。

而比这把剑更残酷的，则是家长离世后孩子的生活境况。魏东彩说，有了这样的孩子，就注定了家长会一生操劳，直到闭上眼睛那一刻。但如果真有一个这样的孩子，哪个为人父母者又能安心闭上眼睛？

现实不堪设想，一旦细细琢磨，都会让人不寒而栗。

为了尽可能减少这样的悲剧，就需要在孤独症儿童的康复教育上狠下功夫。

做了这么多年的康复训练教师，魏东彩目睹了太多的家长在孩子的康复过程中，因为迟迟看不到希望，而情绪彻底崩溃。

她强调，家长一定要接受这个现实，如果家长不能接受，那孩子就彻底失去了逐渐康复的希望。

"我们的孩子绝对不缺乏感受爱的能力！"这是魏东彩始终坚持的另一个观点。

这些孤独症儿童可能会记不住你、认不出你，也可能会自己一玩儿就一整天，根本就不理你。但他们却能够感受到你爱他、你喜欢他，如果你经常去抱一抱他、亲一亲他，经常对他笑，给他唱歌，和他一起跑跳，他就会喜欢你、接受你。

可如果反过来，你训斥他、责骂他，甚至打他、伤害他，那么反映到他的情绪上，就是暴躁、尖叫、易怒、伤人、伤己。

往往，因为孤独症儿童不知道该如何表达自己的情感，导致家长和身边的人因为长年累月也得不到回应，所以渐渐失去了对他们表达爱意的耐心。

也因为孤独症儿童确实存在很多行为问题，不被周围的人所谅解，所以频频遭受伤害,以至于情绪问题愈加严重。

在魏东彩看来,只要能够设定一个良好的、稳定的环境,孤独症者终生都会处于不断康复的状态。帮助孩子们设定这个良好的环境,这需要家长和全社会共同努力。

魏东彩说,这些年,她亲眼看见很多孩子在康复机构中坚持了一年、两年、三年……结果因为家庭经济原因,或者家长心理压力过大,而带着孩子离开了。

"他们如果能再多坚持一段时间,那孩子的康复结果就会有很大不同!"每一次看到这样的情景,她都会痛心疾首,但也无可奈何。命运好像就是这么爱戏弄人类,当孩子马上就要突破封闭他们的那道玻璃天顶的时候,也往往就是家长的各方面情况都到达了临界点的时候。所以,只能眼睁睁地看着孩子离去,以后这一辈子只能做一个孤悬于社会之外的,既不被世界所理解,也不理解世界的人。

对于这些星星的孩子,我们和社会可以做的还有很多。例如增加十岁以上的孤独症儿童康复机构,让这些孩子离开低龄康复机构之后有地方可去。例如通过国家扶助政策,大力推行孤独症儿童随班就读——就是让孤独症孩子在特教老师的陪同下,进入普通幼儿园、普通小学就读。因为对于这些孩子来说,最怕的就是把他们单独关起来,让他们与世隔绝。对他们最有帮助的就是能够在一个正常的环境中生存。

目前,丛恩孤独症校区里,就有三个孩子在楼下的幼儿园里随班就读,有一名特教老师专门陪同他们,协助他们跟随着幼儿园的老师和小朋友一起完成幼儿园的课程。

希望这三个孩子能够坚持下来,顺利升入小学。

所以,还是魏东彩始终强调的那句话:"温柔的坚持,家长、老师、机构、全社会,也包括孩子自己,都温柔地坚持下去,让希望之光越来越明亮。"

附:训练学案

训练计划

学生姓名:小宇   2015年6月1日—6月30日

1.配合能力	内容: (1)静坐、静站,时间坚持100个数。 要求:眼睛看老师。 (2)动作模仿:姿势保持10个数。 (3)闪卡:看到卡片要说出物品的名称。 要求:卡片的位置来回变动。要幼儿看的时间由长到短。 目的:培养幼儿的自控能力和注意力的养成。
2.模仿能力	内容: 不一样的模仿。 方法:提示次数由多到少。 目的:培养幼儿独立思考及对"不一样"概念的理解。想象力和发散性思维的培养(注:此项不是小宇本月练习项目,故下面总结没有)。
3.认知、理解能力	内容: (1)理解家庭成员之间的关系。 例如:爸爸的妈妈是奶奶,小宇是爸爸的儿子。 (2)认识四季。 方法:①大量感知。②指认。③接龙。④理解与表达。 目的:培养幼儿理解人际关系逻辑思维的能力和四季的认知能力。
4.语言理解及表达能力	内容: (1)理解:既……又…… 方法:①大量感知。②仿说。③接龙。④表达。 目的:培养关联词的理解、语言表达能力,及语言组织能力。

续表

5.学业能力	内容： (1)加法与减法的运算(10以内)，复习巩固。 (2)学习：d、t、n、l，及拼读：dū、dú、dǔ、dù。
6.感统	

小宇5月份总结

感觉在这一个月里，小宇在个训课方面取得了很大的进步，尤其是后半个月，上课的小动作变少了，注意力也有所提高，上课出现故意捣乱的情况变少。

1. 配合能力

看手势写数字，在刚练习的时候没有耐心，写几个就不愿意写了，如果再坚持写，他就会找各种理由逃避，后来忽略他的种种借口和采用强化的方式，小宇现在能做到看老师的手势写将近30个数。连续仿拍卡片也能静下心来，去跟着老师做了。

2. 认知理解能力

量词学习掌握得还不错。常见的量词"个、只、条、把、双"等掌握得比较好。"头"和"张"理解得不是很好。"头"容易和"只"混淆，"张"和"条"易混淆，还需要多加巩固。思维转换练习得也还可以，但不能加入太多的干扰，干扰太多，容易注意力分散；汉字的学习进行得也可以。

3. 语言理解及表达能力

听句子改错，小宇练习得挺好，能够自己发现句子中的错误，只是在改正错误的时候,表述不是很完整;猜谜语练习得也不错,能够根据老师的描述说出相对应的答案。

4. 学业能力

拼读掌握得不是很熟练,按照顺序读,读得挺好,顺序打乱,就不行了;10以内的减法运算掌握得还不是太熟练,需要多加巩固练习。

训练计划

学生姓名:小浩　　　　　　　　　2015年6月1日—6月30日

1. 配合能力	内容: (1) 叫名字,答应"哎"。 (2) 一步仿拍卡片。 方法:先从一张卡片开始,再到二选一、多选一。 目的:培养幼儿的视觉分辨能力和跟随能力。
2. 模仿能力	内容: (1) 一步动作模仿:拍手,摸头,跺脚。拍桌子,起立,坐下。(复习巩固)。拉耳朵,抱一抱,叉腰,洗脸等。 (2) 一步仿搭套杯。 方法:由原来的两个套杯,仿搭到三选一、四选一。 (3) 儿歌动作模仿。 目的:培养幼儿的跟随能力、参照能力和视觉操作能力。
3. 认知、理解能力	内容: (1) 一步指令的理解。跺脚,拉耳朵,叉腰。复习:起立,拍手,拍头。 (2) 配对。套杯,雪花片(复习),小熊,积木。 方法:①感知。②指认。③拿取,理解。④表达。由一对一到二选一。《五只小猪过马路》《盖房子》。 目的:培养幼儿简单语言的理解和"一样"概念的学习,以及听从执行指令的能力。

续表

4. 语言理解及表达能力	内容： (1) 仿说儿歌：《五只小猪过马路》《夏天》《小绵羊》《盖房子》。 (2) 仿说卡片。 目的：培养幼儿的语言、仿说能力和跟随意识。
5. 学业能力	内容： (1) 唱数1—10。 方法：①大量感知。②仿说。③接龙。④理解与表达。 (2) 目的：培养幼儿数的概念。
6. 感统	

小浩5月份总结

小浩5月份整个月的表现比较稳定，能够适应一部分的课堂要求，但是对于老师一些新的要求，表现就不是特别好，尤其是仿说这方面，能够跟着老师说"要"，但是换成卡片名称就不理想了，需要在捏嘴巴下完成。在家里，家长要注意小浩仿说这方面，多给孩子进行单项输入，一旦孩子能跟着说，就要大量强化。表情、语气都要表现出来。

1. 配合能力

叫名字，现在小浩有时候能够有一些反应。眼睛有时也会与老师有对视，比刚来的时候有了很大进步，刚来的时候只对自己感兴趣的声音有反应。现在他能在椅子上坐将近一节课的时间。闪卡坚持得特别好，自己能够坚持20个数。

2. 模仿能力

一步动作的模仿，小浩做得也可以，现在小浩能够自己完成拍手、摸头、拍肚子、起立、跺脚这几个模仿动作；一步仿拍卡片，做得也挺棒，自己能够完成一张卡片的仿拍。

3. 认知理解能力

小浩对于一步指令的理解也还可以，自己能够理解开门、坐下、拍手、放进去、给老师这几个指令，表现很棒；物品配对，小浩理解的还不是很好，对于"一样"的概念建立得不是很好，有一些概念理解，但理解得不好。

4. 语言理解及表达能力

小浩现在看见自己喜欢的物品时，能够表达"要"，表现很棒；仿说卡片或古诗，表现得不是太好，心情好的时候能跟着说几个字，心情不好时根本不说，希望小浩加油！

5. 后记

石家庄丛恩特教学校孤独症校区成立于2009年，目前，在1 200平方米校区里，接受康复训练的孤独症儿童有五十多名，学校目前处于满负荷状态，还有很多需要接受康复训练的孩子在排队等候就读名额。只要有一个孩子不管由于什么原因，结束康复训练离校，马上就会有一个孩子补进来，这是丛恩特教学校的现状，也几乎是中国所有孤独症康复机构的现状。

丛恩特教学校自闭症校区，就坐落在石家庄安苑小区里，和一个幼儿园共用一所漂亮的四层楼房。幼儿园在一二楼，他们则占据了三四楼。

我来到康复机构的时候，正值7月的一个清晨，小区里带着孩子散步乘凉的居民很多，可当我询问他们的时候，他们都只知道这里有一个幼儿园，并不太清楚还有一个"康复机构"。

也许，在他们看来，那些每天被家长牵着手从幼儿园中来来去去的孩子，并没有什么特殊之处，也和曾经的我一样，彻底忽略了"孤独症儿童"这个就生活在我们身边的群体。完全没有想到过，在他们身边，就有这样一群孩子，迫切地等待着人们给予他们加倍的包容和爱护。

这座四层楼是一座半圆形建筑，四面墙体都是巨大的玻璃窗，所以采光格外好。尤其是在上午，阳光几乎可以覆盖楼里面的每一寸空间。

这里所有的装潢，都是专门针对孤独症儿童的特点进行设计的，色彩鲜明，图案简洁明快。

一走出三楼楼梯间，正对着的，就是一个宽敞的圆形共享大厅，大厅的背景是硕大的玻璃窗和画着彩虹的舞台。这里面的装潢都是仿照大自然的颜色，地板是像沙滩一样的黄色，上面还印着各种鱼和贝壳。墙围刷成了海浪色的波浪似的曲线，再往上，就是湛蓝的天空和大朵大朵的白云。别说孩子们了，我在走廊里徜徉，都忍不住想要雀跃起来。

走廊两侧，被分割成了一间间大小不一的教室，各个教室门上的挂牌分别写着：感统课、一对一训练等等。

我来的时候，正赶上家长们送孩子来学校。一位位妈妈、姥姥、奶奶，一手拽着孩子，一手拎着大包小包，包裹是孩子和家长的午饭，还有这一整天会使用到的各种物件——学校没有食堂，离家远的孩子回不去，家长又不想在外面吃饭的，就只能带饭来，中午用学校的微波炉热一下。我发现，来到这里的所有家长好像都有一个共同的特点——很利落、很泼辣，身上带着一种所向披靡的劲头。是不是因为当知道命运给了她们这样一场考验，并决定和病魔开始一场漫长的对抗的时候，与生俱来的强大母性就让她们变得坚韧、坚强？！

见面之前，我已经同魏东彩老师通过几次电话，在我的想象中，她应该是一个个子高挑、雷厉风行的女人。这也许是因为，在潜意识里，我总觉得，支撑管理这样一个康复机构，是一件非常艰难的事情，需要一个高大的、超人似的女人。可结果，我想错了，出现在我眼前的魏老师，1984年生人，今年才31岁，个子小小的，有一双大大的眼睛，非常漂亮。如果只看人，我根本想不到，就是她在承担着办公室外面那些孩子和家长的全部希望。但随着接触的深入，我终于很欣慰地证明了自己的观点——她确实是一个超人似的女人。

魏东彩老师的办公室里很宽敞，也很空荡，因为只有一把椅子，所以我们就坐了一把小孩子坐的那种塑料小椅子，走进了丛恩特教学校的世界、走进了她的世界，听她讲述了自己的故事。

在采访的最后，魏东彩说，她现在最想做的事，就是能有机会多学习。因为中国自1985年才确诊了第一例孤独症患者。而在康复训练方面，更是远远还没有形成固定的教案和教学体系，都是老师们依靠在教学过程中不断摸索，不断遇到问题，解决问题，积累经验，总结出更完善的训练方法。

国内还有不少著名的孤独症康复训练方面的专家，他们都是因为自己的孩子是孤独症儿童，在为孩子求医问药、陪孩子康复训练、伴孩子成长的过程中，渐渐走上了专业研究孤独症康复的道路。

他们把在孩子成长过程中自己收获到的经验和好的方法都无私地分享出来，希望能够帮助更多的孤独症儿童。现在他们的孩子已经长到了十几岁、二十几岁，他们又从孩子身上发现了新的问题，然后回过头来，一点点梳理在孩子的成长过程中，自己采用的方法，逐一对应，思考自己当初采用的方法是否有不妥当的地方、有没有更好的方法。一旦找到，就及时分享给其他康复教师。

他们是伟大的，因为他们不仅做到了持之以恒地爱自己的孩子，还做到了把这种爱升华放大，去关爱每一个星星的孩子。

在丛恩自闭症校区里，我见到了很多家长和孩子。有一位奶奶，已经六十多岁，腿脚都不太灵便了，她牵着小孙子走进康复中心，直接就坐到了一张台子上，气喘吁吁，半天都缓不过劲儿来。能够看出来，在这么热的天，提着很重的午饭，带着一个上蹿下跳的孩子，走很远的路来中心上课，对她来说，已经是一件很艰难的事情。可她的脸上除了疲惫，没有任何难色，休息了一小会儿之后，就立刻又鼓足精神，跟着孙子走进了课堂。

我还看到一对母女，妈妈带着女儿走进办公室，找老师协商问题，在办公桌边站了还不到一分钟，女儿就伸出手抓起了桌子上的一张纸狠狠地揉成一团，扔了出去。妈妈什么都没说，只是弯腰捡起了那个纸团，认真舒展平，又放回到了桌子上，同时拉起了女儿的手，不让她再乱动东西。

这位妈妈才二十多岁的年纪，她的穿戴特别简朴，一看就是那种夜市上二三十块钱买来的衣服。可女儿却穿得很漂亮，一身印着鲜艳花朵的洁白套装，头上梳了一头小辫子，缠着五颜六色的皮筋儿，戴着各种卡通发卡。

妈妈已经把全部的爱倾注到了女儿身上。

【采访手记之十六】

想想这些奶奶和妈妈，想想那些至今仍旧呕心沥血的专家，想想像魏东彩这样已经决定了把一生都交付给这份事业的老师，让我们尽量做些力所能及的事情吧，为了这些星星的孩子。至少，我们可以做到不轻视、不歧视、不偏见，为他们创造一个更包容的社会空间。

一个年轻女孩的绚丽梦想

【采访手记之十七】

她叫王丽娜,今年二十七岁,个子不高不矮,鸭蛋形的脸庞,额头很宽,梳着马尾辫,说话简洁利落。不管是看长相,还是听谈吐,这都是一个非常标准的河北姑娘。

但是,她又是很独特的,因为她从报考大学开始,就选择了特教专业,二十二岁的时候,她又一次做出了不寻常的选择——放弃了公办的特教学校,到一家私人孤独症康复机构打工。现在她已经结婚了,她非常肯定地告诉我,她会一辈子都做孤独症康复工作。我相信,每一位已经读完了前面那些章节的读者,都能明白,她的这种人生选择,并不寻常。

1. 一次又一次抉择

王丽娜和很多年轻的河北姑娘一样,说一口标准的普通话,语速很快,声音与生俱来的响亮清晰。

王丽娜毕业于南京特教学院。提起母校,她滔滔不绝,说这是一所专门培训特教人才的学校,里面所有的专业,都是专门围绕特教教育设立的,她学的专业是随班就读(随班就读是一种专业教学方式,指的是在普通幼儿园或者小学中,插入一到两名需要用特殊方式教育的孩子,然后再配备上一名特教老师——称为资源老师,协助老师完成对学生的教育。例如，班上如果有聋哑儿童，资源老师会在另一位老师讲课的时候配合上手语，或者班上有孤独症儿童，资源老师就会用专门适用于孤独症儿童的方式进行教学。总之，是把老师讲的课程翻译成孩子能够听懂的内容）。

王丽娜说她上一年级的时候，就下决心要做老师。那时，在农村的小学读书，进行课外活动的时候，老师说带他们去活动，结果把他们带到了自己家的玉米地里，让学生们掰玉米。回家后，小丽娜对妈妈说："当老师挺好，还有人给干活，以后我也当老师。"

那个年龄的理想，更多的是天真美好的想象。恐怕连她自己都没有想到，等到真正开始做了老师之后，不仅没有当上那种"能让学生帮着干活"的老师，反倒成了"给孩子当保姆"似的特教老师。

让她做出这样的选择，也是因为冥冥中似乎有一种力量在安排。在王丽娜读高二的时候，她的侄子被诊断出听力障碍。当拿到这个诊断结果之后，受打击最大的，是丽娜的母亲，善良孝顺的丽娜没有跟任何人商量，就自己做主调整了自己的理想——把老师梦和特教结合了起来。在选择学校的时候，见到了"南京特教学院"这个名字，就毫不犹豫地选择了它。那时学院还没有升成本科，学制是三年。丽娜算了算，当她毕业的时候，侄子刚好要上学，她专业学习随班就读，回来后，就可以陪着侄子一起上学了。

让她没想到的是，当她毕业归来的时候，在河北"随班就读"还没有普遍地推广开，所以陪侄子上学的希望落空了。谈到这一点，她特别羡慕例如杭州那样的城市，她说在那些城市中，学校没有权力拒绝一个聋哑的孩子或者盲童，只要他的学习能跟上，就得接纳他。从她这些谈话中可以看出，她极深地爱着她的专业，虽然现在侄子已经用不上她了，她还是希望有一天，能看到所有像她侄子这样的孩子，都能获得进入普通学校就读的机会。

侄子既然暂时不需要她了，丽娜就进入了老家一所公办的特教学校实习，短短的实习生涯，给她留下的唯一印象，就是"松懈"。因为那里的老师大部分都是有编制的，而特教学校里面招收的大部分都是聋哑儿童，不会招收程度太严重的孩子，也没有升学之类的压力，所以基本上老师们就是在混日子。

帮她介绍工作的亲戚告诉她，你现在虽然没编制，但是你先这么干着，以后学校总会招人，等招录考试的时候，你们这些一直在学校工作的，机会肯定比别人大一些。这样，你就能在学校里做正式的老师了。

在公办特教学校当一名有编制的老师，这对于特教专业毕业的女孩子来说，应该是个挺不错的选择——铁饭碗，寒暑假，每个月上二十天课，休息十天。可经过认真考虑之后，王丽娜却放弃了这条路，理由很简单也很明确："我不想混日子，我想真正做点事。"

当时，恰好瑞智儿童康复中心正在筹建，一位大学同学把这个消息告诉了她，王丽娜给筹建学校的校长打了个电话。校长开门见山："我只要真正想干事的人，不要混日子的人。如果你想混日子，那你在我这里混不下去。"

这个条件没有吓住王丽娜。正好，一个需要肯真正干事的人的校长，一个不想混日子的老师，两个人一拍即合，到现在，已经在一起工作了五年了。

就在前不久，那个当初介绍丽娜去公办学校实习的亲戚给她打电话，说现在招人呢，你回来试试吗？丽娜干脆地回答："我不回去，我在这儿挺好的。"

当问到她为什么这么执着地选择待在这样一个小小的民办康复机构里时，她说，因为她觉得在这里工作更有意思，能够学到东西，而且她喜欢这些孩子。机构中有三四个孩子已经跟了她好几年了，一天天，一年年，老师和孩子共同成长，他们之间已经有了极深的感情。

"学特教,不就是能真正为这些孩子做点事吗?既然在这里能更多地帮孩子,那就留下呗。"王丽娜的心思既纯粹,又饱含力量。

2. 我选择"留下"

可是,想更多的帮助孩子是一回事,真正能坚持下来完成这个心愿,就是另一回事了。王丽娜坦言,来学校工作了一段时间之后,她也动过离开的念头,还不止一次。

抱着一腔热情和理想的王丽娜,直到真正投入了工作之后,才切身体会到,前辈们常说的"特教是一项非常枯燥的工作"究竟是什么概念。

面对这一群仿佛只专注于另一个时空的孩子,即使想教会他们一个最简单的词、一个最细微的动作,也要反反复复成千上万次,还不一定能有成果。用王丽娜的话来形容:你教一个学生认识"1",整整教了一个月,你再给他伸出一个手指头,问:"这是什么?"他仍旧不知道。这种挫败,让老师自己都会怀疑,自己的工作究竟有没有意义。

王丽娜陷入了深深的迷茫:"自己为孩子做的这些事情真的有价值吗?自己教他的这些东西,对他来说,真的有用吗?"

而且那个时候,学校里有两个攻击性特别强的孩子,一旦有了不满情绪,就咬人、打人。她的胳膊上经常被学生掐得青一块、紫一块的。每天晚上回到家,整个人累得都像散了架一样,再看看身上这累累伤痕,不禁越想越委屈:"我究竟是在这儿干什么呢?我是要当老师,要教学生的。可现在学生跟着我学不会多少东西,我还要被学生欺负,这就是我想奋斗的事业吗?"王丽娜这样想。那个时候,要不要坚持下去,成了王丽娜每天想得最多的事。

可能每一个刚刚走出学校,走上工作岗位的年轻人,都面临过王丽娜遇到的这些问题,而相比较起来,王丽娜所面临的抉择,好像更容易做出决断。毕竟，对于一个刚二十出头的年轻女孩来说，一边是枯燥至极的特教学校，一边也许就是一个完全正常的世界。何去何从，好像不需要过多的反复对比和思量。

可是最终，王丽娜还是选择了坚持下去："改变不了别人，就改变自己。"这份坚持的背后，有她少女时代就奠定下的那个善良的心愿——去帮助那些像她侄子和她妈妈一样遇上了不幸的人。

不得不说，这个当时才二十出头的女孩子，作出了一个非常了不起的决定——改变自己。

"改变自己"这四个字，人人都会说，可做起来真是挺难的。

据王丽娜自己说，她那时候性格不像现在这么开朗，说话的声音也没有这么高。她开始有意识地从这些方面锻炼自己，让自己变得更符合一个特教老师的标准。她的举止要活泼、声音要洪亮，这样才能引起孩子更多的关注。她要训练自己更果断、更泼辣，这样才能在对孩子发布口令的时候，不拖泥带水，干净利落，以便让孩子更有效地领会、执行。

然后，她又开始慢慢琢磨特殊教育真正的意义所在。在那个时候，她就模模糊糊地意识到，这种依靠反复训练而让孩子强行记忆住一些知识的机械教学，不是她想要的。

天性耿直的王丽娜甚至做出过一个比喻："如果就靠反反复复告诉他这念'1'，这个水果是'苹果'，那他即使记住了'1'和'苹果'，那这和驯兽又有什么区别？"（不得不承认，这个姑娘真的很直率）

后来，在一次专家授课中，一位来自台湾的专家解开了她的疑惑，那位老师告诉她："特教，首先是把孩子教育成一个'人'。他们的目的，是要让孩子以后尽可能地过上正常生活。"

修正了自身的问题，解决了教学上的疑惑，王丽娜又开始尝试着学习处理和家长的关系。

因为在康复训练中，老师和家长是分不开的，需要双方密切配合，才能给孩子创造出一个良好的康复环境，所以老师与家长的沟通特别重要。

王丽娜开始主动和家长交流，让自己同每一位家长都成为朋友。渐渐地，家长习惯了告诉她孩子在家中的各种状况，她也会告诉家长，孩子在上课时的种种表现。

就这样，一点一点地，王丽娜融入到了这个康复机构中，也真正融入到了特教事业之中。

现在，虽然已经得到了众多学生和家长的信任乃至依赖，可王丽娜并不觉得是家长们需要她、离不开她，恰恰相反，她觉得自己需要康复机构中的这个教师团队、需要这些孩子和家长。

因为这里已经成了她实现梦想的地方。

这又是一个很了不起的地方：王丽娜的行动，让很多人会发自内心地感激，可她，却自然而然地做了一个感恩的人。

当问到她对未来的打算的时候，王丽娜又一次显现出了她超越同龄人的成熟，她说，她的人生方向已经确定了，不会再改，她会一直把孤独症康复这项工作，做一辈子。

"想过未来，有可能会遇到很多新的困难吗？"

"想过，但我觉得我都能克服。"

王丽娜毫不犹豫地回答，自信、果敢、阳光。

3. 带着学生一起回家

王丽娜对事业的热爱和执着，早已经不仅仅是局限在学校里和课堂上了。现在，她正在带一个孩子每天跟她回家住宿。这个孩子属于精神运动发育迟缓，他能够说话、走路，但是生活自理存在一定问题，而且存在严重的学习障碍。因为这个孩子回家之后，父母完全管不住他，只要回了家，就没法再学任何东西，所以他们希望孩子能够在学校住宿，在生活上也能够接受有秩序的康复训练。可是现在学校没有住宿条件，王丽娜就干脆把孩子带回了自己的家。

刚刚结婚的小两口儿，二人世界里突然多了一个九岁的男孩。这个孩子的到来给他们的生活增添的负担和变数，是不可估量的。

可王丽娜并没有把这件事当成一个多么大的挑战，她好像根本就没有想过自己的生活是否被打扰了，反倒觉得，能有机会在生活中对孩子进行康复训练，这是件很好的事情。

而这"很好的训练机会"的背后，却是加在他们夫妻两个人身上的庞大工作量：每天下午，王丽娜的爱人下班后会开车来接她和孩子一起回家。回到家里，由她爱人陪孩子玩儿，她做饭。吃完饭，爱人带孩子洗澡，她给孩子洗衣服。等把这些都忙完了，再给孩子上课。

除了每晚正式上课之外，他们夫妻还会在日常生活中，不断教他很多小事——例如换拖鞋时，反复告诉他分辨左右；洗澡时，让他学会分辨洗发水和浴液。

谁的身体也不是铁打的，有时候在学校忙一天，王丽娜回到家里后，也会觉得特别累。但她还是没有放弃对这个孩子的这种教学，因为只要孩子能够有一点进步，她就觉得自己所受的劳累很值得，所做的这些事情特别有意义。

这种对事业的无私付出，可能已经超出了很多人的想象和承受。那么支撑王丽娜始终这样去做的动力，除了最初那个善良的信念，还有什么呢？

王丽娜说，在一般人看来，评价一个孩子的标准，也许会是"他能不能学会东西，他能不能和人交流"。在这样的单一标准之下，很容易就会让家长们彻底否定掉一个孩子，也会让一个家庭彻底绝望。可是，依据她这些年的教学经验，她所接触过的每个孤独症儿童，不管程度多么严重，肯定都会有一些优势的方面。王丽娜觉得，自己工作的最大意义，就是发掘出孩子身上的这些优势，帮助他们找到自己的位置，让他们能够快乐的生活。

一边，是整个社会对一个孤独症孩子的彻底否定；另一边，是老师有可能给孩子一个未来。

"给孩子一个未来！"只有真正接触过孤独症群体的人，才能明白这句话的分量和它的全部含义。这不仅仅是给孩子一个未来，更是在给他们的父母、家庭、亲人们重塑未来。这的确是一个值得为之付出终生的理想，因为它已经足够伟大了。

王丽娜主动承担起了"有可能给孩子一个未来"这份责任，并且承担得很坚定，也很快乐。

当然她的这种做法，并不是每个家长都能理解，因为很多家长还是更期望在很短的时间内，能够让孩子掌握一些语言和技能。至于教他的方式究竟是"鹦鹉学舌"式的，还是真正激发出他内心的潜能，这些家长并不关心。

因为很多人家并不富裕，可偏有了这样一个孩子，不得不承担数额不菲的康复费用。所以对于家长来说，每一次康复训练都是用钱换来的，他们急于看到效果。等接受一段时间训练之后，看不到效果，很多家庭都会选择退学。

每次遇到这样的事情，看着一个孩子离开机构，返回了家庭，王丽娜都感到格外痛心，因为她已经看到，这个孩子未来的一生都将在黑暗中度过。而她却已经没有办法再帮助他。

前段时间，她看到一则新闻，一个村庄中，父母把一个女孩儿用铁链锁了起来，记者们去了之后，纷纷谴责这对父母。可王丽娜从报道中讲述的那些症状，一眼就看出，这个孩子是孤独症儿童。

这件事又引起了她的思索，现在孤独症儿童人数在全世界都呈现上升状态,而那些没有能力坚持康复治疗的孩子,他们未来的出路究竟在哪里?

当他们长大之后,因为不能和他人交流,而造成的严重情绪问题,还有大量的行为问题,将会让他们的生活变得特别艰难,甚至会变成社会的潜在威胁。到那个时候,家人除了选择把他们送进精神病医院,或者像这对无奈的父母一样,把孩子锁起来,他们还能怎样做?

这种无力感,也成为她的一种动力,让她特别珍惜能够有机会帮助孩子们的时光。在有限的条件下,尽己所能,多帮助一个孩子,就是给一个家庭带去了希望。

当问到王丽娜,依照她的教学理念,她觉得怎样才算一个孤独症孩子康复成功了,她这样回答:"描绘一个场景吧。早上起来,他能够自己穿衣服、自己洗脸刷牙,自己方便、清洁;家里有水,他渴了自己能够倒水喝;吃饭的时候,如果有人给他做,他自己能够吃饭、洗碗,或者能够叫外卖;白天的时候,他可以出门转转,知道锁门,拿好钥匙;能够在小区里走一走,活动活动;最好还能去超市买一些他已经认识的物品;买了食品,回到家里后,能够自己打开包装,吃东西;晚上,能够自己在家里睡觉;最好,社区中,能有那种专门为这种大龄孤独症孩子准备的群体活动,让他们能够有一些社交生活。通过每天这样的生活,让他们觉得,他们仍旧是社会的一分子,而不是一个累赘。"

总之,她最大的希望,就是通过自己的付出和努力,让孤独症孩子最终成为一个——有尊严的人。

【采访手记之十八】

这是一个让我钦佩的女孩儿,她有着超出同龄人的成熟,还有着一种令人崇敬的悲悯情怀。正如很多专业资料中所记录的,目前医学上仍旧没有可以治愈孤独症的有效方法,孤独症发病率也的确在逐年提高。

像王丽娜她们这些普通的特教老师，正是孤独症儿童这一群体最需要的人，因为她们甘愿用自己的一生去陪伴着这些孩子，倾尽自己有限的力量，伸出双手，拉扯着一个、几个、几十个孩子，给予他们一个成长为"有尊严的人"的机会。她们做的事很伟大，很不平凡。

她们，是希望，是未来

【采访手记十九】

文静，这个1989年出生的女孩，可能直到现在都不太明白，为什么很多人在听到她的身份之后，望着她的眼神就会变得很复杂，这眼神中有喜爱、有敬重，也有隐隐的忧思。这是因为，作为目前中国为数还不多的孤独症康复专业研究生，她们身上承载了人们太多的希望。

1. 手语很美，孩子的友谊很简单

范文静，祖籍山东，几乎可以算是90后女孩儿了。个高、腿长、皮肤很白、长长的头发。很美，很有气质，从内到外都非常对得起"北京师范大学美女如云"这个口碑。

对中国孤独症群体稍有了解的人都知道，目前中国孤独症康复面临的最大困境，就是专业人员匮乏。据财新网在2014年10月18日引用残联一位官员的话称："中国自闭症诊断医生不足百人。"同样，接受过专门教育和训练、拥有研究生学历的孤独症康复教师，更是凤毛麟角，而他们恰恰是这一群体最需要的人。

在文静自己看来，她选择特教专业，是一件特别顺理成章的事情，因为文静的姑姑就是特教老师，"姑姑打的手语特别漂亮，我特别喜欢看她打手语，所以在她们聊天的时候，我就会特别关注她们。"直到现

在，文静说出这番话的时候，仍旧悠然神往。

看着她的样子，就能够想象出，在当年那个幼小的女孩儿眼中，姑姑的手语和舞蹈一样，也是美的化身。

在文静七八岁的时候，姑姑就开始带她去特教学校玩儿。她同很多聋哑的孩子成了好朋友。

"小孩子在一起，本来也不太需要语言，互相看一看，或者通过一些简单的动作，就能明白对方的意思。所以我们在一起玩儿得特别好。"

这个姑娘，绝对是上天专门为孤独症孩子们送来的天使，从小到大，在她心目中，这些别人眼中的残障孩子和她就是完全相同的。

这正是无数投身于孤独症康复事业的人倾尽毕生精力想要实现的事情：让所有人都能从内心中接受一个事实，他们和我们，是完全相同的。

抱着这种在自然而然中形成的情感，文静考上了北师大特教专业，现在又成了孤独症康复专业这一级唯一的一个研究生，到现在，已经读了三年了。这就是目前中国孤独症康复人才培养的现状——一届一个学生。所以目前，北师大这个专业三个在校年级，一共三个研究生。

2. 这条路，很难

说起为什么会选择孤独症康复专业，文静说一是因为她自己对孤独症研究产生了兴趣，自从她在大学期间了解到有这样一个群体存在之后，就觉得这是一个应该受到更多关注的群体。另一个原因就是因为师兄师姐们都告诉她，导师胡晓毅教授对学生特别好。

好像这个女孩的世界永远都是非常简单的，线条清晰，做任何事都不需要太多复杂的理由和目的。

当真正进入这一领域之后，文静受到了第一次冲击。以前，她对于孤独症成因的理解，更加倾向于"冰箱母亲"这个观点——认为是因为在孩子的成长过程中，缺失了父母的陪伴和关爱，才让这些孩子出现了诸如失语、与人沟通障碍、发育迟缓等等这些问题。

真正接触之后，她才明白，原来"孤独症"远比她曾经想象的要复杂得多。

这是一门涉及门类广、自身也非常繁杂的学科，尤其是在中国，孤独症康复才刚刚起步。那时的文静估计就已经明白了，她的这个选择就意味着，在她未来的职业生涯中，会有很长一段路都是非常艰难的。甚至，比姑姑从事的专业还要难很多。但她一直都没有想过，要改变这个选择。因为了解得越多，她就越觉得这个群体的确需要更多的关注和帮助。

从研一下学期起，文静就开始到孤独症康复机构实习，实地接触孤独症孩子，直到研二结束，整整一年半时间，她每周都要有两天时间，是在康复机构中和孩子们一起度过的。那里的孩子都是孤独症儿童，而且大部分是重度孤独症。在和他们接触过程中，文静真正对这些孩子有了非常充分的了解。

在这一年半中，她有将近一年的时间，都是在给孩子做"个训"。

和机构中其他的老师不同，文静可以说是带着相对来说很充足的专业知识，和非常充分的心理准备，走进了孤独症孩子的世界。可尽管如此，当那些她在书本中已经读过了很多遍的案例中的行为真实地发生在她面前的时候，仍旧让她感到震惊，内心受到巨大的冲击。

有的重度孤独症孩子会有攻击和自伤的行为，文静带的一个十三岁的男孩子，如果情绪失控了，就会用力打自己的头。第一次看到这个场面的时候，文静也觉着害怕。她本能地想要抓住孩子的手，阻止住他的自伤行为，可十三岁的男孩子力气已经很大了，纤弱的文静根本就不是他的对手。

事后，每次回忆起那个男孩用力打自己头的情景，都让文静特别伤心。这不应该是一个孩子原本该有的行为，也不应该是他原本该承受的伤害和痛苦。所以，找到能够真正帮助他们的方法，已经成为一件非做不可的事情。

另一个九岁的孤独症女孩的程度比这个男孩还要重一些，基本没有语言，没有办法同人交流。她如果不开心了，就去攻击别人。曾经有一次，她把文静的手指抓伤了，在伤口处，皮肤里面的肉都翻了出来。

这些目睹、亲身经历的事情，和文静曾经想象中的"孤独症康复过程"差距太大了。

文静形容她带过的三个重度孤独症的孩子：社交很困难，基本没有办法交流，眼睛从来不看你，注意力完全没办法集中到她想让孩子们关注的地方。

这三个孩子包括一个九岁的女孩，还有两个分别是十三岁和十岁的男孩。

经过一年的个训，文静对他们三个身上进行的康复训练还真获得了巨大的进展。他们的行为都有很明显的变化，例如能够听懂连续三个指令：拿杯子、倒水、喝水。而不是像过去那样，只能听懂一个指令。孩子在完成四张图片的形状和颜色配对的时候，也能达到百分之九十的正确率。

这样的进步，在普通人看来，可能并不明白它所代表的意义，但对于这些孩子的家长和过去带他们的康复老师来说，这些简直就是不可思议的奇迹。

他们甚至都无法相信自己亲眼看到的，不断地重复着："真没想到，他还能做这件事。"

在科学和孤独症的这一回合较量中，科学取得了胜利。事实证明，只要是采取适当有效的康复训练方式，程度很重的孩子，也能够有所进步。

除了对这些孩子行为方面的观察，文静还注意到了他们心理方面的成长。

最能引起文静关注的，就是在她刚刚接触这几个孩子的时候，他们的自信程度极低，而且极为胆怯。当文静教他们完成一项任务的时候，站在一旁的平时照看他们的人，只要稍微显出一点点急躁或者没有耐心，他们就会特别害怕，不敢去完成这个指令；或者在他们想要按照指令选择出一张卡片的时候，你无意中碰到他一下，他也会马上放弃原本决定的选择，而去选另一个。

这就是星星的孩子，有些方面，他们确实远远落后于同龄人，可另一些方面，他们又格外的敏锐。这种落后和敏锐交集在一起，又对他们构成了一种新的伤害。

所以，文静坚持认为，在面对孤独症孩子的过程中，家长的态度至关重要。

3. 一起成长

因为要做课题、做研究、写论文，所以文静会把她平时的授课过程全部拍成视频，带回到学校再反复观看。她自己形容，在上课的时候，她都很有耐心，一点也不会因为孩子对课程接受得慢就急躁，可是在看视频的时候，她就会特别生气："怎么反复教就是学不会？""怎么又做错了？""刚才不是已经做对了吗？怎么现在又不会了？"这些情绪始终充斥着她，真急起来，她都会一边看视频一边拍桌子。

但她又很快想起来，在自己的专业训练中，首要的就是不能在教学中带入这种情绪。于是，她又会马上再看一遍视频，这次专门看自己在授课中的反应。然后长长地松一口气，"还好还好，在整个教学过程中，自己的态度都是很有耐心、很平和的。"她自己解释这种行为，应该就是只要进入到教学氛围，她就会自然而然地服从于自己的职业素养。而后半段她没有解释,那应该就是,等她结束了全部工作,再回头以第三者的视角,重新看这个教学过程的时候,她就恢复成了那个同北师大里每一个研究生都完全一样的年轻女孩子。

不同的是,这个女孩子,在和这些孤独症儿童,还有中国孤独症康复事业,一起成长。

【采访手记之二十】

这就是文静的故事,其实也谈不上故事,只能算是她学习、生活中的几个很简单的片段。而这些片段,让我们看到了一个在中国本土的孤独症康复专业的研究生的成长过程。

作为目前中国仍旧为数不多的高学历孤独症康复教师,她们承担着很多很多。

小峰 作，燕京阳光社区之家

小峰 作，燕京阳光社区之家

班级作品，黑龙江省哈尔滨市启迪学校

小朴 作，9岁，黑龙江省哈尔滨市启迪学校

第四卷 我们在行动

一路行来，走过了很多地方，走进了很多学校，见过了很多老师和家长，还有数量更多的，让人揪心的孤独症孩子。看到他们之后，每个人都会相信，面对孤独症带来的这场苦难，有很多事需要我们的国家和我们每一个人去做。而在这场苦难中，唯一值得庆幸的可能就是：关于孤独症，已经有很多人做了很多事，而且，还在继续做，每一天都没有停止。他们，是这个脆弱而悲伤的庞大群体的依靠与希望。

中国从未放弃，所以明天会更好

【采访手记之二十一】
这一章节中的资料，全部来源于各级政府和各家媒体。这是关于中国国家层面在孤独症应对方面最权威、最有力的声音。

1. 彭丽媛女士看望孤独症儿童，慰问孤独症家庭

彭丽媛看望孤独症儿童　与其共同完成画作

昨天是第25次全国助残日。当天上午，彭丽媛来到北京市残疾人康复服务指导中心，看望孤独症儿童，慰问孤独症儿童家庭。

据了解，今年全国助残日活动的主题是"关注孤独症儿童，走向美好未来"。在北京市残疾人康复服务指导中心，彭丽媛仔细听

取专家关于孤独症康复的情况介绍,并观摩孤独症儿童的康复评估、结构化教学课以及幼小衔接课。彭丽媛与孤独症儿童家长亲切交谈,详细了解孩子们的基本情况、康复效果以及遇到的困难,鼓励他们充满信心,相信未来生活会更美好。

在报告厅,彭丽媛观看了孤独症儿童的绘画创作和作品展示,并与孤独症儿童共同完成画作《向日葵》。孤独症儿童向彭丽媛赠送了自己的绘画作品。随后,孤独症儿童表演了钢琴演奏《梦中的婚礼》和朝鲜族舞蹈《喜悦》。

据了解,孤独症又称自闭症,是一种先天性神经发育障碍,主要表现为社会交往障碍以及刻板的行为、兴趣和活动。孤独症致病原因不明,但人数却一直呈增长趋势。

活动结束后,彭丽媛还与孤独症儿童合影留念,并向孩子们赠送了礼物,祝他们早日康复,快乐成长。

(2015-05-18 09:12:00 来源:凤凰网 中国青年网http://gy.youth.cn/lyb/201505/t20150518_6642876.htm)

2. 2014年1月8日国务院下发通知

2014年1月8日,在国务院办公厅发布的《国务院办公厅关于转发教育部等部门特殊教育提升计划(2014—2016年)的通知》中,专门提到:"鼓励有条件的地区试点建设孤独症儿童少年特殊教育学校(部)。"

3. 2015年国务院7号文件

在2015年2月5日,国务院办公厅发布的《国务院关于加快推进残疾人小康进程的意见[国发〔2015〕7号]》中，明确提出："建立残疾儿童康复救助制度，逐步实现0—6岁视力、听力、言语、智力、肢体残疾儿童和孤独症儿童免费得到手术、辅助器具配置和康复训练等服务。实施重点康复项目，为城乡贫困残疾人、重度残疾人提供基本康复服务，有条件的地方可以对基本型辅助器具配置给予补贴。建立医疗机构与残疾人专业康复机构双向转诊制度，实现分层级医疗、分阶段康复。依托专业康复机构指导社区和家庭为残疾人实施康复训练，将残疾人社区医疗康复纳入城乡基层医疗卫生机构考核内容。"

4. 第二十五次全国助残日活动的主题："关注孤独症儿童，走向美好未来"

关于开展第二十五次全国助残日活动的通知

[残工委发〔2015〕1号]

各省、自治区、直辖市人民政府残工委，党委宣传部，教育、民政、人力资源社会保障、卫生计生厅(局、委)，各军区、各军兵种、各总部、军事科学院、国防大学、国防科学技术大学、武警部队政治部，工会、团委、妇联、残联：

　　2015年5月17日是第二十五次全国助残日。在全党全军全国各族人民深入学习贯彻党的十八大和十八届三中、四中全会精神，认真落实中央关于全面深化改革的各项决策部署，践行依法治国基本方略，加快全面建成小康社会进程的新形势下，我国残疾人事业取得了历史性的成就，残疾人生存发展状况明显改善。但是，残疾人发展状况与社会平均水平相比还存在较大差距，相当一部分残疾人的生活还十分困难。因此，采取有力措施补短板、兜住底，保证残疾人与健全人一道迈向小康社会是各级政府及各部门的重要职责。认真组织开展好此次全国助残日活动，对于在全社会大力弘扬人道主义思想，形成扶残助残的良好社会风尚具有重要意义。

一、活动主题

关注孤独症儿童，走向美好未来

二、活动背景

孤独症儿童是一个特殊而困难的群体。"十二五"期间，国家采取了多项措施加强孤独症儿童的康复教育工作，支持省、地市级孤独症儿童康复教育机构建设，开展贫困孤独症儿童抢救性康复项目工作，在部分地区开展社区家庭康复试点。

第二次全国残疾人抽样调查结果显示，我国0—6岁精神残疾儿童占该年龄段儿童总数的0.11%，约为11.1万人，其中多数由儿童孤独症导致。由于孤独症的特殊性和严重性，需要长期系统的康复教育和训练，而康复教育训练和服务资源相对不足，而且孤独症儿童数量还在持续增加，他们面临的困难和问题需要全社会给予关心帮助和大力支持。

三、活动措施

(一)召开专题会议。

各地残工委和残联要召开专题会议，专项研究部署助残日活动，并围绕本次助残日主题，认真分析孤独症儿童康复教育工作面临的重点和难点，研讨对策与措施。

(二)明确各部门职责。

1. 各级政府和残工委成员单位要贯彻落实《国务院关于加快推进残疾人小康进程的意见》精神，深入了解孤独症儿童及其家庭的基本状况及所面临的主要困难和问题，有针对性地为残疾人办实事、解难题、求实效。

2. 各地卫生计生部门要发挥部门及系统的优势，建立健全0—6岁孤独症儿童筛查、诊断和治疗康复的衔接机制，在儿童心理卫生服务体系中将儿童孤独症纳入监测范围，继续加强对卫生专业技术人员的培训，促进孤独症儿童的早期诊断和早期干预。

3. 各地民政部门要积极研究改善孤独症儿童及其家庭生活水平的政策措施，积极推动困难残疾人生活补贴和重度残疾人护理补贴制度在孤独症儿童家庭的落实，扶持民办孤独症儿童康复教育机构发展，开展社区家庭康复，为社会组织在孤独症儿童康复教育领域发挥作用提供政策支持。

4. 各地教育部门和各级各类学校要加强孤独症儿童特殊教育，鼓励地方依托现有教育教学资源接收孤独症儿童，保障适龄孤独症儿童入学，并针对孤独症儿童进行单独的课程设置，增加内容，培养素质优良、富有爱心的特教教师，帮助孤独症儿童接受教育。

5. 各级妇联组织要在开设面向孤独症儿童家长的在线咨询、家教讲座和心理疏导，宣传科学的孤独症儿童养护方法的同时，开展面向公众的孤独症知识宣传教育活动。

6. 各地工会、共青团、妇联以及驻军和武警部队要采用送温暖、志愿者助残、巾帼建功以及军民共建、警民共建等多种形式，开展志愿助残活动。

7. 各级残联要积极探索发展成年孤独症患者托养服务，提高孤独症患者的生活自理能力和劳动技能，帮助孤独症患者实现辅助性就业。

8.各地要邀请党、政、军负责同志在全国助残日期间,走访慰问孤独症儿童家庭、康复机构、特教学校、托养机构、扶贫基地、福利企业,勉励孤独症儿童及其家庭自强、自立,并帮助他们解决生活中的实际困难。

四、宣传要求

(一)各地党委宣传部门要将第二十五次全国助残日的宣传报道工作纳入年度宣传工作的总体计划中,统一部署,统一安排。

(二)中央及地方各新闻单位要大力弘扬社会主义核心价值观,在报道好全国助残日期间举行的各种活动的同时,要深入基层,深入残疾人工作实际,走进残疾人家庭,了解和报道残疾人的真实情况和需求,关注孤独症儿童家庭的诉求。重点展示好各级党委、政府以及残工委成员单位积极推进孤独症群体利益保障和康复服务所取得的成果,报道好社会孤独症组织和服务机构在加强管理、提供服务方面的好经验好做法,讲述好残疾人和残疾人工作者的感人故事。

(三)各地要以全国助残日为契机,广泛组织开展"百家媒体走基层"活动。紧密围绕加快推进残疾人小康进程的工作进展情况,以组织记者赴基层采访为主要模式,宣传视角下沉,积极挖掘残疾人基层工作亮点,推出一批基层残疾人工作的先进典型和优秀经验。

(四)各地要在助残日期间开展阶段性的集中社会宣传活动,加大宣传力度。充分发挥传统媒体、门户网站、新媒体、手机短信、公共大屏幕、宣传橱窗等的作用,采用制作发放宣传册、张贴宣传画、设立和刊播公益广告等方式,广泛普及孤独症及康复工作的有关知识,增进社会对孤独症的重视和了解,动员社会爱心人士积极投入孤独症和残疾人服务领域,营造人道、人权、人文的社会环境。

(五)各地要进一步加强社会舆论引导,为残疾人事业发展营造健康有利的舆论环境。

国务院残疾人工作委员会　中央宣传部　教育部　民政部

人力资源社会保障部　国家卫生计生委　解放军总政治部

全国总工会　共青团中央　全国妇联　中国残联

2015年3月24日

5. 来自医学专家的声音

《新快报》记者独家专访了国内治疗、研究自闭症的权威专家、中山大学附属第三医院儿童发育行为中心主任邹小兵,详细解读自闭症究竟是什么病、家长应如何尽早察觉孩子有无患自闭症、自闭症儿童究竟能否上学、自闭症如何治疗等问题。

自闭症是先天性疾病　现在一岁以下已经可以确诊

《新快报》记者：请问究竟什么是自闭症？

邹小兵：自闭症是儿童广泛的发育障碍性疾病,就是说它会涉及孩子发育的很多方面,它主要的表现是三大块：社会交往障碍、言语和非言语的交流障碍、狭隘的兴趣和重复刻板性的行为。一个人只要有了这三个主要表现,我们就诊断他为自闭症,这是一般要求。

《新快报》记者：自闭症是先天性还是后天性？何时能够发现？

邹小兵：刚才我们讲了这个病它是儿童发育障碍性疾病,至少大多数病例是与生俱来的,是先天性的,并不是后天教养上面的,这个需要强调。

过去我们总说孩子是三岁内（可以）确诊患病，但是现在我们已经有能力在三岁之下、两岁之下，甚至是一岁之下就可以诊断，过去认为一岁的没办法诊断出来，但现在我们诊断的病例已经有一岁以下的了，但是半岁以下很难诊断出来，因为半岁的孩子我们对他的要求不高，吃得好睡得好就可以，言语交流方面的障碍暂时还看不出来。

我需要强调，自闭症绝对不是后天家庭教育因素造成的，要坚决反对这样说法。

《新快报》记者：早期如何发现自闭症儿童？

邹小兵：一般敏感一些的家长，在孩子一岁到两岁间感觉这个孩子不太同于常人，比如说眼睛不怎么看人，叫他不怎么应。正常的婴幼儿会指东西，妈妈抱着他上街说"宝宝你看气球"，他的眼睛会随着手指的方向看去，拍拍手他也会跟着模仿，我们说妈妈在哪里爸爸在哪里，他会用眼睛告诉我们。这是早期的交流，正常的孩子会有，但是自闭症的孩子通常都有所欠缺，或者是完全没有。

一到三岁期间，至少有一半以上的家长会忽略，三岁的时候，我们可以看到语言和社会交往的落后，但是一岁多的孩子并不是很明显，到两岁或者三岁就明显了，如果不加干预，四岁或者五岁就更严重了。家长这时候再去找医生，已经把最佳治疗时间耽误了。三岁到五岁之间，可以把三大症状表现得很完整。这就是自闭症的表现。

《新快报》记者：自闭症最佳的治疗时间是什么时候？

邹小兵：越小越好，如果我们能在出生第一天就能发现那就好了，但是看起来还要等待科学的进步，目前认为黄金治疗时间是三岁以下干预，六岁以上再干预，就有些困难了。

自闭症发病率年年上升　患者改善后一样独立生活

《新快报》记者：自闭症的致病原因到底是什么？

邹小兵：这个问题非常重要，所有的人都在问。1943年发现自闭症，美国医生报道了他的11例病例，这是第一批自闭症被报道。70年过去了，医学界很遗憾地告诉大家，我们没有找到原因。

近年来，普遍认为是基因出了问题，但又有人反驳说，如果是基因出了问题，怎么会让自闭症的发病率猛升？因为先天性疾病一定可以保持相对稳定的发病率。自闭症在1985年以前，甚至是1990年以前都被认为是一种少见或者是罕见病，万分之几的发病率，可是今年美国的调查研究数据显示，自闭症在美国的发病率是1.14%，韩国是2.6%，日本是1.6%，英国是1.5%到1.6%。现在这个发病率已经是年年跳跃，每两年大跳跃一次，很大，非常遗憾。

《新快报》记者：自闭症能否治愈？是否可以结婚生子？

邹小兵：自闭症已经大大地改变了我们的认识，自闭症不能治疗的这种说法是不对的。发病率升高，跟诊断标准的修改有关系。如果我们早些发现它，这些孩子通过训练治疗是可以改善的，改善到可以像正常人一样独立地生活在社会上，长大以后一样结婚生子。

《新快报》记者：可以像正常人一样了？

邹小兵：也没有，他不像正常人生活，他具有独立生活工作学习的能力，比如说我们三人，我有点自闭，你们叫我我不理你，但是我一样地工作挣钱，结婚生子，这个世界上的七十亿人口人人都有毛病。

轻度的自闭症孩子在训练之后是可以拥有独立生活学习工作的能力的，重度的孩子也可以得到显著改善，甚至会改善得非常好。我们不能轻易下结论说，重度没希望，中度好好努力，轻度没问题。这个话说不出来。一个孩子六岁了，你也不能就说孩子没有希望了。

轻度自闭儿童应该读普通学校 融合式教育模式有助患者康复

《新快报》记者：现在对自闭症儿童究竟能否就读普通学校一事有非常大的争议，那么，自闭症儿童究竟能就读吗？是否有分类？

邹小兵：自闭症儿童当然可以入读普通学校，太多了，只不过这些家长都不愿露出水面而已，这就是一个问题，他们的孩子训练好了以后就不愿意露面了，这个不好。

我们现在认为30%到50%的自闭症孩子智力是落后的，50%到70%智力正常，尤其是在两岁三岁低年龄的时候，我和台湾地区一些专家还有一些其他专家认为可能大多人都是智力正常的。但如果长期不交往，那么智商可能会越来越糟糕，因为交往可以得到知识。

《新快报》记者：那现在有没有分级呢？比如说哪些孩子是可以进普通学校的？

邹小兵：发达国家，还有台湾等地区都是坦然接受残障孩子进入正常学校，但是如果一个孩子严重脑瘫完全坐都坐不住，你怎么让他去上正常学校呢？这种孩子只能放在家里或者特殊机构里去教育。

台湾做得很好，文山特校五六百个孩子在里面学习，都是中重度的特殊孩子，那么轻到中度的都应该到普通学校。我们倡导，轻度孩子应该回到普通学校就读，中度的不是不可以，经过康复训练后，也是可以回到普通学校的，因为要给他们融合教育的环境。

《新快报》记者：融合教育模式本身是不是有助于自闭症患者？

邹小兵：从整体来讲是绝对有帮助的，因为他们缺少交流，你把他们融合进去，就是给了他们更多的交流机会啊。不过学校要做足功课，避免他们在学校被欺负。

《新快报》记者：现在深圳自闭症儿童要做鉴定才能入学，您有什么看法？

邹小兵：我始终不同意鉴定，学习能力的鉴定我是不赞成的，我们只需要鉴定这个孩子有没有伤害自己和他人，严重影响公共秩序的行为趋势。学习能力差不能成为不能上学的理由，不能用群体的权利去剥夺几个人的权利，老师照顾不过来这几个特别的孩子，可以理解。但不能理解学校和社会，过去中国很穷没办法去做这个事情还可以理解，今天我们的财政收入达到了一定地步，社会政府就应该帮助学校，开始试行像京溪学校那样的"融爱行"项目。台湾当时是一个特教老师骑着摩托车管几个学校，后来变成一个学校一个老师、一个学校几个老师、正常学校里的特殊教育。

三大原则须牢记：

理解容忍、重大问题行为及时矫正、发现培养特殊能力

《新快报》记者：那您对于自闭症儿童家长的建议是什么？

邹小兵：太多东西要讲了，我们有三个原则：

第一，理解、容忍、接纳、尊重。他们就是客观存在，他的问题不是想改就能改得了，可能会骂他打他讲道理奖励，都不见效，他还是依然故我。

第二，对于重大问题行为矫正他。对公共秩序造成严重影响的，对自己和他人的身体造成伤害的行为需要改变。改变的方法绝对不能用打骂，也通常不用说教的方法，而是一系列已经成形的办法：情景演练、角色扮演、社交故事，还有一些潜移默化的方法。其实做到了第一点，第二点会明显减少。

第三，发现、培养和转化他的特殊兴趣和能力。

一定要坚持这三大原则，把这些原则贴在墙上，任何时候孩子出现问题，就要参照这三个原则。

(2012年9月25日《新京报》A09版 《新快报》记者刘子瑜 实习生许梦娜 吴耀谦)

6. 来自主流媒体的关注

我国孤独症患病儿童或超200万　面临康复难上学难问题

央广网北京5月18日消息（记者温飞）据《中国之声·新闻纵横》报道，昨天（17号）是第二十五个"全国助残日"，今年助残日的主题是"关爱孤独症儿童"。这是25年来中国残联第一次以具体的残疾症状来命名的助残日宣传主题，体现的不仅是对孤独症患者的关爱，也是提醒社会对这一群体加强重视和预防。

《中国自闭症儿童发展状况报告》的数据显示，截至2014年末，我国孤独症病患可能超过1000万，0—14岁儿童病患的数量可能超过200万，据中国残联提供的数据，我国学龄前孤独症儿童就有60万。

但是，由于治疗费用高、康复机构少、专业医疗人员匮乏，近九成得不到有效治疗，康复教育任重道远。目前我国针对孤独症儿童展开的康复教育有哪些进展？如何让他们也能像正常孩子一样快乐成长，融入社会？如何从我做起，去帮助他们自尊自立的生活？

在位于北京丰台区中国康复研究中心的听力语言康复科，五岁的荣荣（化名）正在接受康复训练。

像荣荣这样的孤独症儿童，被称为"星星的孩子"。他们不聋不哑，却对外面的世界充耳不闻；他们的眼睛清澈明亮，却对外界视而不见。在这个美丽名字的后面常常与刻板的行为、语言能力弱、社交能力差等标签挂钩。

北京博爱医院儿童康复科主任吴卫红介绍，孤独症是目前发病率最高的儿童发育性疾病之一，其复杂性及康复难度极大，被称为"残疾之王"。由于孤独症病因不明，也没有药物可以根治，目前展开的康复治疗主要是对症状的改善。

吴卫红：比如言语的沟通，通过言语来表达自己的诉求，学会和家人、朋友，甚至和社会交往的技能，再有就是矫正刻板行为。

目前国内仅有500多家孤独症康复机构，且95%以上为民间机构，良莠不齐，整体发展水平滞后。中国康复研究中心主任李建军表示，中国康复研究中心正在积极探索孤独症患者治疗的国家标准，规范孤独症的诊断和个性化治疗。

李建军：现在这种服务的需求得不到提供，很大问题就是缺少治疗的规范。治疗的路径哪个是有效的，哪个是无效的，我们出的标准就是给大家提供一个遵循。这些标准必须是通过科学论证、询证基础上的一个标准。

北京博爱医院儿童康复科主任吴卫红也呼吁，国家要建立孤独症早期筛查、早期发现的网络。

吴卫红：我们希望在日常的妇幼保健工作中，要建立孤独症早期筛查、早期发现的网络。目前，中残联和卫计委已经在做这个工作了。

由于我国对孤独症的研究起步晚，尚未建立完善的干预、服务与社会保障体系，相关医疗与康复教育人才和资源严重不足，孤独症儿童普遍面临康复难、上学难问题，多数孤独症儿童及其家人都处于自我救赎、孤立无援的困境中。提起孩子的未来，孤独症儿童冠军的妈妈十分焦虑。

冠军妈妈：费用太高，一个月一万多，不是每个家庭都能承受的。还有最关键的是，下一步上学的问题。

与冠军妈妈有着同样担忧的家长还有很多。孤独症儿童无法在普通的学校接受教育，很大的障碍是其他学生家长的反对。

蔡雪梅：从上学的第一个晚上开始，我班上有58个学生，57个家庭我都走到了，我说求你们，不要去学校告状，两个星期以后如果还有问题我自己带他回去，绝对不会影响你们正常孩子。

中国公益研究院不久前发布的《中国孤独症儿童现状分析报告》显示，90.8%的家长担心孤独症孩子就学就业问题，对孩子融入社会的能力表示担忧。中国康复研究中心主任李建军呼吁，希望社会能够对这些特殊的孩子多一些关爱与接纳，多一些帮助与宽容，能让孤独症的孩子和正常孩子一起分享这个世界的美丽。

李建军：包容性是在残疾人康复事业中特别要提倡的。我们每一个人都需要有这种爱心和社会责任，每个人也都有帮助残疾儿童和残疾家庭的义务。你要有这种心就会接纳这样的孩子，这种爱心和社会文化就会慢慢形成。

近年来，孤独症群体及相关联的服务与保障问题已日益引起国家和社会的重视。2006年，我国在第二次全国残疾人抽样调查中将孤独症列入精神残疾范畴。中国残疾人事业"十一五"发展纲要中提出，在全国31个试点城市探索建立孤独症儿童早期干预体系。2009年国务院《关于进一步加快特殊教育事业发展的意见》明确提出孤独症儿童教育问题。2010年卫生部印发《儿童孤独症诊疗康复指南》，以进一步规范儿童孤独症诊疗康复行为，提高医疗质量。但是，孤独症群体的康复治疗，还任重道远，需要全社会的共同努力。

如果您生活周围有这样的孩子，请您每次碰到他时，善意地打个招呼，您在帮助孩子建立良好的沟通习惯；如果您周围朋友邻居家有这样的孩子，请多多邀请孩子来家里玩，让疲惫的父母多一些安慰。接纳生命的不同形态，关爱只需要你我的一言一行。

（2015-05-18 08:13:00 来源：中国广播网(北京) http://money.163.com/15/0518/08/APSQLILA00254TI5.html）

7. 来自创业者的消息

"恩启"亮相双创周，让互联网+帮到300万孤独症儿童

2015年全国以"创业创新——汇聚发展新动能"为主题的大众创业万众创新活动周（简称双创周）于10月19日正式拉开帷幕。中共中央政治局常委、国务院总理李克强、副总理张高丽等各部委领导同志莅临现场，启动"双创周"。

本次展览总计展出项目112个，从全国各地的数千个创新项目中层层筛选而出。"恩启孤独症儿童互联网康复项目"因具有突出的社会意义，作为唯一的高校+社会机构+社会性企业的联合创新典型入选。

恩启展示了两款产品"恩启云课堂"和"VB-MAPP评测助手"。

期间，清华大学校长邱勇参观了恩启展区，恩启联合创始人，清华大学美术学院交互媒体研究所所长张烈副教授向邱勇校长汇报了项目总体的情况，得到了校长的赞许和鼓励。

（2015-10-26 11:21:39，来源：中国网，编辑：郑青莹http://gb.cri.cn/44571/2015/10/26/7872s5144563.htm）

8. 中国孤独症大事记

1982年，中国第一例孤独症病例由南京脑科医院陶国泰教授确诊。

1993年，田惠平女士创立北京星星雨教育研究所，这是中国第一家专门为孤独症儿童及其家庭提供教育服务的非营利机构。随之出现了许多专业的孤独症协会。

2005年9月，中国出现首家公立的儿童孤独症康复机构——由广州

市残联举办的广州市儿童孤独症康复研究中心。该中心于2009年4月成立广州市康纳学校,专门为孤独症儿童提供全日制九年义务教育。其他地区也开始出现由政府举办的孤独症康复机构或设立在特殊学校或普通学校的自闭症班。

2006年,我国第二次全国残疾人抽样调查残疾标准中将儿童孤独症纳入精神残疾范畴。中国残联开始将儿童孤独症康复工作纳入《中国残疾人事业"十一五"发展纲要与配套实施方案》,并在全国选择31个试点城市,建立省级孤独症儿童康复训练机构,探索建立孤独症儿童早期筛查、早期诊断、早期康复训练的干预体系。

2008年,国务院发布了《关于促进残疾人事业发展的意见》,明确提出逐步解决孤独症等残疾儿童少年的教育问题。国内机构开始利用"世界孤独症日"开展各种倡导活动,呼吁社会关注孤独症儿童,增加政府与社会的资源投入。

2009年,中残联在全国31个城市开展孤独症儿童康复训练试点,并实施"贫困残疾儿童抢救性康复项目"。

2010年,中国第一部孤独症题材的影片《海洋天堂》在全国公映,这部被称为中国版《雨人》的影片让孤独症走入了普通百姓关注的视野。

2010年7月,卫生部印发了《儿童孤独症诊疗康复指南》。该指南对促进医务人员掌握科学、规范的诊断方法和康复治疗原则,对指导相关康复机构、学校和家庭对孤独症儿童进行正确干预,改善预后、促进康复,具有重要意义。

2011年4月,纪录片《遥远星球的孩子》举行首映仪式,该纪录片从医学、伦理、道德、家庭、生活等多种角度对孤独症群体进行审视,力图改变人们对孤独症的固有印象。

2011年3月,中国精神残疾人及亲友协会全国孤独症服务机构负责人首届联席会议召开,旨在进一步联系国内孤独症服务机构,整合社会资源，提升服务质量，加大指导与培训孤独症社会组织工作力度，共同为孤独症人士提供更多服务。之后每年召开一次。

2012年开始，部分省市将孤独症纳入医保范畴。

2014年1月8日，国务院办公厅发布《国务院办公厅关于转发教育部等部门特殊教育提升计划（2014—2016年）的通知》，鼓励有条件的地区试点建设孤独症儿童少年特殊教育学校（部）。

2014年10月18日，《中国自闭症儿童发展状况报告》在北京发布。

2015年1月8日，国务院办公厅发布的《国务院关于加快推进残疾人小康进程的意见[国发〔2015〕7号]》，明确提出：逐步实现0—6岁孤独症儿童免费得到手术、辅助器具配置和康复训练等服务。

2015年3月，中国残联发布通知，将2015年5月17日，中国第二十五个助残日的主题定为："关注孤独症儿童，走向美好未来"。

2015年5月18日，彭丽媛女士看望孤独症儿童，慰问孤独症家庭。

9. 自闭症调研报告摘录

自闭症的概念由美国约翰斯·霍普金斯大学专家莱奥·坎纳于1943年首次提出，被归类为一种由于神经系统失调导致的发育障碍，其病征包括不正常的社交能力、沟通能力、兴趣和行为模式。其临床症状为：在乳儿期就极为孤独，不愿与人接触，患者成长过程中少言寡语，言语交往能力差，固执任性，墨守成规，反对做任何改变。

就目前资料研究显示：自闭症尚无法治愈，只能通过早期干预训练进行康复。

自闭症一般起于出生头30个月内，男女比率约3.5～4:1，我国更为悬殊，约为6～9:1，最佳干预期0—6岁。随着评估与检测标准条件的不断放宽，目前全世界被检测出的自闭症谱系障碍患者比率有呈上升之势。美国CDC（Centers for Disease Control and Prevention）公布的数据显示：在美国2008年前出生的儿童中自闭症的比例为1/88，男女发病率比为5:1。有报道称，全球有3 500万人患自闭症，每20分钟就有一个孩子诊断为自闭症。据预计，80%患有自闭症的成人处于无业状态。

为了提高人们对自闭症和相关研究、诊断，以及对自闭症患者的关注，2007年12月联合国大会通过决议：从2008年起，将每年的4月2日定为"世界自闭症日"（World Autism Awareness Day）。

迄今为止，治疗自闭症最有效的方式，就是进行专业康复训练，美国、以色列等国家对此投入较大。美国有6 000多家康复机构，有相关规定政策，如1名自闭症患者就需配有：诊断专家、心理医生及心理辅导员、专业训练员、生活照顾方面的志愿者等，全部费用由政府支付。

（引自《生物探索》2015年4月2日文章《世界自闭症日：我国自闭症患者或超千万，康复状况不容乐观》）

中国自闭症发病率呈上升趋势。2014年10月17日，中国教育学会自闭症研究指导中心主任孙梦麟发布《中国自闭症儿童发展状况报告》显示，全国自闭症患者可能超过1 000万，其中0到14岁的患儿数量可能超过200万。

但中国的自闭症救济面临困境。中国残联康复部二处处长韩纪斌透露，从2011年到2014年四年间，中央经费拨款约4.32亿支持自闭症救治，"钱倒不是特别缺，主要是缺人。中国始终缺乏培养自闭症康复护理人员的机构和行业规范，目前所能做到的只是统一教材"。

能够诊断自闭症的医生更是凤毛麟角，全国总共不超过100人，导致大量患儿错过最佳干预期。韩纪斌称，目前精神科医生只有十万分之一，儿童精神科医生则是其中的百分之一，这意味1 000多万人中才有一位儿童精神科医生，足见专业诊断人才奇缺。

韩纪斌告诉财新记者，一般自闭症儿童的家庭年均花费约4万元，自闭症目前仍无药可医，因此钱主要花在康复上，虽然很难治愈，但康复训练效果比较明显。

各地政府对自闭症救治的拨款方式并不相同。韩纪斌介绍，在北京，目前是由政府直接补助给康复机构，每名患者享受三万余元的补助，非户籍人口无法获得补助。而在苏州，对自闭症等儿童精神残疾治疗实行户籍人口全免费政策，非户籍人口也可享受一半补助，约2 000多元一个月。"苏州能做得好，一方面因为财力雄厚，另一方面也因为主要领导重视"，韩纪斌说。

除了缺乏专业人才，有关自闭症救济的制度法规仍是一片空白。韩纪斌颇为无奈地表示，"自闭症患者群体救助实际上没有主管部门，将其纳入医保更是不现实"。

（引自《财新网》2014年10月18日文章《残联官员：中国自闭症诊断医生不足百人》）

北京师范大学中国公益研究院曾于2012年发布《中国大陆地区自闭症儿童现状》报告，指出我国接近90%的孩子是在两岁后发现异常情况的，近30%的儿童确诊时间在一年以上，44.2%的自闭症儿童从怀疑到确诊花了半年以上的时间。有一半的自闭症儿童需要排队等候才能进入机构接受训练，有近1/5的儿童需要等候三个月以上。不到1/3的自闭症儿童在三岁前就接受了康复训练，而有近1/5的儿童直到六岁才开始接受康复训练。这些都给自闭症儿童及家庭带来了沉重的负担。

（引自《生物探索》2015年4月2日文章《世界自闭症日：我国自闭症患者或超千万，康复状况不容乐观》）

目前，大多数自闭症儿童都在特殊教育机构接受康复训练及教育，《中国自闭症儿童发展状况报告》指出，融合教育是自闭症儿童教育未来发展方向，我国应大力开展学龄期自闭症患儿的随班就读工作。

《中国自闭症儿童发展状况报告》称，融合教育代表着国际上特殊教育发展的大趋势，也应当是中国自闭症儿童教育未来的发展趋势。普教和特教的有机结合是融合教育的本质特征。"随班就读"是我国对残疾人实施教育的一种重要形式，是我国特殊教育格局的主要组成部分，是国际融合教育理念与我国特殊教育实践的有机结合，也是我国普通教育深化改革、促进教育公平的重要举措。"随班就读"工作要以教育行政部门为主导、普通学校为主体、特殊教育学校为支撑。如果不满足儿童特殊需求，仅仅收纳了有特殊需求儿童就读，这只不过是"随班混读"。

"全纳教育"是融合教育的高级发展形式。在理念上，首先是保障公民(包括所有残疾人)人人平等地享受教育的权利，在这个意义上，教育机构应当秉承"零拒绝"的原则。从进一步教育的内容和过程看，还要切实满足所有受教育者的一般和特殊需求，因材施教。在我国，实现这样的理念刚刚从发达地区逐步开始，还有漫长的路要走。

《中国自闭症儿童发展状况报告》建议，应该大力开展学龄期自闭症患儿的"随班就读"工作，依法办事的同时，要向普通学校的教师给予特殊教育知识和技术的支持，以及特殊教育师资力量的提供。否则融合环境也只是起到"看护"的作用，没有针对自闭症儿童的教学方案，很难给这些自闭症的孩子提供有效的、及时的支持和帮助。

(引自新华网·新华公益2014年10月20日文章《融合教育是自闭症儿童教育未来发展方向》)

2014年，据美国疾病控制与预防中心最新统计，自闭症谱系障碍的发病率为1/68，男孩患病率为1/42。然而中国到目前为止，尚未开展针对自闭症的全国性流行病学调查，只有部分省市和地区进行过此类调查，如北京、深圳和广州。

【采访手记之二十二】

从1982年中国确诊第一例孤独症病例到现在，34年过去了，政府的举措、专家的努力、媒体的关注、学者和企业家的投入……无数人的的确确为这些星星的孩子付出了很多很多。中国有一句古话：不积跬步，无以至千里。建立健全中国对孤独症群体的各项保障措施，不断探索适合中国的孤独症孩子的康复方式，这是一条漫长的路，现在，路已经被开辟出来，需要我们大家一起沿着这条路，陪着这些星星的孩子和他们的家长，一步一步扎扎实实地走下去。

关于孤独症，我们需要做的还有很多很多
——专家访谈录

【采访手记之二十三】

在被采访的所有人中，相比起来，专家肯定是最理性的。但好像有的时候，面对理性，却需要更多的坚强。因为，专家会向你展示出一个问题最完整、最真实的样貌。于是，我们知道了，关于孤独症，我们要做的，任重道远……

1. "如果你真的想知道，我就给你说说吧"

胡晓毅，北京师范大学教育学院特殊教育系硕士，美国堪萨斯大学教育学院特殊教育系博士。现任北京师范大学特殊教育系副教授。是一位研究儿童心理学的专家向我推荐的胡教授，"我只是在研究中会涉及孤独症，而胡老师是专门研究孤独症的核心人员。"推荐人如是说。

在见到胡教授的时候，这本书稿已经基本完成了，她是看完样稿之后才同我见面的，见面地点，就在她北师大的办公室里。办公室不宽敞，到处都是书。我注意到，书橱里的专业书籍一多半都是外文的。如果有一天，这里面的书能够全部都换成中文的，那是不是就意味着中国对本土孤独症的研究终于进入了一个全新的纪元？

"书我看了。从现在的文稿中看，基本的情况你都已经了解了，你

还想知道什么？"她问。

"我希望能再系统地听一遍，中国孤独症康复研究的发展历程，和面临的主要问题，以及解决的途径。"我答。

"好，那我就给你说说吧。"

2. 这些孩子需要我们，可我们无能为力

"对于孤独症儿童群体，我最担心的，是那百分之六十。"胡教授开门见山，"孤独症儿童是按照程度轻重划分的，其中百分之十是高功能孤独症，也就是我们常说的，'白痴天才'。就像《雨人》，他们在某一方面，例如绘画、音乐，就是有着极高的过人天赋。另外还有百分之三十，是极重度孤独症。而剩余的那些，在孤独症群体中所占比例高达百分之六十的，就是普通孤独症儿童，在我看来，这百分之六十的孩子，才是最大的难题。因为你知道，如果把他们送到普通学校去，他们能够和那些普通的孩子一起学习知识，也能够有社交，但他们确实又存在一些行为问题，所以需要在学习的过程中有专门的特教老师看护他们。但现在我们的学校还基本实现不了融合教育，所以，他们没有办法进入普通学校。"

在胡教授说话的时候，我在心里估算了一下，依照2015年调查显示，中国目前孤独症群体人数达1 000万，其中孤独症儿童人数是200万。也就是说，胡教授最担心的这一部分孩子，人数高达120万！

"高功能孤独症孩子，不用太担心，因为他们基本上成年以后还是能够融入社会的。重度的，其实也不用太担心了，因为他们程度太重了，家长也已经接受了这个现实，而且即使让这些孩子长期在特殊机构中生活，他们也不会有什么太强烈的感受。可那百分之六十的孩子就不一样了，他们心里什么都清楚，可就是因为自己在某些方面存在一些障

碍，所以无法像正常孩子那样学习、生活。他们不能接受别人把他们当作智障孩子那样对待，可又没办法做到像其他小朋友一样，完成学业和正常社交。这对他们的打击是非常大的，对心理的影响也非常大。

"他们努力想掩盖自己和别人不一样的地方，但又做不到掩盖得很成功。所以，他们特别痛苦，也特别迷茫。据我所知，有很多这样的孩子，长大后，都因此精神分裂，进了精神病院。这一部分孩子，才是真正需要我们投入巨大精力去关注的。因为他们未来会成为什么样的人，会过上什么样的生活，能不能正常地享受到一个人应该享受到的生命历程，这完全取决于社会和我们这些人的努力。"

胡教授进一步解释为什么她对这一批孩子，如此关注：

"当你知道了，有这样一些孩子存在的时候，你就会觉得他们确实很可怜。因为在最初，他们的程度是处于普通学校和特教学校之间的，是可以送入普通学校的，如果把他们送进特教学校，家长不甘心，孩子自己也不能接受。而且我们这些人心里也很清楚，如果他们有机会进入普通学校，有接受融合教育的机会，是可以跟着那些普通孩子一起学习，矫正自己的行为，并且获得一定的社交。可现在我们普通学校的现实——一个老师带好几十个学生，让他们再照顾这样的孩子，老师也确实是顾不过来。像北京这样的地方还稍微好一点，这些孩子还能有进入普通学校的机会，在其他地区，这方面工作开展得比较差，这些孩子就根本没有进入普通学校的机会。

"还有相当数量的孩子，想办法进了普通学校，但是没有专门的老师来教他们，所以他们只能跟着别的学生一起学，这样到了小学三年级之后，基本就跟不上了，然后不得不回流到特教学校。这不是因为他们的能力退化了，只是因为那个环境不适应他们继续学习，所以，没办法了，无处可去，只能不得已选择回到特教学校。"

我听懂了，也理解了胡教授为什么一直在强调，这百分之六十的孩子格外让她揪心。因为如果能够给这些孩子提供一个相对良好一些的教育环境，他们就有可能获得一个比较光明的未来，长大以后，可以有机会做一份工作，拥有自己的生活。这不仅仅是对他们自己意义重大，对他们的父母、整个家庭都具有非同寻常的意义。

但目前的现实情况表明，普通学校的随班就读开展的情况，和对孤独症孩子的接纳程度，都是很不容乐观的。所以，眼睁睁看着这一大批孩子通往未来的大门就这样被永远地关上了，确实让人心痛。

3. 被铁门和铁窗关住的孩子

对于目前孤独症群体所面临的问题，胡教授说了一句话："问题太多了。"

"因为即使都是孤独症，每个孩子也不一样，谁和谁的情况都不同。而一般康复训练所采取的那种高度的抑制行为，是不可能对每个人都有用的。对A有用，不一定对B有用，对B有用的，对C又没用，找到适合C的方法了，这个方法就只适用于C，对D一点儿用都没有。孤独症给我们的教育出的最大难题就是在这里，它从方方面面不断给我们各式各样的挑战。

"随班就读有随班就读的问题，特教学校有特教学校的问题，就业有就业的问题，小龄、大龄、青春期，各个阶段都有需要我们去解决的问题。目前，我们更多关注的是早期干预，受社会关注比较多的，也是正处于学龄和学龄前的这一部分孩子。那学龄后呢？16岁直到生命结束之前，这一段漫长的时间怎么办？所以说，这一群体所面临的问题，多了去了。

"目前的进步是，政府开始关注这一群体了，开始注意到他们的问题和需求了。但是一下子就完全改变这一群体所有人的命运，还是不可能的，问题太多了，需要慢慢解决。"

这就是胡教授的谈话风格，直截了当，让人猝不及防，理性得让人有点不知所措，但这些内容，确实是值得听，更值得反复去思考。

话题又回到了胡教授最关注的那百分之六十上：

"举个例子来说，一个孩子，经过了两年的训练，完全可以进入普通幼儿园学习了，可进去了又怎么样？没有专门的老师，也没有专门的辅导，他肯定也想跟小朋友们一起玩儿，可在没有人专门引导的情况下，他很快就玩儿不下去了，仍旧没有办法进行社会交往。这是一根教育链条，需要链条上的每一个环节都落实到位。可现在太多的细节落实不了，链条根本就还没有建立起来，所以这些孩子仍旧没有办法进入普通学校，只能回到特教学校。"

以上所说的这些，还只是学龄内的孩子会遇到的问题。当他们到了十六岁，不能再待在特教学校里了，必须离开，需要走上社会了，面对的问题就更加严峻了。而据胡教授目前掌握的情况，大批孤独症青年，都是被关在家里的。

胡教授以前在机构中遇到过一个孩子，还不属于重度，但确实是典型性孤独症。7年后，胡教授从国外回来，再次见到这个孩子的时候，他的癫痫已经很严重了。爷爷把他关在屋子里，窗户安上了铁栅栏，门也换成了铁的，家里人给他定期送饭。让他外出活动，那更是连想都别想的事情。

所以，当听到人们说，"孤独症这个群体因为对社会造不成什么危害，所以就容易被忽略"的时候，胡教授总是会想起这个孩子。

"他们确实不会去杀人放火，但他们带给一个家庭的损伤是非常严重的。而且，明明知道有这样一个群体存在，他们本来可以融入我们的社会，享受和别人一样的社会生活，但却因为种种原因，永远失去了这样的机会。这样的结果，是很让人伤心的。"

而社会发展的目的，就是为了让每一个成员都能平等地享受到社会资源和社会进步的成果，不忽略任何一个社会成员。所以也正因为这一原因，孤独症群体越来越受到各个国家的重视。

4. 中国的孤独症研究者们是"一边开路，一边朝前走"

谈到"孤独症"这种病症的起源，胡教授说这是现在无法考证的。但她看到过一份资料，目前记载最早的有孤独症症状的孩子，是出现在200年前的英国。

谈及中国孤独症群体的数量的时候，胡教授说，她相信，就中国目前的医疗现状而言，漏诊的肯定比误诊的多。所以，应该还有相当数量的孤独症儿童由于种种原因，没有被及时发现。

北师大的这个研究所成立于2013年，就是因为发现了国内在孤独症研究方面存在的种种问题，例如：专业人才奇缺、缺乏评估标准、康复教师缺少专门的训练和技术支撑渠道等等，才让胡教授她们更加坚定了要在这一领域展开研究的决心。

虽然很清楚目前国内在这一领域面对的诸多问题，但研究者们也很清楚，再着急，也不可能一蹴而就，只能按部就班地依照科学研究的规律进行。所以，现在他们就是"一边开路，一边朝前走"。

在研究所成立后，他们首先着手做了两件事，一是建立起了学龄内孤独症儿童的评估系统。第二件事，就是给康复机构的老师们重新设计一套教室，改变他们传统的授课模式，让授课方式更适合孤独症孩子。

同时，研究所也培养自己的研究生，研究方向就是孤独症，但学院分配给他们的名额很少，一年只有一个学生。

可见，目前国内在孤独症研究的人才培养方面，所投入的资源还远远不够。在国内，孤独症康复只是特教专业中的一门课，而在国外，大学里设有专门的孤独症专业，里面有十几门课，毕业后，能够拿到一张本科学历，然后去从事这方面的工作。

从胡教授这位专业研究者的角度来看，教孤独症孩子的，必须是专门受过这方面专业训练的老师，别说一般的老师教不了他们，就是那些专业学习聋哑、残障的特教老师，也教不了孤独症的孩子。

举例来说，如果是一位专门教聋哑孩子的教师，他的手语一定要特别好，语言能力要强。而孤独症主要是脑部发育的问题，教育的重点在社交方面。所以这是完全不一样的教学门类和方向，老师们所掌握的知识体系和教学技能也是完全不同的。在这样的前提之下，即使硬着头皮顶上去了，结果也必然会是事倍功半。

所以，谈到人才的匮乏，胡教授用了一个词："杯水车薪"。

而我听完这些基本情况的介绍之后，想到的一个词是："任重道远"。如果真正想关心帮助中国孤独症这一群体，真不是靠一时的热情和每年几次的间断性关注就能做到的，需要从打基础开始做起。

5. 孤独症孩子的家庭，至关重要

2007年，胡教授到美国堪萨斯大学教育学院特殊教育系攻读博士，也是在那个时候，她开始了对孤独症的研究。最初，胡教授是专门研究发展型障碍的，孤独症孩子、智障孩子，都属于发展型障碍，而相对来说，孤独症孩子又比较特殊。

在美国期间，胡教授主要做的，是对孤独症孩子的家长进行培训。

"孤独症孩子的家长所起的作用，太重要了，甚至可以说，如果家长做好了，其作用是大过专业人员的。"胡教授这样说道。

胡教授给我看了一篇她发表在专业杂志上的学术文章，文章中谈道：

对于人类每一个个体而言，无论是否残疾，当他（她）降生到这个世界的时候，就生活在一定的家庭环境中，最早也是最为关键的影响，就是其所接受的家庭教育。对于孤独症儿童而言，其家庭教育既包括家长对儿女进行的教育，也包括家庭成员自身对孤独症子女的应对、调适，以增加家庭的内聚力量，发挥家庭的整体功能。由于孤独症儿童需要进行密集且持续的教育训练，而我国目前的早期干预系统仍不健全，学校教育资源仍较为匮乏，孤独症儿童的家庭教育因此承担了更为重大的责任。随着《特殊教育提升计划（2014—2016年）》在全国的推广实施，以及社会大众对孤独症儿童的认识日益增多，其家庭教育的困境也日渐凸显。目前，我国孤独症儿童家庭教育正面临着教育资源不足、家庭教育的价值取向偏离，以及家庭教育保障缺失等困境，家庭教育在孤独症儿童的教育中并没有发挥应有的作用。这些困境既体现了教育领域中普遍存在的一些问题，也在一定程度上折射出我国快速发展的孤独症教育、康复和服务行业中所面临的一些问题。

而困境的主要表现，则体现在：孤独症儿童家庭教育意识较弱，呈彻底放弃或过度重视两个极端。孤独症儿童家庭教育的执行能力不够。孤独症儿童家庭教育条件非常有限。家庭内部的调试力和应对力不足。家庭外部的支持体系尚未建立。由家长实施教育干预的实践经验缺乏。

而应对孤独症孩子家庭教育困境的主要方法则是：完善社会资源的筹集渠道。丰富孤独症家庭教育研究的循证实践。健全社区支持服务功能机制。

文章很长，总之说明了一个问题，孤独症儿童的家庭教育对孤独症儿童的发展有着不可替代的重要意义。而孤独症孩子的家庭教育，则需要整个社会进行支撑。

尤其目前国内的现状，孤独症儿童的家庭首先要承担很重的经济负担，还要克服面对社会歧视这一心理难关，还有对孩子未来，及整个家庭的未来的忧虑。这些真实具体的压力，都落到了孤独症儿童的父母身上。在这重重压力之下，很多父母虽然很明白自己对孩子的重要性，也很想更多地为孩子做一些事情，但的确是已经力不从心。

也正如胡教授所说的那样，孤独症康复，不是一个简单的教育问题或者一个医学问题，这是一个复杂的社会问题，想要解决它，需要全社会共同努力。

6. 目前，这是一个无解的难题

针对现在国内有些机构和一些人，宣称自己有某种治疗方式，可以治愈孤独症，胡教授说，就目前而言，这是不可能的。有些药物也许会缓解孩子的癫痫症状，或者缓解其他的抑郁、情绪等问题，但是对孤独症的核心症状是没有医治效果的。因为说到底，孤独症是脑部发育的问题，属于神经问题，大脑就是这么形成的，这不是药物能够改变的。

而目前人类对脑科学的研究还是非常有局限性的，我们对自己的大脑其实是不了解的，或者说了解得还很肤浅。所以暂时也就没有办法找出孤独症的成因，也就更没有办法像很多家长所渴望的那样，能够通过一些药物或者治疗手段来解决这个问题。现在已知的最有效的针对孤独症的方式，还是要依靠教育。通过教育，来实现一定的行为方面、情绪方面的改变。

对于孤独症，医学聚焦于诊断和治疗，医学治疗又包括药物研究、基因研究、脑部研究。学校中的研究者们则聚焦于专业教师的培养和课堂中的教学。还有社会保障、就业、福利、医保，这些公共政策的建立。其他的，还有康复角度，包括：作业治疗、物理治疗、言语治疗、行为矫正。

所以，其实是需要多学科、多专业的人员共同为了这些孤独症孩子来努力，这样才能促成他们实现改变。

7. 我们的行为，能够改写他们的命运

最后，用一段胡教授自己的研究报告，作为这一章节的结尾。这篇报告也特别能反映出胡教授对孤独症孩子的态度："他们最需要的是帮助，来自于我们的帮助，能够改写他们的命运。"

> 文琪是一名五岁的自闭症儿童，他很少与父母、老师和同伴有眼神接触，也不会主动跟同学和老师打招呼，老师要求文琪做事情时，文琪大多时候也不会回应。课间休息时间，文琪从不跟同学一起玩游戏，有时老师会让文琪加入游戏，但每次轮到其他同学玩时，文琪总会把玩具抢过来；有同学过来跟文琪聊天时，文琪总是反反复复说同一个话题。文琪喜欢旋转身体，也喜欢旋转的物品如钟表。他还喜欢用手摆弄树叶，一到操场他就会到树下捡树叶，然后用拇指和食指转动树叶，老师让文琪把树叶扔掉时，文琪就会跑开并大声喊"下次叫老师不要扔掉树叶，下次叫老师不要扔掉树叶"。文琪的感知觉有些异常，当外面的声音很大时，他会感到很焦虑，甚至会做出打自己的头、咬胳膊等自伤行为。
>
> 自闭症，又称孤独症，是一种广泛性发展障碍，表现为社会交往和沟通障碍以及狭窄兴趣和特征各异的刻板行为。2014年美国疾病控制和预防中心数据显示自闭症者的出现率为1/68，同年10月我国首部全面介绍自闭症的行业报告《中国自闭症儿童发展状况报

告》数据显示我国自闭症者可能超过1 000万，其中0—14岁群体可能超过200万。自闭症已成为当今世界最为普遍和高发的发展性障碍，并远远超过癌症、糖尿病以及艾滋病儿童的总和。

轻度自闭症者能发起与他人的对话，但可能会由于反复说同一个话题等原因而导致无法维持对话；在交往过程中很难理解他人的面部表情、手势和肢体动作等所表达的含义，比如在对话过程中同伴不时地看表，自闭症者很可能不知道这代表着同伴对这个话题不感兴趣了。中度自闭症者很难对他人的情绪情感"感同身受"，在对话中不会与他人有眼神接触，或无法理解和使用面部表情、手势、肢体动作，大多时候很难结交朋友建立友谊。重度自闭症者则表现为明显对他人没兴趣，几乎完全没有社会交往，无法使用面部表情、手势和肢体动作，似乎完全沉浸于自己的世界。

自闭症者为什么会出现这些特点？是他（她）真的不愿意与外界沟通吗？还是受困于自身的限制？

目前对于自闭症者上述特点主要有三大理论解释，心理理论、执行功能障碍和弱中央统合理论。从心理理论而言，自闭症者很难通过其他人的面部表情、手势、身体语言及语气、语调等信息理解和预测他人的想法及行为。执行功能理论认为当进入社会交往场景或新环境时，自闭症者可能无法较好地控制自己的情绪，或坚持自己喜欢的特异社交仪式，如自闭症者进入新环境时很容易产生焦虑或恐惧的情绪或见到新朋友时一定要摸摸新朋友的头。弱中央统合理论认为，自闭症者过分关注事物的部分或细节，无法将局部信息构建成一个有意义的整体，如只关注于对话中的"只言片语"，不能理解深层次的含义，从而无法建立社交联系或发展社交关系。

实际上自闭症者受困于自身的限制，他（她）想与外界沟通但找不到适当的方式，甚至有时候他（她）会通过问题行为、自伤行为等方式表达沟通意愿。自闭症者非常愿意和我们沟通，只是不知道怎么沟通而已。

自闭症者的社会交往和沟通障碍并非是不可改变的，需要基于自闭症者的特点、需要和优势选择相应的教学方法。目前自闭症者社会交往和沟通障碍的教育方法很多，针对轻度自闭症者的方法有关键反应训练、地板时光、语言行为、视频示范、同伴介入法、社会故事等，针对重度自闭症者的方法有图片交换沟通系统等扩大和替代沟通系统、功能性沟通训练、视觉提示等。选择哪种教学方法，主要还是要看自闭症者的学习特点、教育需求，还有家庭现有的资源条件等等。未来，综合性的教学方法，即根据自闭症者个体需求的、系统的、有阶段性的多种教学方法的统合使用，将是发展的主要趋势。

自闭症者有其独特的思考和行为模式，他们的社会交往和沟通方式可能会有点"特别"，请多一些理解和尊重！

【采访手记之二十四】

在对胡晓毅教授的采访结束后，我写下了这样一句话："在我们还完全没有做好准备的时候，命运就给了我们一个巨大的难题。"既然是难题，它就不会自己消失，只能我们去解决它。正如胡教授所说："要想帮助这些孤独症孩子，我们应该有一根完整的行动链条，可现在链条还没有形成。"所以，一起努力吧，从现在开始。

一位父亲的悲剧

【采访手记之二十五】

2016年1月4日,新年伊始,元旦假期的喜庆气氛还没有散去,一件惨案就震惊了世人:一位父亲,亲手勒死了五岁的亲生儿子,因为这个孩子被诊断患有孤独症。因为他已经看不到人生的希望……

1. 新闻回放

男子千里返乡勒死五岁自闭症儿子 被抓时号啕大哭

五岁的灵灵(化名)再也不能琢磨这个他弄不懂的世界了——这个被诊断为患有自闭症的孩子,4日清晨,被亲生父亲勒死在他的老家——赤壁神山镇的荒山里。

在警方12小时努力后,此案告破,目前,犯罪嫌疑人刘某已被刑拘。

"我带孩子回家办残疾证"

刘某是赤壁神山镇人,居住在广西玉林,老婆李某是当地人,有一个五岁多的儿子灵灵和一个四个月大的女儿。

灵灵三岁时被诊断为自闭症,他活在自己的世界里,别人说一句,他就跟着说一句。

1月3日，刘某带着灵灵坐上了返回赤壁的火车，他对老婆说："我带孩子去办残疾证。"

"孩子到死没说一句话"

4日早上6点多，刘某和儿子抵达赤壁。下车后，两人马不停蹄，奔赴神山。

刘某在等车的间隙，买了一把铁锹。

8点多，刘某带儿子走过了老家的房子，直接去了屋后的后山。

"我就用我的手勒他，几分钟后，他眼睛就闭上了。"在落网后，刘某大哭了十多分钟，他说，儿子一句话也没有说。

刘某在山上挖了坑，掩埋了孩子小小的尸体。在坟头上，他放了一根粗树枝作为记号。

"真的，我把儿子杀了"

刘某没有回老家，他当天直接去了火车站，在招待所住了一晚，6日，他返回了玉林。

"儿子去哪了？"老婆问。刘某说："我把他杀了。"

李某完全不能相信，直到9日，孩子还是没有踪影，打电话问赤壁老家，也说孩子没有回来过。

李某越想越害怕，10日，她对刘某声称要回娘家后，悄悄来到了赤壁。

在这里，她再一次确认，孩子真的没有出现过。李某濒临崩溃，选择报警：我的儿子失踪了，请找找他！

"不要问了，我跟你们走"

赤壁警方初步调查后，分析灵灵确实有可能已被害。12日中午，刘某被警方传唤至广西玉林市玉州分局。

警察出现在刘某眼前时，他没有任何反抗："你们不用问了，我知道为什么，我跟你们走。"

一开始，刘某一言不发，在民警的劝导下，刘某突然号啕大哭，十多分钟后，他归于平静，交代所有作案过程。

"伢有自闭症，每个月都要花不少钱，我们真是负担不起……"刘某说，为了给孩子看病，他打着两份工，非常辛苦，夫妻俩也经常为儿子吵架。

目前，刘某已被刑事拘留；得知真相的李某每天以泪洗面；灵灵的尸体被送到了赤壁市殡仪馆。

此案在进一步审理中。

(2016-01-14 18:47:41 来源：《楚天都市报·看楚天》记者 周鹏 通讯员 兰燕 邓醒凡 《楚天都市报》新媒体部编辑 张屏)

2. 爸爸、妈妈、女儿，无一不悲伤

父亲、儿子、亲生、亲手、勒死、五岁……这里面的每一个关键词，都刺痛着人们的神经。凶手不爱这个儿子吗？肯定不是，在向警方讲述作案经过的时候，他崩溃地大哭了十多分钟。

因为他也痛彻心扉，所以就可以被原谅吗？当然不能，作为一位父亲，既然给了孩子生命，就应该负起这个责任，不管命运交托给你的是怎样一副重担，都没有逃避和放弃的资格。因为你是父亲！

可是，因为一位父亲做出了最懦弱的选择，就不值得被同情吗？一个孤独症孩子的家长，尤其是一位家境贫寒的家长，他承受着多少常人难以想象的重压，这，恐怕只有那些同他有相同经历的人，才能明白。

另一篇新闻报道中记述了更多的细节：

接受训练两年，孩子没有丁点进步

在刘成眼里，儿子灵灵三岁以前和普通孩子没有区别，三岁后他发现孩子话越来越少，要不然就总是重复别人说的话，带去医院检查，被诊断为自闭症。

那时的刘成，心里还存有希望，他认为只要努力，孩子总有一天能好转。他们把灵灵送去当地医院做康复训练，每个月的训练费大概两三千，而李雪没有工作，于是他打起了两份工，其中一份是在烧腊店剁骨头。

刘成老家在赤壁神山镇，家里有九口人，母亲有癫痫，父亲身体也不算好，他和李雪是在广州打工时认识的，结婚后，夫妻俩一直独自在玉林带着孩子生活。

然而一天天过去，灵灵并没有出现一丁点好转的迹象，这段时间里刘成曾跟李雪提起"把孩子杀了"，李雪当他是在开玩笑，笑闹着就过了。

杀掉哥哥，替小女儿的未来减轻负担

出于想要一个健康孩子的愿望，刘成和老婆在2015年生下了小女儿。此时，已经五岁的灵灵，还跟三岁刚诊断时没有任何区别，依旧只会别人说一句，他学一句，长年在高强度工作下赚钱养家的刘成终于感到了绝望，他说那段日子里自己每天都在烧腊店剁骨头，不停地剁。

他开始忍受不了金钱和精神带来的双重压力，看着四个月的女儿，再看看灵灵，刘成不禁想着，"杀了他，也是在替女儿的未来减轻负担"。

很显然，刘成是想要解脱，想要给女儿稍微好一点的生活与未来。可是，他这样做了之后，真的就能解脱吗？女儿未来的人生真的就会更好吗？爸爸亲手勒死了哥哥，等她长大后如果知道了这件事，再万一听到，当年父亲这样做的目的之一，竟然是为了让她能生活得更好。那么这个女孩内心中的阴影恐怕会伴随她一生一世。

在这场悲剧中，可能最平静的，就是灵灵了。曾经，他无论如何也走不进这个世界；现在，他又悄无声息地离开了这个世界。全不知，自己的离去，给亲人留下了终生的痛苦，给世界惊出了巨大的波澜。

3. "你，也有过这样的想法吗？"

这条新闻在网易发出后，仅一天时间，网友的跟帖就达到了3 600多条，而其中最让人不敢触及的，是一个反复出现的问题："你，有过这样的想法吗？"

对于孤独症孩子的家长们来说，这个问题，无疑是非常残酷的，但仍旧有很多人忍痛给出了答案，而这些答案同样是触目惊心！

> 我也是自闭症儿童的父亲，非常理解他的行为，我也有过和他一样的想法！但我下不了这样的手！经过努力干预，孩子一天比一天有进步！祝愿所有谱系的孩子们都快乐健康成长！

> 孩子是无辜的，父母不应该以各种借口来逃避责任，我也是星妈，但是不管孩子有多差，他都是我们的心头肉，这位爸爸太狠了，这样的人坚决不能原谅！为这个孩子感到心痛。

> 不可原谅，虎毒还不食子，自闭症怎么了？自闭症也有好的一

面，虽然我也打骂孩子，但我还是希望他能陪我到老，只有他对我是最真诚的。

我也有这样的孩子，我对文中这对父母的绝望和处境感同身受。也有过和他们一样的想法。但绝不是现在，不会在没有努力前就给孩子判死刑。谁都不想生来就这样，谁也不想以这样的方式存活于世界。对于孩子，我们愧疚。是我们把他们带到世界上的，所以要为他们负责。只要我活着一天，就有孩子快乐幸福的一天。让他比普通孩子享受的爱还要多。等我不行的那一天，尽量给他安排一个好的结局。实在不行，我会选择带他一起走。不想在我死后孩子受人凌辱、遭罪。但绝不会像这位父亲这样，在孩子这么小就以这样的方式结束他的生命。其实说到底还是大人不能承受这样的压力。

我能原谅，但我知道法律不能。他内心的痛苦我完全可以理解，一个人内心的绝望和无助，得有多痛苦才能将死亡看作是解脱，亲手杀死自己的孩子，内心一定比自杀更复杂更痛苦！人的行为都是趋利避害的，在他动手的那一刻，不管合不合理至少他个人认为这个选择是相对正确的。生活上的长期高压，对未来的恐惧，在这种无法承担的无助与绝望中，有可能就会行使自己认为的最后的自主权，来结束这一切。事实上，现在他一定非常后悔，而法律上也一定要承担起后果，为行为负责。孩子是最无辜的，即使是将他带到这个世界的父母，也没有权利剥夺他的生命。但作为社会，没有一个健全的支持保障系统，才是真正的悲剧。

如果我们国家能够像欧美等发达国家那样，给予谱系孩子足够的保障，相信当父母的再痛苦也不至于把孩子杀了。

我觉得值得原谅，我也是一个自闭症孩子的妈妈，我也爱她也恨她，她是我的女儿，恨她毁了我的一生，曾经无数次准备好带她离开这个世界，却一次次下不了手，只有号啕大哭后才能好过一点。带她上了两年的康复训练了，进步寥寥无几，每月3 000多的学费，还要在外租房，这个家已经毁了，每天还要面对社会的歧视，当然也有好人会有爱心，但是也会有大部分人对孩子另眼相看，甚至厌恶。面对高额的费用和歧视的眼光，我们这样一群人该怎么走下去？我真的很理解这位父亲，只不过你真狠，现在已经崩溃了吧，我猜你现在并不想要别人原谅吧，或许你更想去陪孩子吧，孩子一个人走太孤独了，他会害怕的。社会？能做到什么？会帮助我们吗？政策离我们太远了……

这是家庭的悲哀，更是社会的悲哀！法律上讲肯定是有罪，他自己何尝不痛苦！作为媒体，不应只是谴责、怜悯，更应该深度剖析：他为何走此绝路？社会支持在哪里？关于自闭症还有太长的路要走！

不是所有人能体会、能理解家有一个自闭儿的巨大压力，尤其是在看不到一丝希望的情况下，这需要强大的内心和强有力的外界帮助支撑，自闭儿被父母遗弃杀害的案例在我国并不少见，这是国家和人类社会的悲哀！

都有这种想法，很多个这样的家庭，只不过他做了，希望能得到原谅，愿孩子是天国最快乐的那个！

特别理解这位父亲。我也曾想过带孩子一起撞车、放煤气等极端做法结束这一切。老公说干脆卖掉房子，拿着钱周游世界，然后找一个美丽的海边一起结束。即便儿子是"高功能"，依然没有正常情感，看到人家的孩子跟父母、小朋友玩得那么欢，我也是羡慕。但是抱怨有用吗？只要不想一死了之，就好好地活着！死了不亏得慌吗？死了就没有任何希望，我还想留着这条命享受幸福生活呢！自闭症孩子到咱们老了不也是个伴儿吗？

在办公室哭得稀里哗啦！深深地理解这位父亲的无奈。但是换我，肯定不走到自己最后一口气，不会做这样的选择！我们的社会保障能给予我们孩子的实在是太少了。少到我们一点安全感都没有！目前生活的压力，孩子未来怎么办，是压在我们每个家长心里的大山！永远去除不掉！呼吁尽快加大、完善对自闭症孩子的补助政策！！！

看到这条新闻很难过，自闭症其实是判给家长的，不是判给孩子的。家长们的心理调节比到处寻医问药做训练重要得多，最重要的不是能不能说话、上学，是一家人能不能正常生活。总觉得这种悲剧不是单方面自闭症的问题，如果一个人的生存有多个空间，不会太容易崩溃掉。

我觉得他的做法可以原谅，这是一个无奈的父亲，有这样一个孩子，没有相应的制度保障，对全家的压力不仅仅是物质，还有精神上的，人就像气球，压力太大了总会爆炸，最后的结果无非就是遗弃、杀子或者自杀，别无他路。我们的社会相应的保障体系在哪里？自闭孩子经过有效训练，很多都可以通过做简单重复工作来谋生，尤其是当下，其实对比如环卫工之类岗位需求这么大，自闭孩子完全可以承担这一角色。现在别说缺乏这样的保障，连去医院看自闭症，进行评估的费用医保都是不给报的……

不原谅他的做法，但是同情他。我的孩子也是自闭症，但是我从没想过死，这是命，我们要善待自己及十月怀胎所生下的孩子，即使他带给我们很多烦恼与痛苦，但是看着孩子睡熟的模样，又很心疼。如果国家能在康复机构的补助上帮自闭症儿童家庭减轻点经济负担的话，可能会好一点，因为很多家庭都会为孩子及自身经济烦恼，只是作为家长的，只能尽力去干预，或许明天孩子就比今天进步多了呢？既来之即安之。

作为一名自闭症老师，非常能够理解这位爸爸，试想如果这位爸爸是带着孩子一起去死，舆论的导向是不是又不一样了。大部分说话的动机都是从弱势群体出发，其实活下来的人应该更痛苦吧！如果真的不爱这个孩子，一天的训练都不会给他做，他的爸爸该是在多么绝望的心情下，才选择用这种方法让孩子解脱。

这个父亲的行为绝对不能原谅。孩子是无辜的，我儿子也是自闭症，但是我们都积极面对，一起康复训练，虽然比常人付出努力要多很多，但是孩子一天天进步让我感到欣慰，看描述，孩子能力并不差，他为了二胎，心里完全放弃了这个孩子，都是生命，有什么理由歧视？

我女儿也是自闭症，当我看到新闻没有愤怒，因为我太能体会灵爸的痛，这种痛苦普通的父母是没办法体会的，有时自己撑不住了真想离开这个世界，转头看看女儿那纯洁干净的眼睛，又没了勇气。这样的孩子真的太可怜了，我要保护她一辈子，没有资格死，大多星妈的愿望就是能比孩子多活一天，真的是这样，灵灵走了最痛苦的是他爸爸，他现在的痛谁能体会。他的做法虽然有点极端，但希望法院可以轻判，也希望政府给这些孩子更好的保障，大家给这些孩子更多的关爱而不是歧视。

只有有这样孩子的家庭才能体会其中的滋味，不光是外在的压力，更多的是内心的压力……有了第二个宝宝是好事，但不要给这个孩子往身上压担子，这不是他的责任。自闭症的孩子父母带着就好，不要给别人增加负担。因为我儿子也是自闭症。

以压力为借口来逃避自己该担负的责任和义务！这位父亲自身的心理是病态的！这事件警示我们这些孩子的家长，不能一味地把精力都放在孩子的康复上，家长们的心理健康也是很重要的！我们自己才是孩子在这个世界上存活下去的基础和保障！

4. 能坚持下去的父母都是英雄

做出这些回答的，基本都是匿名的网友。但与其他那些网络上的匿名声音不同，这些回复，是不用怀疑他们的动机和目的，也不用怀疑其真实性。因为只有真正的孤独症孩子的家长和康复教师才能说出这样的话，表达出这样的感受。毕竟，目前在我们的国家里，孤独症群体还很少受到关注，能够真正了解他们的艰难、懂得他们的痛楚的，只有陪伴着这些孩子的家长和老师。

这20条留言，绝大多数都直接表明"自己也是孤独症孩子的家长"。

数万条网友留言中的20条，基本就是一片由眼泪汇成的大海中的一朵小浪花。而这数万条留言对比起目前中国200万孤独症孩子这个庞大的群体，又只不过是一片更大的眼泪汇成的海中的一朵浪花。

因为灵灵，我们终于有机会见到了孤独症这片悲伤的海，听到了一些海浪的呜咽声。

现在，灵灵走了。可还有很多孤独症家庭在坚守。留言中那一行行文字直入眼底，让人忍不住流泪，又直击心头，让人心痛。"我儿子是自闭症"，"我女儿是自闭症"，"我也是星妈"，"我也想过放弃，但我坚持住了"……

这些父母都是英雄，因为他们"坚持住了"。他们不仅给予了自己的孩子继续生存下去的权利，他们还像是一块块坚硬的石头，用自己的人生和顽强的意志，为孤独症群体铺出了一条融入正常社会生活的路。

从围绕这个案件发出的众多声音中可以看出，不论是孤独症家长、康复教师，还是关心这一群体的爱心人士、专家学者，也不论是对灵灵爸爸报以理解同情的人，还是表示对他这种行为绝不原谅的人，有一点都是共同的，他们都能理解灵灵爸爸心中的"绝望"。

而"绝望"，可能也是每一个孤独症家庭都曾经有过的，或者正在经历着的真实历程。

绝望肯定是来自于压力，目前孤独症家庭所面临的压力，主要体现在以下这几个方面：

第一是经济压力。现在，如果家庭中有一个孩子被确诊为孤独症，那么就意味着，这个家庭将承担每年高额的治疗费用和训练费用，并且，这些费用的支出会长达数年。而且，大部分孤独症孩子的爷爷奶奶或者姥姥姥爷由于各种原因没有办法帮助照顾他们，就必须由父母中的一方放弃工作，专职照顾陪伴孩子，整个家庭的收入必然会相应减少。所以，对于很多工薪家庭来说，一旦孩子被确诊就意味着，家庭生活水准直线降低。因病致贫，已经成为他们未来生活中会出现的一种必然结果。采访过程中我了解到，在一些大城市，有的孩子一年的康复费用已经超过十万元。而即使在一些经济并不发达的地方，一年仅交给康复机构的正常学费就达三万到四万元。这还不包括很多家长为了带孩子康复，专门到有康复机构的城市租房费用，常年奔波在外的成本。

可以说，爱孩子，是每一位父母的天性，在条件允许的情况下，即使只留给父母一线喘息之机，他们都不会放弃自己的孩子。但是，现实是残酷的，孤独症家庭所承受的生活重压，的确是太沉重了。

第二是精神压力。孤独症孩子的父母所承受的精神压力是很重的。每一对夫妻在迎来一个新生命诞生的时候，都是幸福的，喜悦的，对未来充满了憧憬，对这个弱小却美丽如天使般的婴儿也充满了爱与幻想。在父母的眼中，这个孩子的身上一定是聚集了全世界的阳光。可很快，一纸冰冷的诊断书，就毫不留情地把爸爸妈妈从天堂推入了地狱。

有一种形容："那张诊断书是给孩子的，可同时，它也是给家长的一张宣判书。从此后，家长的一生都如同承受刑罚。"这话虽然有些偏激，但也能从一个方面反映出，作为孤独症孩子的家长，他们精神上所承受的巨大痛苦。他们的人生轨迹也将被改变，自己的很多人生理想，都将永远成为梦想，再也没有机会去实现。

此外，家长还要承担对孩子的愧疚。我采访过的很多父母，他们都提到一个相同的细节，在孩子被确诊为孤独症的初期，不论是爸爸还是妈妈，都会反反复复地回忆，从怀孕到孩子出生、度过婴儿期的每一个细节，想找到，自己究竟是在哪一个环节犯了错误。因为孩子的生命是父母赋予他的，所以没能让孩子健健康康地来到这个世界，父母们永远都会心怀愧疚。

而且，大多数家长因为受经济条件或其他因素制约，不能给孩子最好的治疗。所以，很多家长又会沉浸到另一种幻想和自责之中："如果我能带他去北京，如果我能带他怎样怎样，如果我做得再多一些、做得更好一些，也许，他的康复情况会比现在要好很多。"这种期望与后悔交织在一起，反反复复折磨着父母的心。

除了这些精神上的负荷，最主要的，还有对孩子未来的忧虑与迷茫。"万一，我们走在他前面，剩下他一个人，可怎么办啊？"这句话，每一个孤独症孩子的家长都说过，也反复想过，可还没有人能找出答案。"有生之年，我们还能彼此陪伴，可一旦有一天，死亡把我们分开了，你让父母怎能安心离去？"

在人生路上，驱动任何人朝前走的动力，都是希望。唯有孤独症孩子的父母，至少现在，还看不到一个能让他们稍感安慰的未来。

第三是心理压力。因为前面提到的种种原因，导致孤独症孩子的父母始终生活在极度的无助之中。同时，他们还要承受世俗的偏见、他人异样的目光、社会上本不该存在的种种歧视……这些都像是一把又一把的盐，不断撒在孤独症家庭本已鲜血淋漓的伤口上，让他们痛上加痛，伤上加伤，永远也感受不到伤口愈合的希望。

【采访手记之二十六】

每一个生命都是庄严的，都应该获得尊重，都有充满尊严地在这个社会上生存、生活的权利。写了这么多，不是想替谁辩解，也不是想指责谁。只是想说，孤独症群体和他们的家庭，的确承受着很多痛苦与困难。这些痛苦和困难靠他们自己的力量无论如何也无法解决，需要全社会和我们每一个人都共同努力，才能让这样的悲剧不再重演。

星星义卖——央视中最美的身影

【采访手记之二十七】

在关注孤独症孩子这个群体，并且真正为这个群体做过了一些事情之后，她们却说："在经历完这个过程之后，我们自己收获到的更多。"

1. 我们必须要履行作为媒体人的社会责任

在夏天最热的时候，为了能够尽可能拓展这本书的素材来源的广度和多样性，我在所有因为工作关系而加入的微信群里发布了一条求助信息，大意是："正在创作一本关于孤独症孩子的书，谁有这方面的采访资源，请支持援助。多谢！"

熊江萍就是看到这条消息之后，找到的我：

"冰姐，中午下班后电话（找）我，我有同事做过这方面的报道。"

电话中，这个在北京读了大学又在央视工作了很多年，普通话已经标准到几乎听不出任何乡音的福建女孩告诉我，2015年全国助残日的时候，央视新闻中心曾经策划了一期以关注"星星的孩子"为主题的公益节目，而当时作为央视新媒体中心的员工，江萍也配合了这次工作。现在她已经帮我联系了那次公益节目的制作人，我可以直接给她打电话，她会给我介绍一些孤独症康复机构的负责人认识。

"不用谢，大家都是为了公益吗，做过那次节目之后，我也特别希望能有更多人关注这些孩子。他们太需要帮助了。"江萍这样说道。

而当我联络上她的同事闫敏,也就是这次节目制作团队的负责人,她也对我说了几乎同样的话。

闫敏不仅给了我一份可以采访,而且她认为很应该去采访的人员名单和电话,还详细向我介绍了每个人的经历、目前具体所从事的与孤独症有关的工作内容,还有他们从事这项工作的原因——那个时候我已经知道了,几乎每一个人都是因为一段特殊的经历或者一个特殊的理由,才会关注到这个群体,直到真正走进这些孩子们的生活。

这种热情,已经不是简单的"给朋友的朋友帮忙"的范畴了,所以我当然会反复道谢,结果闫敏也说了和江萍几乎差不多的话:

"不用谢,做完那次节目之后,只要听到有人说愿意为这些孩子做点事儿,我们都会特别高兴,也特别希望能帮上忙。"

时间飞逝,一转眼,大半年就过去了,北京进入了一年中最冷的时候。在围绕这本书采访、写作的过程中,我始终在想一个问题:"如何给读者希望?"

揭示苦难和伤疤永远不是文学的终极目的,最终的目的,还是要告诉读者,"我们有希望"。

那么,现在,对于这些孤独症孩子和他们的家庭来说,哪些才是能够看得见、摸得着的希望?

这个时候,我又想起了央视,想起了闫敏和江萍她们。想起了在采访一位家长的时候,那位年轻的妈妈在临分别时对我说:"可惜你是写书的,你要是中央电视台的多好啊,要是能上了新闻联播,看到这件事的人就多了,对孩子的关注也就多了。"

就这样,我下定了决心,去采访闫敏和她的团队,写出发生在她们和孤独症群体之间的故事。让家长们看到,央视也在做与这个群体相关的工作。未来,整个社会给予这些孩子们的关注和帮助一定会越来越多。

在开始接受我的采访之前，闫敏先问了我一个问题：

"是什么动力，让出版社决定做这样一本书？毕竟大家都明白，现在图书出版的市场有多严峻。"

我告诉她，出版社说，他们做这本书，是为了履行身为出版人的社会责任。同时也做好了准备，如果她觉得我这个答复比较空洞，我就告诉她，这个问题有人已经问过出版社了，他们的确是这样回答的，我是亲耳听到、亲眼看到的。

但没想到，闫敏忽然变得很严肃了：

"这一点，我们和出版社是一样的，我们也要履行作为媒体人的社会责任。"

我当时最直接的想法就是：这种感觉真好。一句很抽象的话，大家却都能理解，还因为对这句话共同的信仰，而生出了彼此间的信任。文学、出版、媒体，都是推动社会进步的力量，可最根本的推动力，还是每个人心中的——社会责任。

2. "星星义卖"引发了网友对孤独症群体的争议与关注

在央视新闻中心，有一个专门的公益栏目，每年都会在不同的时间节点，选择需要关注和帮助的人群、主题，进行相关报道。2015年，节目策划团队把目光投向了孤独症孩子这个群体。经过了两个多月的筹备，一次专门为孤独症群体制作的公益报道，于2015年5月15日，在中央电视台——这个目前中国最有影响力的传媒平台上，拉开了帷幕。

节目团队联合中国妇女发展基金会、中国精神残疾人及亲友协会、天天正能量公益基金共同推出了名为"星星义卖"的公益活动。这次活动的目的，就是通过在线拍卖孤独症孩子的艺术、手工作品，让公众了解孤独症和孤独症人群。而拍卖产生的所有收益都将用于资助孤独症患者的就业康复训练。

据闫敏介绍，在最初拟定的若干活动方案中，最终选择了"星星义卖"这个方案，就是因为在她们深入接触、了解了这个群体之后，最想做的一件事，就是希望能够让更多人从内心里真正接纳这些孩子，也让这些孩子能够真正融入社会之中，因为孤独症儿童和他们的家庭，面临的最大问题，就是当这些孩子长大之后该如何生存。

通过义卖孩子们亲手制作的工艺品这种方式，一方面可以让公众通过参与义卖，了解艺术品背后的孩子们的故事，增加对这个特殊人群的认知，带来更多理解，进而消除歧视。另一方面，也能鼓励孤独症孩子做一些力所能及的工作，更深地融入社会，拥有更自立的人生。

"星星义卖"活动，得到了全国几百个孤独症家庭和多家公益机构的支持，收集到上万件义卖作品，其中包括孤独症孩子的画作及复制画、孩子们制作的果冻蜡、饼干，以及印有孩子画作的明信片、帆布包、行李箱贴等。

当所有前期准备都进行完之后，央视开始利用自己的传播渠道，展开密集的宣传推广。5月17日，《新闻联播》《朝闻天下》等节目播出了多个孤独症孩子的感人故事。这些故事，都是由记者亲赴各地采访录制的，真人、真事、真实的情感，现实的困境，通过电视屏幕，一一展现在观众面前。

同时，从5月15日起，节目组开始在央视新闻新媒体进行相关内容投放。投放的主要内容包括孤独症患者故事、"星星义卖"活动进展等。"星星义卖"这个话题一经在微博上推出，24小时，阅读量就超过了2 000万，很多网友在微博下面跟帖留言各抒己见。虽然大家的观点并不是完全一致，但有一点可以肯定：这个话题和孤独症孩子这个群体成功地在网友中引起了关注。

统计数字显示：一周时间，"星星义卖"共接受订单671个，成交金额共计45 826元。诚然，这个订单数和成交金额都不能算多，但它们却证明了，孤独症孩子也可以融入我们的社会生活之中，他们缺的只是一个平台、一条路径。我们要做的，就是帮助他们搭建平台，建桥、铺路。同时，这次活动还让很多网友了解了孤独症，也了解了这些星星的孩子。

正如节目策划之初，闫敏她们所期望的那样：让孩子们的这些工艺品就像一颗颗小星星，点燃人们心中的爱，再让他们把爱传递给更多人，照亮更多的星星的孩子。

以下，是从"央视新闻"的官方微博上摘录的一部分关于"星星义卖"的微博内容，和微博下面网友的留言。

在逐一翻阅微博评论的时候，我注意到网友围绕这一话题发生了争论。几经考虑，我最终决定把这段争论也录入到书中。会有争论是因为仍旧存在误解，而我们的目的，就是最大限度去消除误解。孤独症孩子，既不需要过度的赞许，也不需要过度的同情，我们每一个人都能做到的、对他们最有益的事情，就是静下心来去了解、去聆听。

> 央视新闻
>
> #星星义卖#【来自"星星"的手工艺品】晶莹透彻的果冻蜡、环保时尚的纸浆画、造型各异的串珠、用豆子作的画……孤独症儿童往往有惊人的绘画和手工天赋，他们在康复中心制作工艺品，通过网络销售。孩子们既接触了社会也增强了自信。你喜欢这些作品吗？
>
> 2015-5-18 08:47

【评论】

傅博呀呀：做得真好，我们能够理解星星的孩子。他们需要的是来自社会的支持和关爱。

我是孤独的异类: 好漂亮。他们是星星的孩子！沉默的天使。也许他们天生不善言词，但他们用双手描绘着他们心中的小世界。

爱上宜昌: 给孩子尊严，致孩子美好未来。

央视新闻

【爱心"星星义卖"献爱心 请为"星星的孩子"转发！】不聋，却充耳不闻；不盲，却视而不见；不哑，却沉默寡言……他们犹如星星，一人一世界。@央视新闻 @中国妇女发展基金会 @天天正能量共同发起#星星义卖#公益活动，义卖品均出自孤独症孩子之手。有爱，不孤独。

（这条微博还通过配图的方式，对人们比较关注的孤独症的一些专业问题做了专门说明，说明文字将近两千字，此处略去。）

2015-5-18 19:07

【评论】

王锐涵Hami: 每个孩子都是天使，都应该被宠爱，孤独症从来都不是一种病，只是他们都有一个属于自己的世界。多一点关爱，让这些可爱的孩子不再孤独。

央视新闻

【康康: 治愈系小画家】十七岁的康康，三岁时被确诊为孤独症。但康康一直想用自己的语言和这个世界说说话，那就是绘画。康康的画里有爸爸的慈祥，有他眼中看到的斑斓世界。有人说，看到康康的画，觉得很美很温馨，所以大家叫他"治愈系画家"。你

被"治愈"了吗？关注#星星义卖#

【评论】

SoapBubBLeInNYC：很多这种病的孩子都在某方面极其有天赋。上帝给你关上了一扇门，一定会给你打开一扇窗。他的色彩运用让人感觉很和谐平静，线条简单却能勾勒出复杂的世界。

齐宇就是个神经病：艺术不是炒作，孤独症只是有些社交障碍罢了，跟画不画出好作品没有任何关系。既然说是画家，就得拿得出手。这家伙十七岁画七岁的东西还是画家？全中国有多少画家？别反驳我为什么他画的不像大师，因为他画的是儿童画。真正的大师都要由繁至简，由繁登堂入室方能在简登峰造极，这位跳过了中间最重要的步骤。荒唐！！

敲键盘的喵：回复@齐宇就是个神经病：看你的发言，就知道你不论是教育，还是艺术门类都是外行。自闭儿童不能和正常人那样进行有效无障碍沟通，通常无法在普通条件下学习。他的绘画，在你看是七岁儿童，更说明你的无知。画用色大胆，鲜艳生动，你，和你的孩子可以复制得出来，却创作不出来，这就是艺术。

康康妈妈：画画能带给他快乐就好！

东方雅本奇：看看这孩子的笑容，再看看这孩子的画，如果他是孤独症，那么全世界所有人都更是。人们总是习惯于把不同于一般群体的人，定义为伟人或是病人。如果有一种病叫阳光症，那么这个孩子得的就是这种病！

生活的如此多娇:康康一直想用自己的语言和这个世界说说话,那就是绘画。——那只是他在自己玩自己的,他内心的世界你怎么会懂。

大庆油田历史陈列馆:纯净美好的内心,抵御了一切杂念,治愈了别人,愉悦了自己,点赞!

深埋嗯:笑得这么开心怎么会孤独症呢?给大家带来温暖。

邻家丑姑娘:来自星星的孩子,用自己的方式证明着自己的存在。

爱娜开始:每一幅画都在歌唱善良与美好!

央视新闻
#星星义卖#【和他们一起关爱"星星的孩子"吧!】@黄绮珊 @汪正正 @李菁_lijing @白举纲 @关晓彤 @至上励合 @刘昊然turbo @林妙可 @李现同学等明星都参与星星义卖公益行动来啦!你还在等什么?关爱孤独症儿童,让这些星星的孩子有爱不孤独!

2015-5-19 08:45

【评论】
孙一航1997:我们不是傻小孩,我们只是跟你们的小孩不一样,不善于交流,但是我们想跟你们的小孩子一样,交个好朋友,我们之间没有隔阂,敬爱的爷爷奶奶、叔叔阿姨,哥哥姐姐、小弟弟、小妹妹,请不要歧视我们这个群体,因为我们是星星的孩子。

照女孩的小相机：儿子就是孤独症，三岁了不理人，不叫爸爸妈妈，唉……

阳光伊人爱Laure：他们和正常的孩子一样都有着可爱的笑脸和纯净的眼神，希望社会多关注他们，不要放弃他们！

央视新闻

【为"来自星星的孩子"转起来】由央视新闻、中国妇女发展基金会、天天正能量共同发起的#星星义卖#公益活动，已持续一个星期。截至23日零点，义卖订单671个，金额共计45 826元。义卖品均出自孤独症孩子之手，活动所得全部用于资助孤独症患者。

2015-5-23 19:35

【评论】

张有面儿：远房表舅的儿子就是自闭症，三岁以前聪明过人，下棋大人都下不过他，三岁那年毫无征兆患病。家里的钱都投入在病人身上。这也是我第一次听说这个病。上个月表舅积郁成疾，在自己的小区景观亭里因心梗骤然长逝，留下了这个比我还高一头却什么都干不了的儿子。真希望国家能出台相关救助关怀政策帮扶这样的群体。

3. "他们需要的不是同情，我们也不会贩卖痛苦"

闫敏，新闻中心策划部，副制片人；顾玉婷，新闻中心策划部；寇琳阳，新闻中心新媒体新闻部。

这三个女孩就是"星星义卖"公益活动的主创人员。她们都很年轻，秀外慧中，一看就是那种综合素养很高的年轻人。或者，引用闫敏的那句话：她们都具有媒体人的使命感和责任感。所以在接受采访的过程中，她们每个人从始至终都很认真，也都非常严谨。因为对她们来说，那次活动虽然已经结束了，但如果遇到能够帮助那些星星的孩子的事情，她们仍旧会非常真诚地去尽一份力。

"央视新闻公益行动"是一个年度项目，每年六一节期间会挑一个跟儿童有关的公益项目，重阳节期间挑一个同老人有关的公益项目。她们的口号就是："给生命的两端同等关爱"。这个栏目从建立到现在已经三年了，而且会一直坚持下去。2013年，她们推出了"通往春天的校车"；2014年，她们的目光又投向了"阿尔茨海默症"；同年，她们还关注了"打工子弟"这个群体；2015年，她们做的两个公益项目，一个是"守护明天"，是关于打击拐卖的公益行动，另一个就是"星星义卖"。

就是这样一个团队，一群年轻的媒体人，通过她们自己的方式去关注那些需要帮助的人群，完成自己的社会责任。她们利用自己媒体人独到的视角，去论证、筛选、前期调研、策划每一次公益活动。在每次活动中，她们想要实现的基本目的就是，要让更多的人去了解这一群体，明白他们究竟是怎么一回事儿，让大家知道该怎样去帮助她们。

2015年3月底，《焦点访谈》的记者来找她们，提出了"关注孤独症群体"这个公益项目，团队围绕这一群体开始了前期调研。

闫敏说，通过做公益的过程，能够提高对某一个群体的社会认知度，是非常重要的事情。现在我们国家仍有很多人根本就不知道孤独症，有的虽然听说过这个词，但是存在很多错误的认知或者误解。中国现在还存在大量的家长，根本就不知道自己的孩子有孤独症。只知道自己的孩子同别人不太一样，但这究竟是为什么？孩子究竟怎么了？他们并不清楚，也就不可能进一步获取一些正确的方法，去对待自己的孩子。所以亟待提高对这一群体的社会认知度。

但是提高社会认知度，需要一个长期的过程，不可能通过一次活动，就让所有人都认识了孤独症、了解了孤独症，这也正是媒体做公益活动需要持之以恒的原因。就像现在，她亲眼看到，通过她们的活动，又多了一些人知道并了解孤独症，但同时也发现，还有更多的人仍旧不知道。

寇琳阳说，她和我的感受相同。曾经也觉得自己对孤独症有一定的了解，可在调研过程中，真正深入进去，真正接触了很多孩子、家长和老师之后，才发现，孤独症和她曾经所以为的，完全不同。孤独症没有办法预知，也不能预防，孩子刚出生的时候，谁也看不出来。所以，可以说每一个孤独症孩子的确诊，对家长来说，都是晴天霹雳。也正因为如此，寇琳阳说，这个群体带给她最深的感触，就是孤独症孩子的家长的坚强。

所以，当她和家长在一起的时候，就特别想去帮助她们，但这并不是出于同情，因为他们太坚强了，让你根本就不会产生要去同情的想法，而是他们的坚强让人不由得就心生敬重。

也正因为如此，寇琳阳她们在一开始策划这个活动的时候就决定，不能让大家看过她们的节目和宣传之后，只是产生出"哎呀，他们好可怜"这一类的想法。

因为对于这个群体，尤其是对于那些坚强的家长们来说，同情和怜悯都是远远不够的，也是不尊重的。她们想要通过节目引起大众关注的，是对这些孩子的未来的思考：他们以后的生活怎么办？他们的就业怎么办？父母离世之后，他们怎么办？

所以，她们就把活动的焦点锁定在了"义卖"这种形式，希望为孤独症孩子找到一条就业的出路。

她们不想再去宣传这些孩子有多么惨，家长有多么崩溃。这些不是她们这次公益节目的目的，她们的目的，是找到一种能够真正帮助这些孩子的方式。

即使义卖中的钱也包含了大家"想要向他们表达爱心"的这种心意，但毕竟不是白给他们的，是通过孩子自己的劳动获得的。在寇琳阳看来，这是"星星义卖"最有意义的一点。当她听到很多下订单的人，都是说"这画真不错"，而不是说"这孩子真可怜"，这让她感到莫大的欣慰。因为她始终坚持的信念是："他们需要的不是同情，我们也不是为了吸引眼球而故意在贩卖痛苦。"

这次义卖，确实让人们看到这些星星的孩子身上的闪光之处，可这些也的确更多的只是代表了一个美好的愿景。现在的现实，仍旧是像闫敏所说的，社会认知度还太低。只有当社会认知度提高到一定的程度，才有可能进一步去帮助这些孩子构建他们的未来。

而我们必须面对一个现实，从闫敏所描述的"现在"，到琳阳所期待的"未来"，这两者之间还隔着相当长的一段距离。

4. 只有真正"了解"了，才能避免伤害

闫敏说，她采访过的康复机构团队，给了她特别强烈的冲击和震撼。因为组成团队的人，基本都是家长，他们几乎都经历过一个"陷入绝望"的过程，然后又硬生生地给自己锻造出了强大的内心，让自己接受了命运的这场安排。但他们并没有止步于此，他们又团结起来，开始通过自己的努力带给别人希望。他们在承受着常人难以想象的痛苦的同时，爆发出了常人难以想象的坚强与博爱。

寇琳阳说，在没做这期节目之前，她也知道有这样一群孩子存在，但是并没有真正了解过他们。比如说，她坐公交车，身后坐着一个孤独症孩子，那个孩子会突然就尖叫。那时，她不能理解，而且因为在距离自己这么近的地方，存在这种让她完全不能理解的行为，出于自我保护

的本能,她就会觉着害怕,想要躲避。这种受潜意识驱动而产生的行为,本身无可厚非,但她的行为落到家长的眼中,感受到的就是歧视和伤害。

社会上对孤独症孩子和他们的家人造成的伤害,往往就是由于这种不了解而产生的。

当寇琳阳真正接触了大量家长和孩子之后,她终于明白了这些孩子会出现不受控制的行为原因,也知道了,其实这没什么,只要平静对待就可以了。她也相信,从此后,不管在什么场合,遇到孤独症孩子做出一些超乎常理的行为,她都能够非常妥善地对待、处理。但是其他人呢?无数像曾经的寇琳阳一样的普通人,仍旧在无意中延续着对他们的伤害。所以,提高整个社会对孤独症的认知度,让所有人都能了解了他们,进而理解他们,才能实现以包容的态度对待他们。"了解"确实是改变这个群体命运的起点。

寇琳阳也坦言,最初去深入接触这个群体,的确是因为工作原因。但当她真正了解了这些孩子和他们的家长之后,她就没办法再把这些只当成纯粹的工作了,这成了她自己特别想要完成的一件事情,而且一定要把这件事情做好、做成功。

寇琳阳说,就她自己的感受而言,在她做过的所有公益项目中,"星星义卖"是最有意义的。因为孤独症孩子这个群体虽然面临着很多困境,但目前最需要解决的,就是大众对他们的误解和不了解。而央视确实具有很强大的传播能力和宣传作用。所以通过央视这个平台,经过这次活动,确实做到了让更多的人了解他们。

尤其是,这次活动并不是很单一地就做了一次对孤独症儿童群体的宣传,而是帮助他们建立起了自己对外宣传的途径,例如"线上义卖"这个平台,人们随时可以通过这个平台看到孩子们的作品,关注他们,了解他们。

"孤独症群体现在最迫切需要的就是社会的了解,所以我们对他们的宣传必须是长期的,反反复复地告诉人们孤独症是怎么回事,这个群体究竟是怎么回事。而不能是一年就两回,4月2日国际孤独症日来一次,5月17日助残日再来一次,这样不行,必须得长年累月坚持宣传。"这几个女孩子都这样强调。

关于如何帮助孤独症群体,除了坚持宣传,让人们了解他们之外,寇琳阳还给出了更具体的建议。例如,可以把宣传的地点选择在小学、中学、大学的校园里,请专家到校园里,向学生们讲授这方面的知识。

"小朋友们都是很单纯也很善良的。当他们理解了这些孩子之后,就不会再害怕他们,还会很主动地帮助他们。当孩子们理解了之后,还会带动起他们的家长,又可以影响一大批人。"

对于成年人能做哪些力所能及的小事,寇琳阳说,可以帮助那些家长和老师,多建立几个"喘息日"。因为孤独症孩子是不能离开人的,所以很多家长都是一天24小时,一周七天同孩子待在一起,家长的情绪和心情也会非常低落抑郁,所以有了"喘息日"这个词。找固定的时间,组织起几个人,一起照顾几个孩子,让孩子的家长休息一天,放松身心。同时,康复机构的老师也需要这种喘息日,所以那些有爱心,也愿意帮助他们的义工组织,可以考虑多在这些方面帮一帮家长和老师。

现在,活动已经结束很久了,可这几个女孩心里并没有放下那些孩子,她们都说,只要有机会,她们就会继续做能够帮助他们的事情。

5. 你愿意让你的孩子和孤独症孩子在同一个课堂里学习吗?

顾玉婷是"星星义卖"这次活动策划团队核心成员中最年轻的一个。她说,在这次活动过程中,让她最有感触,也最感动的,就是家长们。

"她们特别坚强,而且人也都特别好。"这句话,玉婷说了很多遍。

可能是因为她自己本身还是一个需要爸爸妈妈保护的小姑娘，所以这些家长的行为在她看来，不仅是坚强到超出了想象，她们的善良和友爱也是她以前没有想到的：

"这些家长已经承受这么大的压力了，她们本来是最应该得到帮助的人，可在你和她们接触的过程中，却随时都能感受到，她们在为你着想，在想着怎样帮助你。"

"这可能是因为她们已经遭遇到了非常沉重的打击，所以反倒更加能够明白抱团取暖的重要意义，也更加珍惜身边的每一点善意，也就特别能体谅别人的不容易。"闫敏这样形容。

几乎她们接触过的所有家长，都经历过这样一个思想转变过程：从最初不知道孩子有孤独症，到知道了，却不了解什么是孤独症，然后是不接受、绝望；再后来，走过绝望之后，才开始慢慢接受。等自己彻底接受了之后，再想办法帮助别人接受自己的孩子。

可以说，整个过程，每一步，都很难。

在前期调研阶段，她们也曾经专门采访过普通孩子的家长，这些家长也不乏爱心和善良，但她们的回答也非常实在：

"我也是妈妈，所以我能理解那些孤独症孩子妈妈的心情。我现在也明白了，随班就读，对这些孩子来说是最好的方式。可是，我确实不愿意让自己的孩子和他们一起上学。"

这个答案让人失望，但就像我们一直在强调要理解孤独症群体一样，这些普通孩子的家长同样也需要理解。正如家长反问闫敏她们的：

"设身处地地想一想，如果是你的孩子，你愿意让她和一个孤独症孩子一起上课吗？他如果打了我的孩子怎么办？影响了课堂秩序怎么办？进而影响了教学进度怎么办？毕竟现在我们还是唯分数论，孩子还是要凭着成绩去考学的。"

说出这些话的时候，家长自己也觉着负疚，"我不是不想关心他们，我也想做一个特别善良特别有爱心的人，可现在是我们的环境不允许，如果学校能够把随班就读的环境建设得非常好，让各种专门的特教老师都配备到位，能够保证其他孩子正常学习，那我也能接受。"

这些家长说得也没错，想要帮助孤独症群体，首要的，还是各种社会配套设施和政策能够建立并完善。

6. 冰山之巅

闫敏同我说起了一个现象：她们所接触到的孤独症孩子的家长，自身都特别优秀。那些爸爸妈妈不仅都接受过非常良好的教育，而且也曾经是自己所从事的行业的中坚力量、翘楚人物。只是他们中的很多人，为了孩子，而中断了自己的事业。

为什么我们接触到的家长都这么优秀？

等提出了这个我们共同的采访感受之后，我们两个又几乎同时说出了答案：

"正因为他们自身能力超强，所以才做到了尽快接受现实、走出绝望，并且为了自己的孩子，也为了所有孤独症孩子勇敢地走到了公众面前。所以，我们才有机会看到他们。"

这些家长真的很了不起。从小到大，一路走来，他们从优秀学生成长到社会精英，一直都是受人羡慕的。突然，命运给了他们重重地一击。

这个时候，克服"耻感"，就成了他们首先需要完成的重要课题。

这些家长不仅完成了这个课题，还开始主动面对媒体和镜头，写博客等，通过各种方式，为孤独症群体发出声音，吸引社会关注。他们的曝光度，直接关联着这个群体受关注的程度。

这些家长非常团结，也许正如前面所说的，因为经历了巨大的磨难，所以更加明白抱团取暖的重要性。在"星星义卖"活动的筹备后期，曾经出现过作品不足的问题。结果一个家长自发组织的群体，在一天时间里，就征集到了一百多件作品。

她们没有单纯地等待着获得"星星义卖"这个活动的帮助，而是积极行动起来，为这个活动贡献自己的力量。

对于这些家长，闫敏最深的感受就是："她们不仅能理解别人，还能体谅别人；不仅体谅，她们还不停地想要帮助别人。可明明她们才是最需要帮助的人，而我们是来帮助她们的，结果，反倒是在我们的工作遇到瓶颈和困难的时候，她们会主动安慰和鼓励我们，帮我们想解决办法。所以我一直说，这次活动，是我在受到帮助，因为，我们从她们身上，学会了一种非常良好的生活态度。"

闫敏她们接触的家长，的确坚强、阳光、乐观。可我们也要看到，这些家长并不是孤独症孩子家长的全部。

整个孤独症群体就像是一座沉在海里的巨大冰山，这些家长就是冰山顶上那小小的一个山尖，他们通过自己的努力，挣扎着露出了水面，让世界看到了他们，知道了海平面之下还有这样一座冰山。而庞大的孤独症群体，仍旧沉浸在冰冷黑暗的海水里面，等待着更多的人去关注他们，温暖他们。

闫敏有这样几段话，是陈述她们做公益的态度，很具有启发性，这也应该是我们每一个热心公益的人应该秉承的一种态度：

"Know it, understand it, discuss it, and do it! 这是人类从认知到行动的一般规律。这个规律用来评价一个媒体公益行动的成功度同样适用，媒体最擅长也最应当做的公益就是通过改变人们（包括个人、组织和政府）对事物的认识从而改变自己的行为，引起社会的讨论进而改变组织的行为。影响的程度越深范围越广，公益行动就越有效。

"对公益行动来说，最重要的是告诉公众应对的策略和具体措施。

"目标人群、应对策略、具体措施有了，意味着'know'的内容解决了，但是要做到'understand'还有很长的一段路。对于媒体来说，我们能运用的最有力的工具就是讲故事。

"做公益有很多种方法，比如：公益广告、公益新闻、公益网站、公益活动、公益项目、公益捐赠。每次的央视新闻公益行动都是一次综合运用以上各种方法的'媒体运动'——口号、标志物、线下活动、专题页面、与基金会合作的公益项目'一个不能少'。

"'央视新闻公益行动'中我们的媒体角色由报道者演变成了发动者、组织者、参与者，如何更深度地、更长期地运营这些项目，除了填补'认知鸿沟'，我们还能做什么？如何继续以公益的方式推动社会进步，形成扶危济困的良好社会风气，是否应建立一个'央视公益'，身体力行地践行一个企业的'慈善责任'，让我们播撒的知识种子更好地落地，生根开花，这些都是我们未来要考虑的问题。"

7. 孤独症孩子的未来，路漫漫，且求索

在采访的最后，闫敏她们又回归到了自己的工作角色，而我也由采访者变成了被采访者。

她们询问我的问题是：

"你已经采访过很多人了，那现在到底有没有人能够提出一个具体可行的方法，来解决这些孩子未来的生活？等他们长大了，他们该怎么办？"

"未来"，最后的关注点，又一次落到这个最让人心痛，却又是最无法回避的问题上。

看着她们殷切的目光，我真想说：

"我采访的某一位专家或者从业人士，已经有了很有效的方法，这些孩子的未来独立生存问题，应该很快就能逐步解决了。"

但我不能，因为没有人这样告诉过我。我只能期待，在未来，能够尽快得到这样的消息。因为我知道，闫敏，还有很多关心这一群体的人，都同我一样，迫切地在等待着这个消息。

但现在，我们只能说："路漫漫其修远兮，吾将上下而求索。"

为了弥补这一遗憾，在本章的最后，我想节选一条最新的关于孤独症孩子就业的新闻，还有两本讲述孤独症群体的书中的内容，期待能够让大家感受到一些阳光和希望。

深圳喜憨儿洗车中心：心智障碍者的"梦想庄园"（节选）

近日，深圳市一家开业不久的洗车店迎来了络绎不绝的顾客，与其他店面不同，这里的洗车工是九名心智障碍者，又称喜憨儿。与曾经感动和激励了无数人的阿甘一样，单纯、善良的他们用"阿甘精神"对待工作，尽全力将顾客的汽车洗得一尘不染，并渴望从中实现自我价值，获得社会的认可与接纳。

"中国版阿甘"就业　为心智障碍者打开一扇窗

喜憨儿是心智障碍者的通称，包括自闭症患者、唐氏综合征患者、脑瘫患者等，发病原因尚未明确。心智障碍者是所有残疾人中就业最为困难的人群之一，就业率还不到10%。多数智力残疾人生活经济来源主要靠家庭，成年后如何融入社会一直是令人忧虑的问题。

这家洗车店的九名喜憨儿，最小的十九岁，最大的四十七岁。他们有的跟人说话时眼球不自觉向上翻，有的下巴肥大，有的口齿不清，有的四肢粗短，但都有着漫画人物般的憨厚与可爱。

"我擦完了！"专门负责擦轮胎的陈星佑总是在完工后兴奋地

"请功"；有自闭症的周灰被安排擦车，工作细致又耐心；因为身高优势，李嘉师喜欢给车冲水、打泡沫；刘墨庄虽然腿脚不便，但年长有工作经验，身为组长的他会一笔一画记下当日有多少辆汽车前来接受服务……

杨师傅负责教这些"孩子们"洗车，他将洗车分成了十多个环节，根据个人情况安排岗位。"有的时候，今天教完明天就忘了，需要多次重复，这也是最大的困难。"杨师傅说，"我们采取的办法就是让他们每天坚持练。"

"是不是我哪里做得不好，你们不要我了？"周末轮休的李嘉师情绪有些低落，他还没有假期的概念，放假的时候总给老板打电话，怕这个给自己生活洒进阳光的"窗口"突然关闭。工作人员王飞虎告诉记者："有的孩子一大清早就给我打电话兴奋地报告：'老板，我就要来上班了！'令人哭笑不得，但也很感动，他们对于工作的渴望毫不亚于我们。"

尽管洗车店开业时间不长，但很多前来洗车的顾客都是"回头客"，有人看着喜憨儿们洗车时认真努力的身影默默流泪，"他们不争利，也不抱怨，洗车极其用心。"一位前来洗车的顾客说。甚至有人专程带自己的孩子过来："你看哥哥姐姐们多努力，他们好棒！"还有人送苹果、送玩具，一来就下车陪喜憨儿们玩耍、聊天，给他们了解外界打开了一扇又一扇窗。

"我们有自己的价值，我们也需要尊严"

一个月的职场生活，为喜憨儿们带来里程碑式的变化。通过洗车的分工和考核，喜憨儿们的时间观念、责任意识一步步树立；看到有车进来，他们会远远打招呼，有礼貌地向顾客微笑；反复摩挲着第一个月挣的2 000多元工资，更是让这些自食其力的"孩子们"

脸上流露出自豪的神情……

下班后，工作人员送喜憨儿上车，再把车号拍下来，通知他们的家人到公交车站接。锻炼了几次之后，原来没有独自搭公交车经验的陈星佑学会了自己上下班搭车回家，这对他来说是跨越式的进步。

守望相助、薪火相传的"梦想庄园"

相比同情与关爱，喜憨儿们更渴望平等的接纳和尊重，而这正是洗车店创办的初衷。洗车店老板曹军的孩子同样是一名喜憨儿，正是因为深刻体会到喜憨儿就业的重要性和难度，他和其他几位喜憨儿家长一起通过众筹的方式成立了这家洗车中心，并在民政局注册，希望通过半开放式的就业环境和系统培训，以及民政部门的监督，探索喜憨儿健康成长和就业的新模式。

能不能把洗车中心做起来，这些家长们开始心里并没有底，但看到孩子们的进步，悬在他们心中的这块石头终于落了地；孩子们对于工作机会的心理依赖，也成为家长们这一搏不能失败的压力。

连曹军自己也觉得意外，原本只是朋友圈里的一条简单微信，却引来了络绎不绝的洗车族。第一个试营业的周末，高峰时十几辆车排着长队涌入洗车中心，让还在学习洗车的喜憨儿们措手不及。现在的洗车量平均每天四十辆，多时近八十辆，经常有客户多付洗车钱。

"残疾人就业分为庇护性与支持性两种，喜憨儿洗车中心属于后者，在与社会不脱节的情况下提供就业，对智力残疾人成长发展更有好处。"

（2015年12月15日 08:30:00 来源：新华网 http://news.xinhuanet.com/gongyi/2015-12/15/c_128528208.htm）

《从容育儿：孤独症儿童及青少年家长指导手册》这本书的作者是英国著名儿童孤独症研究专家布伦达·黛特。她同时是孤独症孩子的母亲。

这本书，更像是对家长的一种温柔劝解与陪伴。她通过讲述自己生活中亲身经历过的一些事情，告诉每一位孤独症孩子的妈妈：当你被夹在了"自己的孩子"与"那个所谓正常的、大家都熟知了并习惯了的世界"之间的时候，该如何处理和解决各种矛盾。

首先，她接受了这个孩子，并且相信，由于这个孩子的来临，让她变得更坚强，也让他们的家庭成员之间更团结，更有凝聚力，因为大家需要同心协力面对这个困难。

然后，要放下忧虑，要接受一个现实：陪伴孤独症孩子，是一个漫长的过程，任何急躁与冲动都于事无补。孩子和家长最需要的，是一种从容不迫的态度。

还要培养出自己"向世界坦白"的勇气。勇敢地把孩子的真实情况告诉家族中的其他人、邻居、自己的朋友、孩子的老师、孩子同学的家长。只有让所有人都了解了孩子的状况，才能做到理解他的行为，也才知道该如何去帮助他，而且不会在无意中伤害到他。

在孤独症孩子的康复、成长过程中，家长的作用至关重要。希望书中的这些观点能够在带给家长们些许温暖的同时，也带来一些启迪。

另一本书，是《虚构的孤独者——孤独症其人其事》，这是目前唯一的一本全部由被划归为孤独症人士的撰稿人写的书。

书中是这些孤独症人士的自述、同作者的对话和作者的一些总结。其中有些自述和对话，都是孤独症人士通过打字艰难完成的。

例如其中有一段：

"我的口语很有限，即便有，大部分时候也是模仿语音性质的。比如，我朋友和家人的名字，我就会经常重复。（我或许会说）'见丽塔我妈妈'，这并不意味着我真的想去见她，但就像有一盘熟悉的磁带，在我的脑子里不停地转。"

再例如另一段对同一行为的对比描写：

这是孤独症人士对自己行为的描述。

"一屋子的人，远比不上屋子那头的玩具或什么东西吸引我。仿佛她的四周有一圈光环吸引着我，让我不顾一切只想把它拿到手。人群只是背景里的噪声和路上的障碍物。"

而同时，在他身边的人这样描述他：

"他爬上椅子，又从椅子爬上桌子，去够壁灯的开关。他不说出他想要什么，而是发怒，直到他妈妈猜出并给了他想要的。他不与人接触，他肯定认为和他说话或试图引起他注意的人是种干扰。"

所以，这本书的可贵之处就在于，它给了我们一个全新的了解孤独症者内心的视角。由他们自己来亲口告诉我们，他们究竟需要怎样的帮助。

【采访手记之二十八】

这一章节，我想用闫敏给我的一封邮件中的一句话作为结尾："昱冰，很高兴认识你，希望你的书早日付梓，让更多家庭获得福音。"也希望，通过我们每一个人的努力，为更多孤独症家庭带去福音。

我们，从这里出发（代后记）

书，终于写完了，可在我心中，一段心甘情愿想要与"孤独症儿童"同行的道路，却似乎才刚刚开始。

"中国孤独症儿童群体"这个称谓，对我而言，曾经只是一个名词。可现在，当我真的拥抱过他们、牵过他们的手、看到过他们的家长眼角鬓边过早生出的皱纹和白发之后；当我试图让他们听懂我的语言、理解我的动作，却一次次失败了之后；当我竟然无数次忘记自己"采访者"的身份，而在康复教师面前一次又一次宛若自语般地去追问孤独症孩子的未来之后，我再也无法把这个称谓只看作一个名词了，就像我早已经无法把这本书只当成一次创作任务。

"孤独症儿童群体"这是一个充满了苦难和悲伤，却同时又充满了善良和柔情的世界。

在漫长的采访过程中，不论是家长还是康复机构的创办者、老师，都没有要求我做出过任何承诺。可看着他们的眼睛，听着他们的讲述，我不能不在心中对我自己做出承诺——竭尽我所能！

我永远不会忘记，就在7月的北京，正午，我接到了一位外地家长打来的电话。在之前她答应我，会在她有时间的时候给我打电话，接受采访。

因为当时我正和几个朋友一起吃饭，所以我走出饭店，就站在人流熙攘的北京街头，和她通了将近两个小时的电话。我忘不了那个中午，盛夏的北京，阳光灿烂，路上的车流和街巷中涌过的男女老幼都被阳光镀上了一层光鲜的色彩，身边的落地窗后面，是一桌桌正在午餐的人们，他们的脸庞、笑容、发丝、桌子上的碗盏佳肴，同样也被镀上了一层明亮的色彩。可我，却只觉得冷，越来越冷。因为就在电话的那一端，一个受过高等教育的优雅女人，正在朝着命运的黑洞缓缓坠落，我想拉住她，可却无能为力。

就像一位年轻妈妈在接受完我的采访之后，不无遗憾地说："可惜你是写书的，现在谁还看书啊，你要是《新闻联播》就好了。"

我深深理解她的遗憾，我也因为现下文学力量的薄弱而愧疚，但我仍旧要竭尽我所能。

一位孤独症康复教师对我说过一句话："看一个社会的文明程度，就是看它对待残疾人的态度。"当一个社会中，完全没有了"残疾人"这个概念，不论是身体残疾、智力障碍……每个人都是平等的，都是有尊严的。大家共同生活在一个世界上，相互间友爱、互助，没有歧视、没有嘲笑、没有躲避、没有怨怼、没有自卑、没有绝望。这样的社会，应该就是我们众望所归的"美好与和谐"了吧？

莫以善小而不为。通过这些采访，还让我理解了另一件事：原来，慈善并不是特指那些有能力贡献金钱、社会能量、自身特长的人，我们每一个普通人都有做慈善的能力。因为孤独症孩子们，最需要的是——"爱"，真诚的关爱、友爱。而爱，是我们每个人都拥有的，都有能力给予他人的。所以，从我们自己做起，从身边小事做起，在遇到孤独症孩子和他们的家长的时候，给他们一个鼓励的笑容，给他们一点包容和体谅。社会已经在改变，我们同心协力，它一定会变得更好，变成最好。

让我们都牢记："孤独症"正在全球范围内蔓延，我们对病魔的抗争之路，才刚刚开始。